KB163454

제천,
스물두 개의
아스피린

제천, 스물두 개의 아스피린

1판 1쇄 인쇄 2015년 12월 1일
1판 1쇄 발행 2015년 12월 8일

기획 제천시청

지은이 정원선

발행처 해토
발행인 고찬규

주소 (121-896) 서울특별시 마포구 동교로13길 34(서교동 474-13)
전화 02-325-5676
팩스 02-333-5980

값은 표지에 있습니다.
ISBN 978-89-90978-94-3 03810

살굿빛 산골 도시의 알싸한 현상학

제천, 스물두 개의 아스피린

정원선 지음

해토

| 추천사

한 도시를 속 깊이 다룬 여행 에세이를 읽는다는 것은 저자의 인생과 역사, 철학을 들여다볼 수 있는 좋은 기회입니다. 정원선의《제천, 스물두 개의 아스피린》은 지난 2년간 작가가 탐침한 흔적과 궤를 함께해 보는 흥미로운 여행이기도 합니다. 그와 함께 걸어가면서 여러 시대를 관통하는 도시의 통사와 더불어 제천의 참맛을 흠뻑 느끼게 될 것입니다.

눈발이 쏟아지는 날 작가가 내딛었던 터미널의 첫 발자국부터 시작해 노란색으로 물든 산수유마을까지, 이 책은 우리를 아름다운 제천의 구석구석으로 이끌어 주는 길잡이입니다. 그의 인도를 따라가다 보면 제천의 역사에 담겨 있는 우리 시대를 마주하게 되고, 현재의 나를 만나 볼 수 있습니다.

제천으로 향하는 길은 언제나 열려 있습니다. 4월의 길을 걷다 보면 은빛 물결의 청풍호반에서 바람에 흩날리는 벚꽃이 우리를 기다리고 있을 것이며, 8월의 한여름 밤에는 음악과 영화가 당신을 춤추게 할 것입니다. 월악산과 금수산은 가을에 붉게 물든 단풍으로 맞이할 것이며, 새하얀 겨울에는 매혹적인 설경이 우리의 가슴을 설레게 할 것입니다. 그리고 길 어디쯤, 장락사 칠층모전석탑과 의림지에서는 자신과의 대화를 나눌 조용한 시간도 선사할 것입니다.

고즈넉한 시골 마을 어느 한 카페에서는 자연을 머금은 향기로운 차 한 잔이 당신을 제천으로 이끌 준비를 하고 있습니다.

지친 삶에서 여유와 위로를 찾고 싶을 때 《제천, 스물두 개의 아스피린》과 함께 제천으로 오십시오. 우리는 언제나 따뜻한 가슴으로 당신을 맞이할 것입니다.

자연치유도시 제천시장 이 근 규

차례

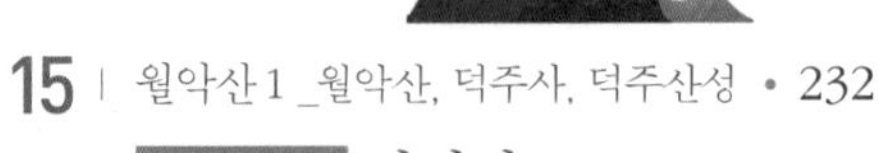

헌사
獻詞

해안에 밀려온 불가사리들을 집어
바다로 돌려보내는 한 노인에게
어부가 다가와 이런 불가사리가 한둘이 아닌데
그 같은 일이 대체 무슨 소용이 있습니까,
라고 물었다.
그러자 노인은 이렇게 대답했다 한다.
"그래도 이 한 마리 한 마리에게는
세상 전부니까……."

그 불가사리들에게.

• 박달재 고개 관문(사진 제공 : 제천시)

0 | 프롤로그를 겸하여, 박달재

【제천 제2경】

아주 뻔한 이야기

재 너머로 떠난 사람들은 소식을 넘겨 주지 않았다. 남한강 조포나루 부근의 소금막으로 일하러 간 아저씨도, 문막의 큰 나무꾼에 시집보냈다는 장평집 둘째 따님도, 남편 따라 원주로 이사한 봉양댁도 쓰다 달다 후문이 없었다. 가끔씩 보부상이나 뜨내기들을 통해 엽전이나 쥐어 주고 안부를 타전하는 이들도 있었는데, 전갈을 받은 뒤에는 하나같이 입을 꾹 다물어 버려서 도무지 되물어 볼 엄두가 나지 않았다. 고개가 험했지만, 고개 바깥의 세상은 더욱 험한 모양이었다.

그래도 사람들은 계속해서 떠나기를 꿈꿨다. 내토奈吐, 제천의 옛 이름의 산은 높았고, 깊었고, 앞서거니 뒤서거니 촘촘히 늘어서서, 그 산자락 사이에 논밭을 부려 식구들을 먹이기란 언제나 만만찮았던 까닭이다. 논은 적어서 양반들 차지였고, 밭은 있으나 기름지지 않았다. 비탈을 개간해 어렵사리 한 해 농사를 꾸렸다가도, 그 다음 해 비가 많이 내리든지 반대로 지독하게 가

물어지면 산밭은 금세 산으로 돌아갔다. 차라리 옹기장이나 심마니로 사는 게 나을 지경이었다.

힘 부치고 배 곯는 게 산촌의 생활이었지만 달리 방도가 없었다. 춘궁기에 살아남으려면 그나마 의지가 되는 게 산이었다. 쑥 캐고, 나물 뜯고, 칡 캐서라도 먹어야 했다. 피라미도 건지고, 짐승도 잡고, 나무 껍질로 죽도 쒀 배를 채웠다. 굶어 죽지 않을 수 있었던 건 오직 산신의 은혜였다. 어딜 가도 땅을 주는 곳은 없었으므로, 사람들은 다음 해엔 그저 운이 좋기를 바랐다. 딸이 생기면 멀리 시집보내고, 아들이 생기면 아주 어릴 적부터 일을 시켰다. 부지런하지 않고서는 입에 숟가락질하기 어려웠다.

아침엔 밭을 매고, 오후엔 나무를 하고, 저녁엔 가축을 돌봤다. 그러다 허리를 펼 때, 재를 넘겨다 보았다. 재를 통로로 사람들이 오갔고, 소문이 들락거렸다. 높은 갓을 쓴 양반들이 부임하러 오기도 하고 산발한 죄인이 끌려가기도 했다. 죽창을 든 반란군이 고개에 매복하는가 하면, 서슬 퍼런 진압군이 휘몰아치기도 하였다. 하늘의 주인이 곧 세상에 내려온다는 복음이 귀엣소리로 퍼지기도 했으며, 그런 건 말짱 거짓부렁이고 우리 모두가 세상의 주인이라는 미심쩍은 말들도 오르내렸다. 새로운 세상이 벼락처럼 닥쳤다가, 헌 세상이 칼을 앞세워 일어선 사람들을 주저앉히기도 했다. 재는 늘 시끄러웠다.

서울한양까지 닿는 길은 두 갈래였다. 고개를 넘는 것과 배를 타는 것. 남한강 물길 따라 서울 마포까지의 뱃길은 조선 시대 나라가 지정한 공식 통행로, 하나뿐인 국로國路였다. 주로 물자가 오갔고 세곡이 진상되었다. 객손님도 실어 옮길 수 있었지만 삯이 비쌌고 텃세가 심했다. 사람들은 주로 고개 넘어 산을 타고 왕래했다. 봇짐장수는 짚신과 생선을 싸들고 재를 넘었고, 양반들은 서책을 메고 과거를 치러 갔다. 박달은 근대 이전까지 영동과 호서, 영남인들이 서울에 이르는 가장 일상적인 대중교통로였다. 제천을 지나 박달재를 넘으면 충주였고, 그러면 서울이 한달음이었다. 재는 가파르고 거칠고 울창해서 간혹 호랑이도 나왔는데, 그래서 낮에 무리 지어 고개를 넘어가는 게 보통이었다. 반내로 귀향 오거나 서울에서 패가망신한 이들이 초라한 등짐으로 재를 되짚어 제천에 이르기도 했다. 잿길은 노상 사람들로 북적거렸고, 통행객들 외에도 많은 것들이 교환되었다. 왕이 바뀌었다는 소문, 난리가 나리라는 징조, 역병이 돈다는 경고, 세상이 바뀌었다는 선언 같은 것들이 때로는 파발마보다 빨리 고갯마루에 퍼져 온 고을을 들썩였다.

조선 중엽 경상도 선비 박달은 과거 시험을 보러 한양에 가다 박달재 부근 평동마을의 한 민가에서 하룻밤 유숙하고 고개를 넘기로 한다. 그 집에는 금봉이라는 딸이 있었는데 어여쁘고 참하기가 근방에 으뜸이었다. 처음 봤을 때부터 남자는 처녀에게서 눈을 떼지 못하고, 처녀는 내외하면서도 힐끗힐끗 남자를 넘겨다본다. 좋은 가문 출신에다 문장이 뛰어나다는 헌걸찬 총각은 진심 반 장난 반으로 슬쩍 추파를 던지고, 뜻밖의 유혹에 새침했던 아가씨는 볼을 붉힌다. 약속과 거부, 다짐과 사양이 밀고 당겨진 끝에 그들은 마침내 몸을 섞는다. 다음 날 아침 주인네는 손님으로 왔던 총각이 사위로 변했음을 알아차린다. 극진한 대접과 은근한 확인이 이어지고, 하룻밤만 머물고 가려던 선비의 일정은 차일피일 미뤄진다. 시일이 촉박해져서야 비로소 남자는 시험 볼 채비를 꾸린다. 금봉이 고갯마루까지 눈물을 찍어가며 배웅하고, 박달은 서약을 거듭하며 마을을 등진다. 마침내 과거일이 지나고 그로부터 한참이 더 지난 후에도, 그러나 남자는 돌아오지 않는다. 못내 기다리다 목이 조이고 살이 마르던 여자는 신열을 앓다 숨을 거둔다. 그녀가 죽었다는 소식은 고개 따라 길가에 퍼지고, 남자는 그제야 금봉네를 찾아온다. 과거에 낙방해 돌아올 면목이 없었다면서 뒤늦은 참회의 눈물을 흘린다. 그녀가 매일 밤 놓고 빌었다는 정화수 그릇, 남편을 위해 종일 바느질했다는 저고리, 혼을 놓는 순간까지 쥐고 있었다는 제 머리카락을 확인하고 통곡하던 남자는 실성한다. 고갯길을 헤매며 그녀의 환영을 쫓다 결국 벼랑에 몸을 던지고 만다.

박달 도령과 금봉 낭자 비(碑)(사진 제공 : 제천시)

박달 고갯마루의 화사한 한때(사진 제공 : 제천시)

사랑 이야기로 윤색되어 있으나 실은 중세의 계급 착취와 성 착취의 습속을 적나라하게 보여 주는 이 비극은, 전국에 두루 퍼져 있다. 그중 가장 유명한 것이 〈춘향가〉일 것이며, 박달 도령과 금봉 낭자의 이야기는 그 수많은 이형 판본 가운데 하나이리라. 현실은 설화와 달랐을 것이다. 모든 고갯마루, 나루터 주막마다 숱한 춘향과 금봉, 몽룡과 박달이 있었을 것이고, 남자는 통정한 후에 급제를 했든 못 했든 여염집 여자에게 거의 돌아가지 않았을 것이다. 엄중한 양반 사회는 반가의 여성조차 인권이 없었는데, 하물며 양민의 여식이나 기생의 딸이랴! 나쁘게 말하면 여행의 피로를 달래 줄 만만한 성희롱감이었을 것이며 좋게 말해도, 혼약 이행이 불가능한 하룻밤 풋사랑일 뿐.

사랑, 처럼 보이지만 실은 약탈, 일뿐인 현실이 애먼 처녀들을 수없이 잡아

먹고, 서민들의 생활에 피울음을 더하는 사이, 정면으로 반격할 수 없는 민중들은 이야기로 복수를 꿈꿨다. 줄거리를 가공하고, 사실에는 빠져 있던 가치를 새로 불어넣어, 불균형을 균형화해 피해자들을 위로하고 다른 결말을 자아냈다. 지순한 여자의 죽음에는 그에 걸맞게 남자의 후회와 투신자살을 끌어들여 격을 맞추고, 명백한 혼인 빙자 간음은 서로 다른 상황에서 오해가 벌어졌던 안타까운 순애보로 거듭난다. 줄기차게 계속되는 계급적 성적 약탈에는, 맹세가 지켜지지 않는 이상 그 누구도 결국 행복할 수 없다는 결론(박달과 금봉 이야기에서 남자도 결국 죽게 된다. 〈춘향가〉에서는 반대로, 맹세가 끝까지 지켜질 때 비로소 모두 행복하게 된다. 상황이 뒤바뀌어 있지만 사실 동일한 구조인 셈이다)으로 맺는다. 이 결론은 착취하고 착취받는 상하 계급 모두에게 본보기이자 경고로서 기능한다. 이야기는 드러난 현실, 벌어진 비극을 출발점으로 삼아 비틀고 재구성한 다음, 가장된 해피 엔딩 혹은 상호 비극을 재현하면서 결국 힘세나 정의롭지 않은 현실을 치죄하고, 그럼으로써 달라지는 현실, 개선된 미래를 꿈꾼다. 그것이 현실을 우회해 현실을 변혁하는 이야기의 아주 오래된 효능인 것.

재 너머 서울로 가는 사람들은 꿈이 있었다. 배곯지 않는 꿈, 착한 남편 만나 아들딸 낳고 화목하게 사는 꿈, 급제하여 이름을 높이고 문중을 빛내는 꿈, 등용되어 왕을 돕고 정치를 펼치는 꿈, 난을 평정하고 질서를 되찾는 꿈, 대처가 된 세상에서 기회를 얻으려는 꿈……. 수수하나 또 거창한 그런 꿈들이 광장에 왁자할 무렵 묵묵히 재를 되넘어 제천으로 오는 사람들이 있었다. 살 곳을 찾아 헤매던 유민, 욕심 없는 세상의 충만과 환희를 전하려는 스님, 시집에서 소박맞고 고향으로 쫓겨온 새댁, 도적을 맞거나 사기에 휘말려 밑천을 잃고 도망친 일가붙이, 유배를 명 받고 험한 데로 내몰리는 죄인, 배덕자들 눈을 피해 산 깊이 숨어들려는 교인, 가장 낮은 곳에서 제일 넓은 세상을 만들고자 하는 혁명가, 가르침을 실천하고 전통을 보듬으려는 학자, 농사짓는 사람들과 배움을 나누려는 교사 같은 이들이었다. 그 사람들 역시 품은 꿈이 있었는데, 그것은 재 너머 서울 가는 이들처럼 번영이나 출세를 추구한 게 아니라 사정없이 옥죄오는 세상에서 다만 오롯이 숨쉴 수 있는 틈 하나를 내고자 했던 것이었다. 그들은 주류에서 밀려난 소수자들, 세상을 바꾸려 했다기보다 자신과 주변을 바꿈으로써 다른 관점에서 세상을 조명하고 삶을 재구성한 별종들이었다.

그들은, 추위를 피해 한반도 중부까지 남하한 고대인들이었으며, 팍팍한 현실 위에 불국토를 세워 민중을 위무하려던 선승이기도 했고, 망한 나라를 뒤로하고 피난처를 찾는 망명객이기도 했으며, 목숨이 어찌 될지 모르는 폐위된 왕과 신하들이기도 했다. 칼날이 뒤를 쫓는 수배자, 서울로 진격하기 위해 숨을 고르는 반란군, 외세와 불리한 일전을 감당하려는 한낱 선비, 제도 교육의 허망함을 깨달은 교사, 아름다운 곳을 찾기보다 찾은 곳에서 아름다움을 보려던 예술가였다. 그중 대다수는 세태와 폭력에 짓눌렸으나 끝내 삶을 포기하지 않았던 수많은 장삼이사張三李四들이었다.

충청북도 제천시 백운면 평동리, 높이 504m의 고개, 차령산맥의 지맥인 구학산九鶴山과 시랑산侍郎山 사이 말안장 형태로 움푹 들어가 주변 산들 가운데 그나마 덜 험한 이 영마루 박달고개는 한양과 문경, 충주와 제천을 잇는 교통로로 오래전부터 인마의 통행로였으며 문화의 전파로이기도 했다.

보다 세세하게 이 고개는, 추위를 피해 점말동굴을 찾아오는 구석기 유인원의 피한 경로避寒徑路였으며, 지배 계층과 불교가 서로 다투고 화해하며 정상까지 절간을 밀어 올리던 화엄華嚴의 개화로開花路였고, 망한 신라의 왕족들이 안식처를 찾아가다 비로소 인생의 진실을 깨달았던 철학의 거리였다. 개선하는 몽고군을 고갯마루에서 덮쳐 패주시키고 마는 고려 시대 별초군의 끈질긴 전적지이기도 했으며, 유배지로 쫓겨나는 어린 단종을 저버리지 못하는 생육신 원호의 '통곡의 벽'이었고, 거센 박해를 피해 잠시 토굴로 숨어드는 천주교인 황사영의 베이스캠프였다. 동학의 가르침으로 세상을 바꿀 생각에 쉬 잠들지 못했던 농민군의 바람찬 노숙지였으며, 구한말 의병을 일으켜 외세와 긴 싸움을 벌이다 끝내는 만주와 상해로까지 건너가는 대한민국 임시 정부의 뿌리(자양영당)가 자라난 곳이기도 하다.

다시 말해 박달재는, 유행가와는 무관하게, 또 설화와도 상관없이 제천의 역사적·문화적 관문, 서울과 충청도, 강원도, 경상도를 잇는 한반도의 허리춤이었으며, 문명의 남하로南下路, 혁명과 반혁명의 교차로이기도 했다.

지금은 고개 아래로 터널이 생기고, 고개 역시 깔끔하게 아스팔트 포장되어 자동차로 손쉽게 통과할 수 있지만, 예전에는 산짐승에, 도적에, 난리에,

벼슬아치 등쌀에, 외세에 목숨을 걸어야만 넘을 수 있었던 곳.

이 고개를 오고 간 사람들의 기록과 역사적 사실 가운데, 이 책이 다룰 것들은 명백히 편파적이다. 앞서 언급한 소수자와 별종들, 또 평범한 사람들이 이 길고 구불구불한 고개를 넘어갔거나 넘어온 이야기, 온갖 핍박과 회유에도 굴복하지 않았고, 또 굴복할 수 없었던 이야기들을 골라 엮으려 한다.

물론 이야기들은 과거와 현재를 때로는 정면에서 묘사하고, 때로는 우회해 비교하며, 때로는 비틀어 겹쳐볼 것이다. 박달과 금봉의 이야기에서 옛사람들이 그러했듯이. 그럼으로써 마치 무관한 것처럼 보이는 역사적 현실을 지금-여기에 끌어오고, 제천에서 살았던 사람들의 다사다난한 욕망을 우리의 그것과 견주어 새롭게 바라보고자 한다.

그들이 살아갈 수밖에 없었던 세계와 그들이 살고 싶었던 세계 사이에 하나의 결절점처럼 박달재가 있었다.

제천 사람들의 생활 속에서 항상 우뚝했던 고개, 어디로도 갈 수 있었던 고개, 생활이 너무너무 팍팍하고 고단해질 때면 망상으로라도 먼저 넘어갔던 고개. 장애물이면서 길이었고, 문이면서 벽이었고, 현실이면서 꿈이었으며, 정형이면서 비정형이었고, 절망이면서 또한 희망이었던 고개. 언제나 두 겹이었던 고개, 박달재.

제천의 수많은 곳들 가운데, 가장 상징적이며, 반면 중립적이고, 또한 극히 양가적인 장소이기도 했던 박달재에서 진짜 제천의 이야기는 비로소 시작된다. 그렇지 않다면,

아주 뻔한 이야기.

위치와 교통

충청북도 제천시 백운면 평동리에 자리한 박달재 고개는 대중가요, 〈울고 넘는 박달재〉로 귀에 익숙하다. '천등산 박달재를 울고 넘는 우리 님아'로 시작되는데, 사실 박달재는 천등산에 있지 않고, 앞서 적었듯 구학산과 시랑산 사이에 있다. 박달재는 직접 고갯마루를 넘어 체험해 봐야 제맛인데, 아쉽게도 들러 넘는 버스 편이 없다. 택시나 렌터카, 자가용을 이용해야 올라볼 수 있다. 제천역(제천 시내)에서 박달재 고개까지는 편도 16km 거리. 택시를 타면 1만 5,000원 정도 든다. 길은 포장된 지금도 구불구불하고 길고 높아 자동차로도 운전을 조심해야 한다. 간혹 등산객들이 걸어서 넘는 모습을 볼 수 있으나 평소 인적이 없고 차가 쌩쌩 달려 여행자에게는 권하기 어렵다. 고갯마루엔 주차장과 휴게소, 편의 시설이 잘 정비되어 있고, 박달·금봉 설화를 조형물로 만든 조각공원과 김취려 장군 역사관 등이 있다. 제천 10경 가운데 제2경으로 꼽히는 산골 특유의 정취가 들러볼 만하다. 그러니 박달재만을 단일 코스로 여행하기보다는 가까운 배론성지나 탁사정, 자양영당 등 근처 명승지와 더불어 두루 살펴보는 일정으로 움직일 것을 추천한다.

금봉의 환영을 쫓는 박달의 조각상

잘 곳과 먹을 곳

고갯마루에 도토리묵밥과 주전부리 등을 파는 박달재 서원휴게소(043-652-3222)가 있다. 숙박도 겸한다. 그 외에도 파크텔(043-652-6655) 숙소가 있다. 박달재 수련원(제천시 봉양읍 원박리 967-1, 043-652-9222, www.parkdaljae.co.kr)이라는 연수-숙박 시설도 있다. 그러나 앞서 말했듯 배론성지나 자양영당 등 주변 여행지를 함께 답사한다면, 박달재 자연휴양림(제천시 백운면 금봉로 223, 백운면 평동리 산71, baf.cbhuyang.go.kr, 야영장, 캠핑장도 구비)이나 봉양역 부근, 제천역 부근에 숙소를 정하고 차로 둘러보는 편을 추천한다. 봉양역 부근에는 스타무인텔(043-648-2911)을 비롯해 숙소가 여럿 있고, 식당도 많은 편이다. 제천역 부근은 제천 시내 편이나 점말동굴 편을 참조. 배론성지 입구에는 사또가든(제천시 봉양읍 봉양리 410, 043-653-4960)이라는 저렴하고 맛있는 콩 전문 식당이 있다.

울고 넘는 박달재 노래비(사진 제공 : 제천시)

박달재 자연휴양림 내 경은사

신유박해(1801년) 시절 천주교인들의 은둔지이자 우리나라 최초의 근대식 신학교가 세워진 곳으로 역사적 실마리를 읽어낼 것이 많은 배론성지와, 제천 10경 가운데 제9경인 탁사정이 가까이 있다. 구한말 의병의 산실이며 대한민국 건국의 뿌리가 되는 자양영당(紫陽影堂, 충북 제천시 봉양읍 의암로 566-7, 봉양읍 공전리 475, 043-641-5143)도 멀지 않다. 한의사가 상주하여 진료와 휴양을 겸하는 제1한방명의촌(제천시 봉양읍 명암로 574, 봉양읍 명암리 210, 043-653-7730, www.kfmv.kr)도 근방에 있으며, 있는 그대로의 자연을 바라보고 탐구하며 생태의 신비를 깨치는 수준 높은 탐사관인 별새꽃 돌자연탐사과학관(제천시 봉양읍 옥전4길 45, 봉양읍 옥전리 913, 043-653-6534, www.ntam.org)도 빼놓기 아깝다.

• 봄날의 관란정

1 | 관란정과 원호 유허비

이편의 언덕此岸에서

1. 소년의 삶

드넓게 내리쬐는 햇빛, 이라는 그의 이름을 생각하면 목이 멘다. 홍위弘暐. 1441년(세종 23년) 7월 23일, 그가 태어났다는 소식을 듣자, 왕 세종은 그 즉시 사면령赦免令을 선포한다. 중죄인을 제외한 여타 죄수들을 모두 풀어 주어 적장손嫡長孫, 정실 손자을 얻은 기쁨을 백성과 나누고자 한 것이다. 그런데, 사면 교지를 다 읽어 내리기도 전에 예사롭지 않은 일이 벌어진다. 용상 앞의 큰 촛대가 별안간 쓰러져 두 동강 나 버린 것이다. 뭇 대신들이 고개를 숙이고 명을 받들던 중에, 바람 한 점 없이 숙연한 가운데 일어난 사고. 세종은 불길하다 느끼며 촛대를 빨리 치우라 지시한다.

다음 날인 7월 24일, 홍위의 어머니인 세자빈 권씨가 산후통을 견디지 못하고 세상을 떠난다. 아이는 채 눈을 뜨기도 전에 생모를 잃고 말았다. 세종은 아들 문종을 보살핀 바 있는 후궁 혜빈 양씨를 불러 손자를 부탁한다. 혜

빈은 태어난 지 얼마 안 된 제 아들까지 뒤로 미루고 홍위에게 젖을 물린다. 다행히 손자는 별 탈 없이 무럭무럭 자란다.

당시 세자의 신분이었던 문종은 어렵게 얻은 아들을 끔찍이 아꼈다. 그는 이전에도 두 아들을 보았으나 모두 잃고 말았던 것이다. 이제는 세자빈조차 죽고 없으니 사랑이 오죽했으랴. 궁중의 관심과 비호 속에 홍위는 제 아버지와 할아버지의 총명함을 이어받아 아주 어릴 적부터 두각을 나타냈다. 과연 왕이 될 그릇, 이란 말들이 세간에 떠돌았다. 왕권은 강력했고, 세자는 총명했으며 세손(홍위)도 그러했다. 장차 문제될 것은 아무것도 없어 보였다.

그러나 세종은 염려했다. 장차 문종이 될 세자가 허약했던 탓이다. 세자는 어머니 소헌 왕후의 삼년상을 치르는 동안 안색이 나빠졌는데, 세종을 도와 섭정을 하면서부터는 병치레가 눈에 띄게 늘어났다. 홍위를 낳았을 때는 세종의 건강도 좋지 않았던 때였다. 왕과 왕세자의 건강이 모두 바람 앞의 등불 같았다. 어떤 탕약도, 아무리 신묘한 의사도 둘의 건강을 회복시키진 못했다. 세종은 죽을 때, 가장 신뢰했던 신하 김종서를 불러 세손(홍위)을 부탁한다. 집현전 학자들에게도 신신당부한다. 세상을 떠나려 하는 그의 눈에도 아들의 삶(문종)이 길게 이어질 거라 보이지 않았던 거다.

문종이 즉위하자마자, 외아들 홍위는 세자가 된다. 그의 나이 여덟 살 때였다. 문종은 아버지를 닮아 학문에 관심이 많고 식견 또한 뚜렷하였다. 세자에게 섭정을 시켜 국사를 가르치고, 여러 개혁을 추진하였다. 선대의 신하들은 문종을 굳게 받들었고, 평화는 계속되었다. 여전히 좋은 시절이었다.

그러나 호시절은 너무 짧았다. 문종은 건강이 급속도로 나빠지며 재위 2년 4개월 만에 승하하고 만다. 할아버지 세종의 예상보다도 훨씬 더 빨리.

이어 홍위가 열두 살의 나이로 왕(단종)이 되었다. 그에게는 할아버지도, 할머니도, 아버지도, 어머니도, 아내도 없었다. 그야말로 혈혈단신 소년 왕이었다. 대리청정代理聽政, 즉 수렴청정垂簾聽政을 해 줄 왕실의 웃어른이 없었다. 세종과 문종의 고명을 받은 삼정승(영의정 황보인, 좌의정 남지, 우의정 김종서)과 의정부 대신들, 집현전 학자들이 정사를 꾸려 갔다. 이듬해인 열세 살에 소년 왕은 정순 왕후 송 씨를 아내로 맞는다. 그때 궁중은 왕을 배제한 신하들 간의 권력 다툼으로 표 나게 살벌해지고 있었다.

2. 왕의 삶

권력은 있었으나 권력자는 없었고, 왕은 있었으나 너무 어렸다. 가장 중요한 인사권 행사조차 왕이 결정하지 못하고, 대신들이 대상자 가운데 뽑을 사람의 이름 위에다 황색 점을 찍어 왕이 결정한 것처럼 발표하는 황표정사黃標政事로 이루어졌을 정도였다.

왕권의 진공 상태가 지속되는 가운데, 국정은 3개 세력으로 나뉘어 분점되고 있었다. 선왕의 고명을 받았으며, 확실한 치적이 있고 현재 의정부를 장악하고 있는 김종서 세력, 홍위의 숙부이자 아버지 문종의 형제이며, 학문이 고명하여 할아버지 세종에 버금간다는 평을 듣던 안평 대군 세력, 그리고 마찬가지로 숙부이자 아버지의 형제로 모사꾼들을 데리고 다니며 왕실의 권위를 재건하고자 하는 소수파 수양 대군 세력이었다. 김종서 세력과 안평 대군 세력은 서로 가까웠으며 왕이 가져야 할 권력을 양측이 반분하고 있었다. 이에 세종과 문종의 친위 세력이었던 집현적 학자들이 분개하였으며, 수양 대군 또한 권력 배분 과정에서 소외된 데 대해 불만을 품었다.

그러나 정세는 수양 대군에게 이롭지 않았다. 워낙 지지 세력이 적은 데다, 설마 수양이 왕위까지 노리랴 누구도 생각하지 않았던 탓이다. 심지어 난을 획책할 때도, 측근 중에 반대하는 이가 많아 수양이 직접 나설 정도였다. 김종서와 안평 대군이 때로는 견제하고 때로는 도우며 권력의 단맛에 흠뻑 빠져 있을 때, 수양 대군은 소수파가 일거에 권력을 빼앗을 방법을 차근히 모색하고 있었다. 예나 지금이나 정치에 '만약'은 없는 법이다. 2009년에도 우리는 만약을 대비하지 못해 일어난 현대 정치의 비극을 목도한 바 있으니.

1453년 10월 10일 마침내 쿠데타가 벌어진다. 수양 대군이 참모 한명회, 권람 등과 함께 좌의정 김종서를 그의 집에서 살해하고, 영의정 황보인과 병조 판서 조극관, 이조 판서 민신 등을 왕명을 참칭하여 대궐로 불러들여 암살한다. 나중에 덧씌워진 명분은 이들이 안평 대군을 추대해 단종을 폐위시키려 했다는 역모逆謀였다. 반대파라는 이유로, 도움이 안 된다는 구실로 그날 궁궐은 피바다로 변했다. 왕이 재가한 바 없는 사형이 제멋대로 벌어졌다. 이날을 기화로 수양은 조정의 주요 당직자들과 김종서 세력, 안평 세력을 대거 축출한다. 이를 계유정난癸酉靖難이라 한다.

하루아침에 대신들이 한꺼번에 죽어나갔다는 보고를 받고서, 왕은 아연실색한다. 하지만 그때까지만 해도, 수양이 왕위를 노리고 있다고 여기는 사람은 많지 않았다. 왕권이 약화된 것에 대한 반작용으로 수양 대군이 다소 과한 숙청을 벌였다는 것이 중론이었다. 살해된 대신들을 갈음해 정사를 맡은 집현전 학자들도 그의 야심을 꿰뚫어보지 못했다.

정난으로 일어난 권력 공백은 자연스레 혹은 당연히, 수양에 의해 독점되

관란정 입구에는 원호의 충절을 기리듯 높이 솟아오른 소나무들이 열 지어 서 있다

었다. 벌벌 떠는 왕을 조종하여, 수양은 영의정부사領議政府事, 영집현전 경연예문춘추관 서운관사領集賢殿經筵藝文春秋館書雲觀事, 판이병조사判吏兵曹事, 중외병마도통사中外兵馬都統使 등 겸직한 관직명을 일일이 거론하기 힘들 정도로 복잡한 직함을 달고 전권을 휘두른다.

역모는 그 뒤로 수양 대군이 잔존 세력을 축출하려 들 때마다 매번 거론하는 '만능의 핑계'였다. 살육은 계속되었다. 이제 본인이 실권을 잡고 있으므로, 도륙 대신에 사사賜死, 사약을 내려 죽게 함라는 방식을 이용했을 뿐. 안평 대군이나 금성 대군을 그런 혐의로 유배, 사약을 먹일 때 왕의 의지나 판단은 매번 무시되었다. 수양은 한낱 지방관까지 자기 세력으로 교체하며 만인지상 일인지하萬人之上 一人之下, 직위가 왕 아래란 것 말고는 아무것도 거칠 것이 없는 극상의 직위를 차지하였다. 그때쯤 세상은 모두 알게 되었다. 결국 수양의 칼날이 어디로 향해 갈지를. 모를래야 모를 수가 없었다.

왕과 정순 왕후는 밤마다 소리 죽여 울었다. 1454년(단종 2년) 11월 25일, 궁궐을 거닐던 어린 왕은 세종이 말년에 거처를 삼았던 경복궁 자미당 앞에서 통곡한다. "(세종) 대왕께서 살아계셨다면……." 명색만 왕일 뿐, 포로나 다름 없는 허수아비 임금의 쓸쓸한 고백에 궁녀들은 물론 그 자리에 함께 있던 수양 대군마저 눈물을 흘린다. 외줄 위에 서 있는 듯한 위태로운 날들이 이어지고 있었다.

계유정난, 또는 쿠데타가 일어난 지 1년 8개월 후인 1455년 6월 11일. 수양 대군은 제 수하인 대신들을 시켜 왕에게 퇴위하고 자리를 수양에 물려주라 겁박한다. 이미 껍데기뿐이었던 임금은 순순히 수락하였고, 수양은 못 이기는 척 선위를 받아들여 왕좌에 오른다. 원손, 세손, 세자, 왕을 모두 역임

한 조선 왕조 유일의, 최고의 정통성을 가졌던 왕은 겨우 열다섯의 나이로 상왕上王이 된다. 이번에도 역시 아무런 권한도 없는 다만 이름뿐인.

3. 신하의 삶

1456년(세조 2년), 도성은 조카에게서 힘으로 왕좌를 뺏은 숙부의 일당 독재로 쥐 죽은 듯 고요하였다. 선비와 유생들의 상소가 있었지만, 이미 세조의 세상이었다. 권력은 점점 더 안정되어 갔다. 그러나 왕위 찬탈을 인정하지 않는 신하들이 아직 궐내에 남아 있었다. 계유정난에 공신으로 거론되기도 했던 집현전 학자들과 성승, 유응부 등 일부 무신들이었다.

집현전 학자들은 세종과 문종으로부터 상왕을 보필하라는 유언을 받았던 이들이었고, 국왕의 정통성에 관해서도 쿠데타를 인정할 수 없다는 데 의견을 모았다. 이들은 몰래 상왕과 논의하였고, 상왕은 칼을 내려 의지를 표명하였다. 이에 감복한 이들은 그해 6월, 명나라 사신이 창덕궁 연회에 초대되는 날, 세조와 측근들을 한꺼번에 암살하기로 계책을 짠다. 그러나 거사 직전에, 공모자 중 하나였던 김질의 고발로 실패하고 만다. 주동자 모두는 자결하거나 체포되어 국문鞠問, 죄인 취조을 받는다.

이 국문은 세조가 직접 지휘하였는데, 주동자 중 하나인 성삼문을 문초할 때, 성삼문은 죽음을 각오하고 세조에게 반말하며, 진정한 왕이자 유일한 왕인 상왕에게서 직접 칼을 받아 암습 계획을 도모했노라고 당당하게 밝힌다. "네가 나의 녹鹿, 지금으로 따지면 월급을 받고서도 왜 내게 충성하지 않느냐?"는 세조의 질문에 삼문이, "네가 내린 쌀은 하나도 쓰지 않고 그대로 곳간에 쌓아 놓았다. 어찌 내가 불충의 대가로 생활을 꾸리겠느냐!"고 일갈했던 이야기는 지금껏 유명하다. 거사를 실패한 대가로 목숨을 내놓은 여섯 신하가 바로 사육신이다. 성삼문, 박팽년, 이개, 하위지, 유성원, 유응부(남효온의《추강집秋江集》에서 유래. 이후 김문기를 사육신에 포함하자는 논쟁이 있기도 했다). 고문과 참살에도 눈 한 번 꿈쩍하지 않고 운명을 받아들인 그들의 기개에 세조는 이제 자신에게 남은 일이 무엇인지를 깨닫게 된다. 슬픔은 속도를 입는다.

상왕의 복위가 실패로 끝난 지 1년여 만에, 세조는 신하들의 '간곡한' 명을 받아들여 상왕을 노산군魯山君으로 강등하고, 부부를 갈라 각기 유배를 보낸다. 1457년(세조 3년) 6월이었다. 노산군의 유배지는 강원도 영월. 3면이 강으로 둘러싸여 있고, 뒤쪽은 절벽인 곳이었다. 금부도사 왕방연이 노산군을 호위, 아니 호송護送, 죄인을 이동시키는 일했다. 그때 읊은 왕방연의 시가 지금까지 전한다.

"천만 리 머나먼 길에 고운 님 여의옵고 / 내 마음 둘 데 없어 냇가에 앉았으니 / 저 물도 내 안 같아야 울어 밤길 예놓다."

노산군, 아니 홍위의 삶은 그야말로 정처 없었다. 유배지 영월에서도 그의 삶은 안온하지 못했다. 한 달 뒤, 경상도 순흥에 유배되었던 금성 대군이 순흥부사 이보흠과 노산군의 복위를 꾀하다가 발각된 것이다. 이에 세조는 노산군의 직위를 폐하고 서인庶人, 일반 백성으로 강봉한다. 서슬 퍼런 왕이 감시하고 있는 섬 같은 귀양지에서 아내와도 떨어져 홀홀이 연명할 뿐인 삶, 그 어린 나이로 죽을 날만 기다리고 있었던 삶.

그해 10월, 세조와 신하들은 마지막 결정을 내린다. 앞서 홍위를 호위했던 금부도사 왕방연을 시켜, 사약을 영월로 보낸다.《세조실록》은 이 씁쓸한 결말에 시치미를 떼고, '노산군이 목을 매 자진'하였으며, '예의를 갖춰 장사를 치렀다'고 적고 있다. 그러나 《승정원일기》, 《선조실록》, 《숙종실록》의 추록은 다르다. 홍위는 교살당했다. 사약을 거부하자, 하인이 목에 줄을 매 잡아당겨 살해하였다. 하인은 시신을 그대로 청령포에 버렸고, 버려진 시신은 겨울이 올 때까지 방치되었다. 고을 아전인 엄홍도가 후환을 무릅쓰고 시신을 수습해 현재의 장릉 자리에 무덤을 세웠다고 한다. 엄동설한이라 땅을 파기가 불가능했는데, 어디선가 노루 한 마리가 나타나 잠시 머문 자리에 눈이 녹아 거기다 시신을 묻었다고 설화는 전한다.

홍위, 그러니까 단종端宗의 삶은 그렇게 스물도 되기 한참 전인, 열 일곱 나이로 끝난다. 원손→세손→세자→왕→상왕→노산군→서인→죄인으로 한없이 솟아올랐다가 또한 나락으로 추락하는 파란하고 만장한 삶이었다. 그러나 이야기는 끝나지 않았다.

4. 살아남은 자의 삶

원호元昊. 원주 출신의 정칠품 무관 별장別將이었던 원헌元憲의 아들로 태어났다. 1423년(세종 5년)에 과거에 급제하여 문종 때 집현전 직제학을 담당했다. 1453년(단종 1년) 계유정난이 일어나 수양 대군이 김종서 등을 살해하고 대신들을 도륙하자, 병을 핑계로 벼슬을 버리고 고향인 원주로 돌아가 초개의 선비로 살았다. 1457년(세조 3년) 단종이 영월로 유배되자 영월과 서강으로 이어진 지금의 제천시 송학면 장곡리 절벽에 정자를 짓고 아침저녁으로 울며 영월을 향해 큰절을 올렸다.

단종이 교살되어 세상을 떠나자 정자를 태워버리고는 영월로 가서 삼년상을 치렀으며, 상례를 마치고 난 뒤 원주 집으로 돌아와 문밖 나들이를 아예 하지 않았다. 세조의 세상에서 판서를 맡은 조카 원효연이 집으로 찾아와 면담을 청했지만 내다보지도 않았고 대답조차 하지 않았다. 나중에 세조가 호조 참의戶曹參議 벼슬을 내렸으나 죽음을 각오하고 응하지 않았다. 앉을 때나 누울 때나 머리를 반드시 동쪽에 두었는데, 단종의 무덤 장릉이 그쪽에 있기 때문이었다.

예종 때 손자인 원숙강이 사관史館이 되어《세조실록》편찬에 참여하던 중에 세조에 대해 곧이곧대로 쓰다 미움을 사 참수되고 마는 일이 벌어진다. 이에 원호는 자신이 쓴 책을 모두 불살라 버리고 가족을 불러 앞으로는 글을 읽어 세상에 나갈 생각을 절대로 하지 말라고 당부한 바 있다. 이로 인해 그에 관한 기록이 따로 전하는 것이 없다.

1845년(헌종 11년)에 후손과 유학자들이 원호의 충절을 기려 그가 단종을 향해 배례했던 정자가 있던 자리에 비석과 정자를 세웠다. 정자 이름은 그의 호를 따 '관란정觀瀾亭'이라 지었다. 서강이 S자를 그리며 굽이치는 절벽에, 물을 바라본다는 이름의 관란정이 지금도 의연히 서 있다.

옛사람들도 사랑이 연애의 정념만은 아니라는 걸 알고 있었다. 옛 시들에서 임은 연인이라기보다 대개 왕을 의미했다. 임금을 향한 연모는 애틋한 사랑이라기보다 권력에의 욕망이었으며, 영달의 꿈이었고, 명예를 가지려는 야욕, 문중을 빛내려는 염원이기도 했다. 그리하여 힘 있는 군주에 대한 사랑, 또는 지금은 힘을 잃었으나 언제든 복귀가 가능한 권력자에 대한 흠모는 계산된 아침이기도 하다.

영월로 물러난 단종은 그러나 복위할 가능성이 전혀 없는 폐왕이었다. 원호의 연모는 보상받을 길 없는 감정이었다. 그때 충의忠義란 땅바닥에 버려져 개도 거들떠 보지 않는 하찮은 가치였다. 상하가 엄격하고 충성과 도의를 제일로 삼는 유교 이데올로기를 표방해 세운 조선이 건국 후 100년이 지나기도 전에 그런 일이 벌어졌으니. 세조의 득세하에서 원호는 세상 물정 모르는 낡은 선비였고, 그의 충정은 출세는커녕 언제 목숨을 위협할지 모르는 거꾸로 쥔 칼날과 같았다.

단종이 영월에서 아직 살아 있을 적에, 원호는 정자에 올라 동쪽을 향해 매일같이 울며 절하고, 싱싱한 과일과 채소를 마련해 절벽 아래로 내려가 함지박에 담아 편지와 함께 강물에 띄웠다. 서강은 흘러 단종이 자주 오르내리던 청령포 노산대 밑까지 함지박을 날랐다고 한다. 단종이 승하하자, 그는 방상 삼년方喪三年, 부모의 상사처럼 거상함의 예를 치르고 세상과 단절하였다. 제

가 쓴 서책을 모두 태워 버리고는, 이치에 맞지 않는 세상에서 이치를 논하는 문장을 팔아 출세하지 말라고 가족들에게 당부하였다.

원호가 단종에게 보인 정성은, 갸륵한 것이었다. 단순히 신의나 충절이라고 표현할 수 없는 애틋한 연모였으며, 지극한 다짐이었다. 그는 세상으로 돌아가는 길을 끊어 버리고 돌려받을 길 없는 사랑에 전념했다. 단종에 대한 그의 애정은, 다른 꿈이나 은폐된 욕망이 아니라 한 인간이 비극에 처한 다른 인간에게 전하는 통감의 신호이자 절절한 응원, 온몸으로 떠받치는 헌신, 그러니까 일종의 순애보, 그저 사랑이었던 것으로 보인다.

원호의 사랑은 불행하였다. 그의 사랑은 임을 구할 수 없었으므로. 그러나 원호는 임의 죽음 뒤에도 자신의 신념을 고치지 않았다. 그의 임을 앗아간 세상에 등돌렸으며, 어떤 유혹도 거절하고 사랑을 현실로부터 독립해 완결시켰다. 그의 사랑은 불행하였으나, 그 불행한 사랑 안에서 그는 죽는 날까지 열렬하였다. 그의 사랑이 꼭 불행했다고 말할 수 있을지 모르겠다.

관란정에서 보이는 서강의 모습

원호는 알았던 것이다. 사랑이 둘만의 관계라는 것을. 현실이 어떻게 핍박하건간에, 당신과 나 우리 둘만 서로 알아주면 그만이라는 것을. 세계란 사랑을 존재하게 만드는 조건이 아니라 그저 사랑의 배경에 불과하다는 것을. 설령 당신이 떠난다고 한들 사랑이 끝나는 것도 아니라는 것을. 당신을 폐하고 세상을 얻는 것보다는 당신을 기리고 세상을 폐하는 게 옳다는 것을. 아니, 나에게 있어 세상은 그저 당신의 다른 말이라는 것을.

사랑이 그저 연애의 정념만이 아님을, 옛사람들은 알고 있었던 것 같다. 헌신이고 단절이며 신념이고 등 돌림이며 끊을래야 끊을 수 없는 지독한 집착이고 대를 잇는 불행일 수도 있다는 것을, 원호는 아주 정확하게 알고 있었던 것이 아닌지.

5. 이편의 언덕에서

관란정이 서 있는 제천시 송학면 장곡리 언덕에 서서 바라보는 서강은 맑고 여유로워 보인다. 원호는 절벽 아래 물가로 뻗어나온 함지박 바위에서 편지와 먹을 것을 띄웠고, 그 위편 솟아오른 '아이고 바위'에서 단종의 승하를 애통해하며 울부짖었다. 그 흔적들을 지금 우리는 쉽게 만날 수 있다. 아주 편안하게.

관란정이 있는 이편의 언덕은, 원호가 부질없는 가능성을 헤아리며 단종의 삶을 걱정하던 차안此岸이었을 것이다. 물길 굽이쳐 구불구불 흘러 도는 서강은 그런 의미에서 단절을 상징하는 이강離江이고, 편지와 함지박 닿던 청령포, 단종이 기거하던 저편의 언덕은 뱃길로 한달음이나 삼엄한 현실 권력에 의해 유폐되고 차단되어 있었다는 점에서 그가 도달할 길 없는 피안彼岸이었다.

님을 먼저 보낸 후, 이 까마득한 절벽에서 원호는 얼마나 제 몸을 강물로 내던지고 싶었을 것인가. 남은 삶은 삶이 아니었을 것이다. 그저 하루하루 작별을 확인하는 자책과 후회의 지독한 축적일 뿐.

왕방연의 '탄세사(歎世詞)' 비

그러나 서강이 흘러흘러 동강과 합쳐지고, 다시 남한강이 되어 서울까지 닿고 또 지나쳐 서해로 넘쳐나 다시 북태평양, 남태평양과 이어져 멀고 먼 바다로 더 나아가면, 아주 먼 곳, 그 끄트머리 언덕 한편에 그가 그토록 그리워하던 홍위, 단종이 활짝 웃으며 팔 벌려 기다리고 있지 않을까?

화창한 날, 관란정에서 눈이 시릴 정도로 맑은 서강을 내려다보며 원호가 더 이상 눈물 흘리지 않아도 되는 날들을 아득하게 떠올려 본다. 그가 신발조차 벗어던지고 맨발로 어린 왕에게 달려가 부둥켜안고는 고생하셨고 망극하다며 서로 쓰다듬고 또 어루만질 저편 언덕에서의 날들을.

아직도 이치에 맞지 않으나 여전히 이치를 논할 수밖에 없는 덧없는 언덕 이편,

차안此岸에서.

위치와 교통

관란정은 제천시 송학면 장곡리 산14-2에 있다. 관리처 전화번호는 043-641-5143. 주차장이 구비되어 있고, 주차장에서 걸어서 5분 정도만 올라가면 된다. 정자와 유허비遺墟碑, 선인들을 기려 세운 비석가 잘 정비되어 있다. 새로 낸 나무계단을 통해 언덕 아래까지 내려가 볼 수 있으니 아이고 바위와 함지박 바위 등 옛 흔적을 더듬어 보기에 좋다. 정자에서 서강을 내려다보는 맛이 지극하다. 제천역에서 530번(일 3회), 531번(일 1회), 540번(일 3회), 541번(일 1회) 버스가 운행하며 1시간 30분가량 걸린다. 장곡 정류장에서 내려 10분 정도만 걸어가면 된다. 그렇지만 아무래도 승용차나 택시를 이용하는 게 편하겠다.

잘 곳과 먹을 곳

주변은 시골이라 마땅한 여행용 시설이 적다. 제천 시내의 식당이나 숙소를 이용하는 게 좋겠다. 제천 시내의 숙소나 맛집은 '시립도서관 앞 노지 딸기밭' 편을 참고하시라.

주변 여행지

관란정은 제천의 북동쪽 끝자락에 해당된다. 차를 이용한다면 의림지(제천시 모산동 241), 점말동굴(제천시 송학면 포전리 산68-1), 장락동 칠층모전석탑(제천시 장락동 65-2, 043-641-5133)이 멀지 않다. 하나같이 전통 깊은 역사적 유적지이니 함께 둘러보면 알맞겠다.

• 옥순대교가 보이는 청풍호의 가을(사진 제공 : 제천시)

2 | 청풍호와 청풍문화재단지

【자드락길 1코스 작은 동산길 | 제천 제4경】

호반환상곡 Lakeside Rhapsody

햇살 쏟아지는 정오가 조금 지난 무렵, 제천역 왼편의 남당초등학교 앞 정류장에서 청풍 가는 버스를 기다리고 있을 때 학교 정문으로 꼬마들이 쏟아져 나왔다. 오전 수업이 끝난 모양이다. 마지막 수업이 체육 시간이었는지 아이들은 아래위 노란 운동복을 맞춰 입었는데, 몸피에 비해 약간 큰 가방을 메고서 종종걸음치며 경사로를 내려오는 모습이 막 풀어놓은 병아리들 같았다. 방금까지 한 교실에서 끼어 앉아 있었을 텐데도 무슨 할 이야기들이 그리도 많은지 세상은 잠시 왁자해졌다. 교문 앞 삼거리에 이르자 아이들은 줄줄이 손을 흔들어 "안녕, 안녕!" 하며 친구들과 작별하고 뿔뿔이 집으로 흩어져 갔다. 나는 노란색 실 뭉텅이가 한 점 또 한 점의 가느다란 실선으로 각자의 골목으로 빠져나가는 것을 넋 놓고 바라보고 있다가 하마터면 청풍행 953번 버스를 놓칠 뻔했다. 간신히 올라탄 버스의 맨 뒷좌석에서도 고개를 돌려 차창 너머로 호기심 많은 꼬마 새들이 파닥거리며 제 둥지를 찾아가는 모습을 아득해질 때까지 눈으로 더듬어 쫓았다. 아이들이 밟은 보도블록 하나하나가 전자 실로폰을 두드리면 빛나는 건반처럼 번갈아 켜지며 경쾌한 효과음을 낼 것 같았다. 버스가 교차로를 지나서 그 모습이 완전히 사라지고 난 뒤에도 잔영은 오래도록 머릿속을 감돌았다. 눈부시게 노란 그 빛들이. 때는 4월, 봄의 한복판이었다.

맑은 바람이라는 뜻의 청풍淸風은 제천의 중심 고을, 청풍면을 가리키는 말이기도 하면서 또한 제천이 속한 충청북도 전체에 따라붙는 수식어다. 한반도의 중원에 해당하면서 남한강을 끼고 있어 사통팔달의 지리적 조건을 갖추고 있던 제천은 삼국 시대 이래 치열한 영토 각축장이기도 했다. 원래 마한의 땅이었다가 근초고왕 시기부터 백제에 속하게 된 제천 지역은 이후 장수왕 때 고구려의 영토로 편입되면서 의림지로 인해 '내토奈吐, 의림지 편 참조'라는 지명을 갖게 된다. 이후 '사열이沙熱伊'로 불리게 되는데 여기서 '사열'은 '청淸'과 같은 뜻으로 맑고 서늘하며 차다는 의미를 담고 있다. 신라 경덕왕 4년(서기 745년)에 이르러, 이 지역은 청풍현으로 개명된다. 그러니까, 이 청풍이라는 말은 거의 1,300년에 가까운 연원을 담고 있다.

청풍은 그 뒤 고려 충숙왕 시기에 군으로 올라섰고, 조선 현종 원년에는 왕후의 관향貫鄕, 본관이 있는 곳이라 하여 도호부로 승격된다. 산으로 둘러싸인 가운데, 서울까지 굽이쳐 흐르는 한강을 품고 있는 제천은 예로부터 맑고 수려하며 겨울이 늦게까지 머무는 곳이었다.

1970년대, 4대강 유역 개발의 일환으로 정부가 남한강에 다목적 댐을 건설하기로 하면서 충청북도 일부 지역이 물에 잠기는 것을 피할 수 없게 된다. 1978년 6월부터 시작해 1985년 10월까지 계속된 이 충주댐 공사는 그중에서도 제천, 단양 지역에서 가장 많은 마을들을 집어삼키고 이주민을 낳았다. 피해가 가장 컸던 곳이 제천으로 5개 면, 61개 마을, 3,301가구가 통째로 물 속에 가라앉았다. 개중 청풍면은 스물일곱 마을 가운데 스물다섯 마을이 수몰되고 말았다. 정식 명칭이 충주호인, 이 충주, 제천, 단양을 잇는 대형 인공호수를 제천에서만큼은 청풍호라 부르게 된 이유가 여기에 있다.

청풍문화재단지는 충주댐이 지어지기 직전인 1982년부터 3년 동안, 수몰지구에 흩어져 있는 중요 문화유산들을 해체하여 청풍호가 굽어다 보이는 망월산성 자락에다 옮겨 모아 놓은 일종의 야외 박물관이다. 1만 6,000여 평 규모로 출발하여 지금은 8만 5,000여 평까지 부지를 확대하고 관아와 누각, 옛집과 불상 등 수천여 점의 유물을 보존하고 있다.

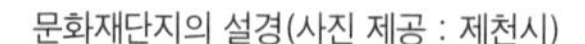
문화재단지의 설경(사진 제공 : 제천시)

제천 시내를 빠져나온 버스는 양옆으로 전답을 끼고 82번 지방 도로에 올라 햇빛 고슬고슬한 양화리를 지나 산정호수의 가장자리를 갈지자로 따라간다. 버스는 청풍호에 닿기 전, '높은 다리高橋'를 지나는데, 여기엔 신기한 일화가 있다. 60년 전 새로 지은 이 다리는 원래 조선조 중엽에 마을 사람들이 큰 돌을 괴어서 쌓아 올린 다리가 있었던 곳인데, 큰 장마로 쓸려 나가 버려서 그 자리 위쪽에다 다시 놓은 것이다. 다리가 없을 적에는 배로만 왕래할 수밖에 없어 불편이 이만저만이 아니었다 한다. 결국 양쪽 마을이 나서서 주민들을 동원해 어렵사리 다리를 놓았는데, 지나던 스님 하나가 동네 사람들에게 다리 이름을 반드시 '높은 다리'로 지어야 한다며 강권했다고 한다. 마을 사람들이 이유를 묻자 스님은 이렇게 전했다. "300년 후면 물이 난간까지 들어올 것입니다. 그래서 다리 이름을 미리 높은 다리라고 불러야 합니다." 그리하여 물가 낮은 곳에 놓았던 다리 이름이 엉뚱하게 높은 다리가 되었지만, 결국 그 예언은 맞아떨어져 버스는 산중턱까지 차오른 지금의 호수 위 높은 다리를 지나게 되었다. 현자는 모두 사라지고 말았는지, 우리는 수십조 원을 들여 강을 파헤쳤다 3년도 안 돼 다시 수십조 원을 써서 도로 메꾸자는 논의를 진행 중이다.

버스가 구불구불한 호안선을 감아들며 청풍대교를 건너, 산들 가운데 물길 찰랑이는 산자수명山紫水明의 장소, 청풍문화재단지로 접어든다. 청풍호를 둘러싼 길들이 모두 벚나무를 가로수로 삼고 있어서 봄은 하늘하늘 길 위에서 흩어져 나린다. 제천시의 10대 경관 가운데 호반과 문화재단지는 제4경

청충호 벚꽃길 야경(사진 제공 : 제천시)

에 해당하지만, 4월 중순 넘어 따뜻한 봄날, 꽃비 맞으며 호숫길을 살랑살랑 거니는 맛은 그야말로 과장 없이 선경仙境을 넘나든다. 눈에도 그런 호사가 없다. 여기에서 봄은 봄seeing이다.

조성에 3년이나 걸렸다는 청풍문화재단지에는 둘러볼 곳이 적지 않다. 정문에 해당하는 팔영루八詠樓는 본래 청풍부의 성문으로, 애초에는 남덕문覽德門이었으나 조선 고종 때 부사 민치상이 청풍명월의 8경을 시제로 쓴 〈팔영시〉를 현판에 새겨 달면서 지금의 이름으로 부르기 시작했다 한다. 웅장하고 헌걸찬 데가 있어 꼭 한번 구경할 만하다. 수해를 막기 위해 그려 두었다는 출입문 천장의 호랑이 그림도 눈여겨볼 필요가 있다. 충북 유형 문화재 제35호.

팔영루를 거쳐 단지 안 왼편으로 꺾어 들면 곧 석조여래입상을 만난다. 본디 청풍면 읍리 대광사 입구에 있던 석상으로 키가 3m 41cm에 달하는 나말여초 시기의 거불인데, 풍만한 자태와 자비로운 표정으로 방문객들을 굽어보고 있다. 소원을 들어주는 부처로 이름나 있어 언제나 찾는 이들이 많다. 보물 제546호.

또 청풍 관아의 문루였던 시원한 2층 누각 금남루錦南樓는 호수 쪽에 배치된 일련의 고건축들로 안내하는 일종의 통문 역할을 한다. 날개를 편 듯한 팔작지붕 아래 고고하게 버티고 서 있는 금람루의 모양새가 씩씩하고 위풍당당하다. 좌우에 심어진 나무들이 바람에 가지를 흔들어 연둣빛 춘정을 살랑거릴 때면 이 번듯한 누각의 남성미가 더욱 도드라져 보인다. 충북 유형 문화재 제20호.

그 너머로는 동헌인 금병헌錦屛軒이 있다. 청풍부사의 집무 청사로, 유일하게 단청을 하지 않아 목민관의 검소한 생활상을 보여 주는 곳이기도 하다. 대청마루 안쪽 현판에 '청풍관淸風館'이라고 쓰인, 추사 김정희에 버금간다는 이재彝齋 권돈인權敦仁의 글씨가 있으니 놓치지 않길 바란다. 충북 유형 문화재 제34호.

그 옆에 자리한 1층 건물 같기도 하고, 2층 건물 같기도 한 누각이 응청각凝淸閣인데, 아래층은 흙벽이고 위층은 제

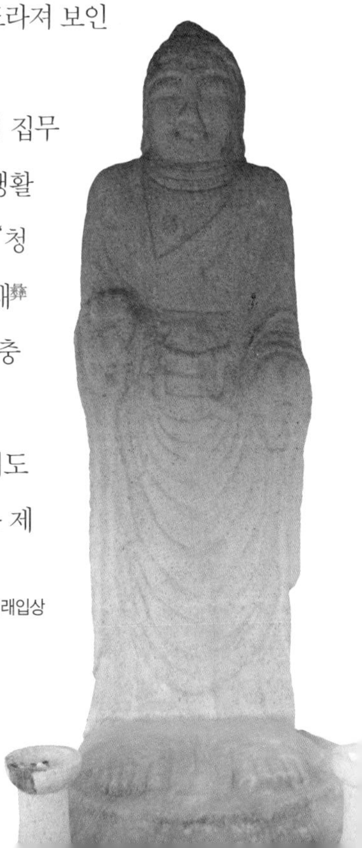

물태리 석조여래입상

한겨울의 팔영루(사진 제공 : 제천시)

대로 된 팔작집이다. 밑에는 창고, 위에는 객사로 쓰였던 것으로 추정된다고 하는 보기 드문 다목적 건물이다. 충북 유형 문화재 제90호.

응청각 옆에 길게 뻗은 건물이, 한벽루寒碧樓다. 남한의 3대 누각, 호서의 제1 누각으로 이견이 없다는 늘씬한 다락집. 고려 충숙왕 4년(서기 1317년)에 청풍현이 군으로 승격되면서 이를 기념하고자 세운 청풍 관아의 부속 목조 건물로, 익랑翼廊, 날개형 복도을 거쳐 누각에 오르는 특이한 구조를 지니고 있다. 그 우아한 모습답게 연회장으로 주로 쓰였다 한다. 청풍문화재단지 전체를 통틀어 가장 인상적인 건축물이다. 보물 제528호로 지정된 바 있으나 그 이상의 격조를 지니고 있다.

그 외에도 구경할 곳이 많다. 청풍면의 지형이 한눈에 들어오는 삼국 시대의 석축 산성인 망월산성望月山城, 제천의 옛 기와집들을 그대로 옮겨 온 고가

3채, 유물전시관과 수몰역사관……. 청풍문화재단지는 느긋하게 둘러보기 좋은 곳이다. 시간이 허락된다면 새로 지은 망월루望月樓에 올라 옮겨 온 유물들뿐 아니라 문화재단지 전체와 그를 둘러싼 지형까지 내다보길 바란다. 높고 가파르게 솟아오른 제천의 산들과 산들 사이로 파도치며 오르내리는 능선, 지나는 유람선이 흰 생채기를 긋고 사라지는 깊고 푸른 호수면의 높이까지 한눈에 가늠하면서 최대한 멀리, 가능한 널따랗게.

4월의 봄은, 82번 지방 도로 위를 넘실거리며 불붙어 오다가 청풍호를 건너 문화재단지가 있는 물태리에 이르러 뭉쳐 타올라 절정을 이룬다. 호반의 길들은 벚나무로 자욱하고, 발그스름한 불씨들, 아니 흰 연기 같은 꽃잎들이 유영하듯 날아다닌다. 제천시는 물태리 다목적 회관 앞에 줄줄이 천막을 세우고, 동네 전체를 벚꽃의 축제장으로 선포하는데, 그러면 제천 주민들만이 아니라 단양과 충주, 영월과 문경 사람들까지 청풍호로 몰려와 82번 지방 도

금남루

망월산성

망월산성에서 바라본 문화재단지(사진 제공 : 제천시)

로는 아침부터 차들로 북적인다. 4월 중순 즈음, 벚나무들이 골목까지 속속들이 장악한 물태리에서는 꽃 이파리들로 삶을 감화시키는 대규모 영세식이 열리고, 상춘객 아니 봄의 신자들은 아름다움이라는 기적을 휘황하게 흩뿌리는 벚나무 그늘 아래서 살아간다는 일의 장엄을 다시금 깨우친다. 축제 천막들 속에서 난장이 펼쳐지고, 노랫소리가 흘러나오는 가운데 그림자가 시곗바늘처럼 돌며 하루를 완성해 간다. 마침내 밤이 이슥해지고 관광 나왔던 차들 모두 돌아간 뒤에도 향기만은 아릿하게 불 꺼진 집들의 창가에 스민다. 낡은 마을 물태리는, 제 몸에 봄을 칭칭 둘러 감는 시골이다. 인적 하나 없는 먹빛의 새벽녘에도 벚나무들은 생각났다는 듯 가끔 양팔을 떨어 꽃잎들을 호수 쪽으로 흘려보냈다.

봄이 꽃들을 앞세워 물태리를 샅샅이 포위하고 있는 2015년 4월의 두 번째 금요일 오전이었다. 구경꾼들이 전에 없이 늘어난 청풍문화재단지를 둘러보다 슬슬 물태리로 내려가서 점심이나 먹어야지 하던 무렵. 전에 없이 밝게 찰랑거리는 청풍호의 물빛이 곱고 산뜻해서 응청각 뒤편의 벤치에 잠깐 등을 기댔다. 아이들 손잡고 나온 어른까지, 가족 단위로 삼삼오오 단지 내 꽃그늘 속에서 봄나들이를 즐기고 있었다. 그중에 허리 아래쪽이 불편하신 듯 곁의 할머니 손을 꼭 붙잡고 지팡이 짚고서 간신히 걸음을 떼고 있는 할아버지 한 분이 눈에 띄었다. 할머니는 연신 땀을 닦아 주시며 할아버지를 내가 앉은 벤치 옆, 호숫가로 난 또 다른 벤치 한 켠에 앉혔다. 은연중에 두 분

벚꽃이 피우는 봄

이 나누는 말씀을 들어 보니, 그들은 부부이고, 충주댐이 세워지기 전에 청풍면 도화리桃花里에서 살았던 실향민인 것 같았다. 띄엄띄엄 흘러나오는 이야기에 따르면, 도화리는 한벽루 뒤편에서 내려다보이는 호수 밑에 가라앉은 마을이었다. 칠순, 20년 같은 단어들로 이들이 아주 오랜만에 고향을 찾았다는 걸 알 수 있었다. 주로 할아버지가 입을 여셨고, 할머니는 대개 고개만 끄덕이셨다. 몸은 불편하셨지만 목소리가 카랑카랑하고 발음이 확실해서 그의 말은 바람이 가지를 쓸어내려 꽃잎이 쏟아질 때마다 소풍객들이 환호를 지를 때를 제외하면, 아주 잘 들렸다. 그는, 벚꽃도 좋지만, 복사꽃 피는 청풍강변의 봄날이 훨씬 더 어여뻤다고 했다. 마을 샘이 있던 자리에 오동나무 한 그루가 번듯하고 훤칠했는데, 결국 통째로 물에 잠겼다고 했다. 봄이면 마을 회관에서 화전 부치고 닭 잡아 잔치를 벌이던 기억이 똑똑하지만, 지금은 전부 퍼런 물로 차올라 어디가 어딘지 구분할 수 없어졌다며 입술을 잠그고는 호수 쪽만 바라다 보았다. 노부부는 그 뒤로 말도 고갯짓도 없었다. 바람도 멈추었는지 벚나무들도 한순간 고요하였다.

그때 금병헌 앞쪽에서 네댓 살 된 여자아이를 앞세운 30대 중반쯤으로 보이는 젊은 부부가 한벽루와 응청각 뒤편, 나와 노부부가 띄엄띄엄 앉아 있는 벤치 사이로 걸어와 돗자리를 폈다. 작은 벚나무 아래였다. 따스한 햇살과 땅을 뒤덮은 벚꽃 흔적에 부부는 기분이 좋았는지 돗자리에 거의 반쯤 누워 번갈아 아이를 무릎으로 비행기 태워 주며 옹알거렸다. 여자애는 깍깍거리며 흥분해 소리 지르다 갑자기 내려와서는 제 엄마에게 노래를 불러 주겠다고 했다. 느닷없는 가족의 출현에 노부부도 나도 저도 모르게 그들을 응시하고 있었던 것 같다. 꼬마는 일어서서 양손을 허리춤에 갖다 대더니 좌우

벚꽃 화사한 문화재단지

로 몸을 흔들며 약간 높은 음색으로 노래불렀다. 곡은 모두에게 친숙한 〈고향의 봄〉이었다.

나의 살던 고향은 꽃피는 산골 복숭아꽃 살구꽃 아기진달래 울긋불긋 꽃 대

궐 차리인 동네

아이가 그다음을 부를 때쯤 내가 앉은 벤치 옆, 그러니까 노부부가 앉아 있는 쪽에서 신음 소리 같은 게 들렸다. 반사적으로 돌아보았는데, 그때껏 입을 앙다물고 있던 할아버지가 입술을 열어 들릴 듯 말 듯 낮은 목소리로 그 끝부분을 따라 부르는 소리였다.

그 속에서 놀던 때가 그립습니다

아이의 노래가 끝나고, 가족이 짝짝짝 박수를 치고는 아이를 안고 쓰다듬어 주고 있던 순간에도 할아버지는 그 마지막 문구를 후렴처럼 반복해 되뇌이고 있었다. 그, 속, 에, 서, 놀, 던, 때, 가, 그, 립, 습, 니, 다…….

가야겠구나. 자리를 털고 일어서는데, 한순간 바람이 휘몰아치며 호숫가 벚나무들을 밑동까지 흔들었다. 수줍은 분홍빛 아롱져 흩날리는 꽃비 속에서 한벽루, 그 계단과 익랑과 본 누각이 기품 있게 물결쳐 상승하는 곡선이, 거꾸로 몸이 누각이고 익랑이 머리이며 계단이 손인 늙은 짐승처럼 보였다. 그 700년 된 짐승이 할아버지에게 오체투지로 절하는 듯 느꼈던 것은 그저 한바탕의 꿈(一場春夢)이었을까. 낮달이 호수면 반대쪽에 걸려 있었다.

팔영루를 빠져나오며 곰곰이 생각해 봤다. 물에 잠긴 고향도 고향일 수 있을지, 그리움은 과연 수면 위로밖에 머물 수 없는 것인지에 대해서도.

그러나 또한 생각해 봤다. 노부부가 내려다보면 호수면 너머 봄 꽃잎 내려

한벽루(사진 제공 : 제천시)

앉는 그곳에서 고향은 복사꽃 화사하지 않겠는가라고. 밤의 달이 그곳에선 환하게 옛 집들을 비추고 있을 거라고. 거기서는 여전히 아이인 할아버지의 친구들이 나머지 구절을 지금도 부르고 있지 않겠는가라고.

> 꽃 동네 새 동네 나의 옛 고향 파란들 남쪽에서 바람이 불면 냇가에 수양버들 춤추는 동네…….

버스를 타고 청풍호 건너 다시 시내 쪽으로 되감아 갈 때, 벚나무들 여전히 흔들리며 꽃잎을 호수로 날리고 있었다. 그 수면 아래 가라앉은 마을에도 봄이 완연하길 빌었다.

위치와 교통

청풍문화재단지는 제천시 청풍면 청풍호로 2048번지(청풍면 물태리 산 6-20, 043-647-7003, tour.okjc.net)에 있다. 충주댐 건설로 주민들을 이주시킬 때 주요 문화재들을 옮겨 온 것인데, 정부의 졸속 추진으로 인해 이 야외박물관이 왜소한 역사 테마파크처럼 조성된 구석이 있다. 팔영루는 안팎이 거꾸로 놓여진 듯하고, 일부 고건축 간 거리도 너무 가까우며, 망월산성 등의 명칭은 잘못된 듯 보인다. 이에 관해서는 제천 와이뉴스(www.y-news.co.kr)의 류금열 향토사학자의 견해를 참고해 주시길 바란다. 그럼에도 불구하고, 역사적으로 또 사적으로, 지역의 상처를 위해 또 마을 공동체를 위해 기억하고 기려질 만한 유물들이 가득하다. 또, 문화재단지 옆에, 매년 4월 벚꽃축제가 열리는 물태리는 댐을 건설할 때 마을을 새로 일궈 청풍면 주민들을 이주시킨 1980년대의 '신도시'다. 졸속 추진되어 자발적 이주가 많지는 않았지만 남은 마을의 흔적 역시 옛 정취

청풍호반에 놓인 문화재단지(사진 제공 : 제천시)

를 그대로 풍기고 있으니 꽃피는 봄날, 같이 둘러보는 것을 추천한다.
제천역 왼편의 남당초등학교 정류장에서 950, 952, 953, 960, 961, 970, 971, 980, 982번 버스가 시간당 1~2회 꼴로 운행하며 청풍문화재단지 정류장까지 한 시간쯤 걸린다. 주차장, 화장실 등이 완비되어 있다.

문화재단지의 고가(古家)

잘 곳과 먹을 곳

청풍호반 부근이라 고급 숙소와 식당들이 많다. 청풍문화재단지와 청풍대교를 사이에 두고 마주 보는 청풍리조트의 레이크호텔(제천시 청풍면 청풍호로 1798, 청풍면 교리 99, 043-640-7000, www.cheongpungresort.co.kr)이 회원제 리조트를 제외하면 제천에서 가장 좋은 호텔이며 호수를 바라보는 전망과 내부 시설 또한 훌륭한 편이다. 또, 물태리의 청풍유스호스텔(제천시 청풍면 청풍호로 2139, 청풍면 물태리 131-10, 043-652-9090, www.dfmc.kr/camp)도 저렴하고 실속 있게 숙박하기 좋은 숙소다. 그 외에도 청풍호를 따라 펜션들이 적지 않다.
물태리의 청풍면 복지회관 앞에 송어 비빔회로 유명한 느티나무 횟집(충북 제천시 청풍면 배시론로

레이크호텔에서 본 청풍호

4, 청풍면 물태리 133-89, 043-647-0089)이 있다. 송어회를 밥과 양념장에 비벼 먹는 회덮밥이 아주 일품이다. 그 앞 남한강 횟집(제천시 청풍면 배시론로 5-4, 청풍면 물태리 133-91, 043-652-4200)은 민물새우가 듬뿍 들어간 매운탕 메뉴가 훌륭하다.

주변 여행지

청풍문화재단지 부근에는 다녀 볼 곳들이 많다. 레이크호텔 건너편으로 자드락길 1코스 '작은 동산길'이 펼쳐져 있다. 호텔에서 교리마을, 작은 동산까지 올랐다 중고개, 상학현, 학현교, 능강교로 내려오는 경로다. 호텔 앞 교리마을 비석에서 작은 동산까지는 편도 80분 정도의 거리이며 그 부분만 다녀와도 충분히 운치가 있다. 길도 걷기 좋은 편이다.
청풍문화재단지 아래쪽과 청풍랜드 밑에서는 청풍호를 오가는 유람선을 탈 수 있다. 충주호 관광선 청풍나루(청풍문화재단지 선착장, 제천시 청풍면 문화재길 54, 청풍면 읍리 51번지, 043-647-4566)나 청풍유람선(청풍랜드 아래, 제천시 청풍면 청풍호로 50길 6, 청풍면 교리 147, 043-644-8859) 중 가깝고 편한 것을 이용하면 된다. 옥순봉, 구담봉과 장회나루까지 조망할 수 있는 좋은 기회다. 1시간에서 1시간 반 정도 걸린다. 시간 여유가 있는 분들은 놓치지 않길 바란다.
또, 문화재단지 내 망월산성에서 보이는 마치 봉황이 날아가는 것 같은 신기한 형상의 산인 비봉산에는 청풍호 관광 모노레일(제천시 청풍면 도곡리 114, 043-642-3326, www.cpairpark.co.kr, 동절기 휴장)이 있다. 물에 잠긴 청풍호와 산들 전체를 드넓게 내려다볼 수 있는 장소가 비봉산 정상이

비봉산에서 바라본 청풍호(사진 제공 : 제천시)

다. 모노레일을 타 보라 권하는 것은 필자의 소신과는 상반된 것이지만, 실향민들이 가끔 이것을 타고 비봉산 활주로 너머로 옛 풍경을 가늠해 보는 일들을 탓할 수는 없었다. 편도에 23분 정도 걸리고, 천천히 위태롭게 가파른 경사를 올라간다.

이밖에도 문화재단지 건너편이자 레이크호텔 옆에 청풍랜드(제천시 청풍면 청풍호로 50길 6, 청풍면 교리 147, 043-648-4151, www.bigbungee.com)가 있으며 인공 암벽, 조각 공원, 번지 점프 등 레저 시설을 즐길 수 있다. 이곳은 제천국제음악영화제가 열리는 장소이기도 하다.

• 의림지(사진 제공 : 제천시)

3 | 의림지

【제천 제1경】

그릇

제천의 역사적 지명은, 전부 의림지에서 비롯되었다. 현재 부르는 이름 '제천堤川'은 한자어 그대로 물가에 쌓은 둑이라는 뜻이며, 이곳이 고구려 땅이었던 시절에는 '내토奈土'라 불렸다가 신라 땅으로 복속되며 '내제奈堤'로 바뀌었는데, 이는 모두 큰 둑이라는 의미다. 신라 진흥왕 13년(서기 552년)에 우륵이

의림지를 쌓았다고 전해지지만 지명이 그보다 더 전에 제방이 있었음을 시사하는 것을 감안하다면, 이 저수지의 역사는 사실상 기원전까지 거슬러 올라가야 할지도 모른다. 그만큼 의림지는 긴 연원을 품고 있다.

의림지의 존재감은 제천에만 머물지 않는다. 충청도를 가리키는 말 '호서湖西'는 호수의 서편이라는 뜻인데, 그 호수란 바로 의림지를 가리킨다. 충청도는 의림지를 기점으로 서쪽에 해당하는 지역인 것이다. 경상도를 가리키는 영남嶺南은 조령鳥嶺, 문경새재을 기준으로 한 남쪽 지역이며, 전라도를 가리키는 호남湖南은 김제의 벽골제(또는 금강)를 기준으로 한 남쪽 지방이다. 먹고사는 생활이 모두 농사에 달려 있으므로, 옛 시절 지방을 가르는 기점은 모두 이처럼 농업용 저수지나 세곡을 운반하는 주요 교통로를 준거점으로 삼았다. 그중에서 밀양의 수산제, 김제의 벽골제와 더불어 제천의 의림지는 삼국 시대부터 있었던 이 땅의 대표적인 인공 저수지다. 그 가운데, 지금까지도 여전히 주변의 무논들을 적시며 키우는 곳은 딱 한 곳, 의림지뿐이다. 우리는 인간을 세상의 중심으로 보는 통시적인 관점에서 의림지를 하

의림지 전경(사진 제공 : 제천시)

의림지가 키우는 제천의 논들

나의 점으로 바라보며 그 바깥의 세계가 무쌍하게 변화해 온 것들을 인식하지만, 의림지의 시각에서 세상을 바라보면, 숱한 격변에도 불과하고 세계는 그다지 변하지 않았다고 납득하게 될지도 모른다. 그만큼 의림지는 지금도 제천의 중심이며, 주변의 살아 있는 뭇 생명들을 변함없이 먹여 살리고 있다. 의림지는 우뚝하다.

제천의 남쪽은 남한강과 연결되어 수량이 풍부해 농사짓기 좋았으나 북쪽은 차령산맥을 비롯한 큰 산줄기가 겹쳐 지나며 예로부터 경사가 심하고 강우량이 들쭉날쭉한 편이다. 이에 옛 사람들은 제 논에 물을 댈 인공 연못 하나를 간절히 소망해 왔다. 삼국 시대 혹은 그 이전에 대규모로 인력을 동원해 제천의 진산鎭山, 용두산 아래 물이 샘솟는 곳에다 제방을 쌓았고, 2,000년 가까이 끊임없이 보수하고 북돋우면서 현재에 이르렀다. 덕분에 의림지 주변은 척박한 땅에서 옥토로 변신해 오래도록 지역민들을 보살펴 주었다. 현재도 의림지 아래에는 논밭이 가지런하여 고전적 풍경을 재현하고 있다.

《세종실록지리지》에서 '길이가 530척, 논 400결에 물을 댄다'고 수록된 의림지는《신증동국여지승람》에서 '깊이를 헤아릴 수 없다'고 적혀 있으며,《여지도서》에 '둘레는 5,805척'이라 표기되어 있다. 지금의 의림지는 호수의 둘레가 약 2km, 호수 면적 15만 1,470m², 저수량 661만 1,891m³, 수심 8~13m의 규모이며 약 90여만 평의 논밭에 물을 공급한다. 1척이 약 30cm인 것을 감안하면, 예나 지금이나 많이 달라지지 않은 셈이다. 의림지는 고스란하다.

1972년에 홍수 위험이 있어 서쪽 둑방을 일부 무너뜨려 물을 빼낸 적이 있는데, 그때의 조사로 의림지의 내부 구조를 알 수 있게 되었다. 안에는 물이 솟아나는 샘구멍이 있으며, 바닥에는 진흙, 통나무, 자갈흙 3중으로 마무리하였고, 특히 물에 닿는 면에는 진흙과 모래흙, 소나무 낙엽을 층층이 얹고 그 위로 다시 자갈과 모래흙을 쌓았다고 한다. 콘크리트를 방불케 하는 과학적이고 입체적인 누수 방지 공법이라 할 수 있다. 의림지는 슬기롭다.

의림지의 경치는, 호수를 따라 간단히 한 바퀴를 돌아보는 것으로서도 볼 만 하지만, 용두산 아래 약수터에서부터 제2의림지를 따라 세명대 입구의 솔밭공원을 거쳐 제1의림지(의림지), 솔숲과 영호정 아래 샛길로 빠져나가

솔밭공원

비포장길로 모산동의 논밭을 통과해 청전동에 이르는 코스가 의림지로 형성된 제천의 진경을 이해하는 데 도움이 된다. 그럴 때 의림지는 넉넉하다.

의림지는 제천 지역민에게 있어 애증의 대상이기도 했다. 주민들의 오랜 산책로이고, 방문객들의 빼놓을 수 없는 여행지이며, 언론에서 제천을 소개할 때마다 항상 곁들이는 명승지이다 보니, 아무래도 약간은 물리게 되는 모양이다. 실례로 만나 본 주민들은 입을 모아 "초등학교부터 고등학교 때까지 학창 시절 12년 동안 매년 의림지에 소풍가야 했다.", "백일장이든 사생대회든 학생들은 어디로 갈지 아무도 궁금해하지 않았다. 어차피 의림지일 테니까.", "심지어 학교를 땡땡이칠 때도 의림지에서 시간을 보냈다."는 불평을 숱하게 늘어놓았다. 그러는 주민들도 실은 의림지에 놀러 나와 만나게 된 이들이었다. 해거름 무렵이나 주말의 온화한 오후에, 사람들은 개인적으로 운동을 하든 가족 나들이를 나오든, 데이트를 하든, 친구와 외식을 하든 꼭 의림지로 나오는 것이었다. "또 의림지야?" 하면서도 못 이기는 척, 따라

가는 척하면서 말이다. 유치원 때부터 소풍을 다니고, 친구와 우정 놀이를 하고, 연인을 사귀며, 결혼을 앞두고 상견례를 치르고, 아이를 낳아 데리고 오며, 머리가 새어 운동 삼아 물을 뜨러 들른다. 제천 사람들의 인생은 의림지에 담겨 있다. 물리기는 할지언정, 지역 주민들의 삶에서 의림지를 제쳐두기란 도무지 난망하다.

사람들이 제천에 구경와 가장 많이 들르는 곳이, 첫째로는 의림지이며, 그다음으로는 청풍호다. 관광객을 실은 버스는 여러 곳을 전전하다 반드시 의림지에 멈춘다. 해설사나 가이드를 따라 의림지에 관해 설명을 들으며 한 시간쯤 노닐다 떠난다. 관광객들에게 의림지란 그저 호젓한 호수이거나 소나무 숲 우거진 원형 산책로 정도로만 기억되곤 한다. 하지만 의림지의 풍광은 나들이객 놀러 오는 한낮보다는, 아침의 해 뜨는 무렵이나 저녁의 해거름 즈음에 특히 극적이고 근사하다. 그러니 가능하다면 일찍 혹은 느지막이 둘러볼 필요가 있다. 수면에서 물안개 피어올라 솔숲을 감싸는 아침 나절의 모습

물안개 피어오르는 새벽 의림지(사진 제공 : 제천시)

이나, 노을 지며 용두산과 하늘이 주홍빛에서 다홍빛으로 번져가는 저녁에 물 위로 지는 산그늘을 바라보고 있노라면 그만 말을 잊게 된다. 한겨울, 꽁꽁 언 호수 한가운데 순주섬(이곳의 명물인 순채蓴菜가 나온다 하여 이름 지어졌다)의 서리 내린 나무들을 멀찍이서 지켜보는 맛은 어디서도 쉽게 느껴 보기 힘든 감동이다. 오래전 당신들은 어찌하여 이토록 실용적인 저수지를 이렇게나 아름답게 지어냈는지.

연초에, 아직 냉기가 쌩쌩할 적에, 의림지에서 잡히는 공어空魚, 표준어는 빙어이지만, 속이 비어 투명해 보인다 하여 이쪽에서는 공어라 불린다를 안주 삼아 호반의 포장마차에서 맑은 술 몇 잔을 비우고 있자면 한반도 남쪽에서 엄지 검지에 꼽힌다는 제천의 추위도 견딜 만해진다. 주민들이 들으면 모르는 소리라며 타박을 하겠으나, 이 오롯한 물가에서 태어나고 자라고 사귀고 연애하며 헤어지고 사랑하고 혼인해 아이 낳고 기르며 시집 장가보내고 여실히 늙어 가는 것도 괜찮은 일이라고 여겨지는 것이다.

의림지, 그것은 단지 물을 담아 두는 곳만은 아니다.
예서 사는 이들의 삶을 담는 그릇이기도 하다.

아픔이 없는 삶은 빈 그릇이다

라고

네가 말했을 때

우리는 천천히 저수지를 돌고 있었다

앞 벼랑 끝에 V자형 진달래꽃 뭉치

뛰어내릴까 말까

아슬아슬 걸려 있고

저수지 수면은 온통 새파란 물비늘,

아주 정교히 빚은 그릇일 수 있겠군,

나는 생각했다

네가 없는 삶은 빈 그릇이다

라고

말하려다 화들짝 놀란다

– 황동규 詩, 〈네가 없는 삶〉 중에서

※ '의림지 12년형'(제천에서 초–중–고교까지 나온 이들), 또 '의림지 16년형'(초–중–고는 물론 세명대학교까지 다닌 이들)을 선고받은 셈이라며 아쉬움을 토로한 분들께 사족으로 몇 마디 말씀을 드리고 싶다. 나 역시 서울의 어느 왕후의 무덤에서 마찬가지로 12년형을 선고받았다 여겼던 사람으로서, 당신들의 '감옥'이 그렇게 삭막하고 살벌하며 쓸쓸한 곳만은 아니었다고. 나이 들며 시나브로 느끼고 계시겠지만 사실 그렇기는커녕 무척 청아하고 생생하며 화사한 곳이라고. 그런 물가에서 인생을 보내는 일이 누구에게나 주어지는 행운은 아니라는 점도. 이를테면, 당신들의 감옥은 꽤나 아름다운 감옥이었다. 수천 년 변함없이 사람과 작물의 기갈을 달래 준 어엿한 저수지가 주민들의 생활과 이토록 친근하게 교감하는 경우는 흔치 않다. 의림지와 당신들은 서로에게 필요한 존재들이다. 그 상생相生에 깊은 경의를.

위치와 교통

제천 10경 가운데 맨 처음, 제1경으로 꼽히는 의림지는 제천시 모산동 241에 있다. 전화번호는 043-651-7101. 365일 개방하는 호수 공원이며, 나무들 우거지고 물이 맑아 사철 계절감이 또렷하다. 주변에는 각종 식당들이 많고, 제천의 유일한 종합 대학교 세명대와 가까우며, 솔밭공원, 용두산 산책로 등 가볼 곳도 적지 않아 나들이 장소로도 손색이 없다. 해 뜨는 무렵과 노을 지는 즈음에 호수와 산들이 어우러져 빚어내는 경관이 아주 근사한데, 최근 관광객들 사이에서는 야경 또한 그에 못지 않게 인기를 끌고 있다. 제천역 앞 정류장이나 시외버스터미널 앞 정류장에서 31번 버스가 10분 간격으로 다닌다. 버스로 역에서 20여 분, 터미널에서 10분 안팎이면 도착한다. 대중교통으로 이용하기 좋은 곳이다.

용두산에서 본 의림지(사진 제공 : 제천시)

의림지 주변에는 아직 숙박 시설이 없다. 제천 시내와 가까우므로 터미널 뒤편 시민회관 부근의 호텔, 모텔이나 역 주변의 숙소를 이용하는 게 좋다. 의림지 건너편 대형 주차장 부근에, 호반식당(제천시 의림대로 558, 제천시 모산동 201, 043-644-7632)이라는 20여 년 된 청국장 전문점이 있다. 제천 주민들이 단골인 밥집으로 곤드레밥과 함께 나오는 청국장 한 상이 일품이다. 그밖에도 카페, 중국 음식점, 고깃집, 횟집 등이 있으니 입맛에 따라 골라가면 된다.

제천 시내의 숙소나 맛집은 '시립도서관 앞 노지 딸기밭' 편을 참고하시라.

의림지 야경(사진 제공 : 제천시)

주변
여행지

본문에서 언급했듯이, 용두산 약수터 부근에서 제2의림지, 솔밭공원, 제1의림지, 영호정 뒤편 샛길로 논밭길을 따라 청전동까지 쭉 내려오는 경로가 제천의 옛 풍취를 간직하고 있어 눈여겨볼 게 많은 코스다. 모산동 논밭길 중간에는 노지 딸기밭(5~6월)이 있으며, 멸종 위기 1급으로 꼽히는 왕은점표범나비가 서식하는 충북 최초의 습지 공원인 솔방죽습지생태공원도 있다.

멀지 않은 곳에 다양한 한방 체험 프로그램을 갖추고 한의사가 상주하는 숙박형 힐링 시설인 한방명의촌(제천시 봉양읍 명암로 574, 봉양읍 명암리 산4, 043-653-7730, www.kfmv.kr)이 있으며, 차를 이용하면 점말동굴(제천시 송학면 포전리 산68-1), 장락동 칠층모전석탑(제천시 장락동 65-2, 043-641-5133)과도 가까운 편이다.

안개 낀 의림지(사진 제공 : 제천시)

4 | 시립도서관 앞 노지 딸기밭

• 제천의 축복, 노지 딸기밭

시립도서관 앞
노지 딸기밭

꽃다발 대신

가이드를 한답시고, 운전도 서툰 내가 렌터카를 몰아 백운계곡에서 송학산 골짜기까지 훑고 다니다 보니 옆에 앉은 당신은 지친 기색이 역력했습니다. 그도 그럴 것이, 이 고장의 산은 깊고 험하고 가팔라, 차로 오르는 데는 한계가 있어 많이 걸어야 했기 때문이지요. 5월도 벌써 하순, 볕은 아침부터 뜨거워져서 비탈진 산길을 올랐다 다시 내려오는 길이면 당신은 마른침을 거푸 삼키곤 했습니다. 그날 저는 왜 물병 하나 챙길 생각을 못 했던 것인지요. "참 덥죠?" 강천사에서 내려오던 길, 그 말 하나 건네고는 차를 세워둔 곳으로 도로 내려가기까지 아무 말도 덧붙이지 못했습니다. 당신의 뒷목을 따라 계속해서 흐르는 땀에 공연히 민망해져서 말이에요.

평지로 빠져나와 아주 낡은 점방 앞에 차를 세워 '○○우유'라고 써진 녹색 글자가 큼지막하게 박힌 미닫이 냉장고에서 차가운 음료수를 두 캔 꺼내 주인 할머니께 값을 치르고는, 동반자석에 거의 쓰러지듯 기대 있는 당신에게 좀 더 시원한 캔을 내밀었습니다. 당신은 아무 말도 없이 그걸 받고 따개를 당겨서는, 거의 반 넘게 비울 때까지 꿀꺽꿀꺽 한참 동안 음료를 마셨습니다. 저는 운전석에서 핸들에 몸을 기댄 채, 허리를 편 할머니가 빗자루를 들고 나와 점방 앞을 쓸어 가는 것을 바라보는 척했습니다만, 실은 당신이 입을 열어 시원해, 라고 말하는 것을 기다리고 있었습니다. 굉장히 미안했거든요. 그날 어설픈 제 모든 행동이.

비로소 목마름이 가신 것인지 당신은 캔에서 입을 떼고, 청소를 마친 할머니가 잘 닫히지 않은 점방 문의 아래쪽을 발로 툭 차서 쉽게 밀어 열고는, 다시 툭툭 차 도로 닫는 장면까지 눈을 떼지 않고 바라보았습니다. 그리고 마침내 고개를 돌리고는 말했지요. "산은 여기까지로 해요. 이제 좀 시원한 데로 갔으면 좋겠어요."

그럽시다, 저는 당신의 눈을 보지도 않고 차를 돌리며 그렇게 대답했죠. "힘들었죠? 약 먹으러 갑시다." 당신은 반문했습니다. "약이요?" "네, 약.

제천 시립도서관

힘이 불끈 솟는 빨간 알약 몇 알 먹으러 가요." 네비게이션을 조작해 '제천 시립도서관'이라고 치고는 지시대로 길을 따랐습니다. 당신은 알쏭달쏭한 표정으로 되물었죠. "도서관에 뭐 맛있는 게 있나 봐요?"

그날은 월요일, 도서관은 입구부터 텅 비어 있었고, 제가 주차를 하겠다며 정문 앞에 당신을 내려놓고는 한구석에 차를 세울 동안, 아무것도 모르는 당신은 잠긴 도서관 문을 당겨 보더군요. 덜컹덜컹, 육중한 도서관 문은 잠시 소리를 내며 흔들렸습니다만 열리지 않았지요. 차를 주차하고 다가오는 저를 향해 당신은 고개를 갸웃하며 문을 가리키고는 양손으로 X자를 만들어 보였습니다. 저는 다만 싱긋, 웃을 뿐이었죠.

제가 당신 곁으로 걸어오자, 당신은 당황스러운 표정을 짓고는 말했습니다. "오늘 쉬는 날인 것 같은데……. 잘못 온 거 아닐까요?" 저는 짐짓 심각한 얼굴로 동의했습니다. "아이쿠야, 월요일이 휴관일인 걸 깜빡했네요. 여기 도서관 식당 밥이 참 좋은데……. 이걸 어쩌나?" 입을 삐쭉 내밀고는 난처해하는 당신을 잡아끌고 저는 도서관 입구로 빠져나왔습니다. "근처에도 뭐가 있겠죠, 뭐." 딱 시치미를 떼면서.

그리고 길을 건너서는 오래 운전을 했더니 허리가 찌뿌드드하다며, 길 아래 벌판에 평상이 있으니 잠깐만 앉았다 가자고 얼굴까지 찡그려 가며 꾀를 부렸습니다. 봄과 여름 사이의 길목이라 벌판은 텃밭인 양 여러 가지 초록빛 작물들로 가득했고, 그 한편에는 지붕을 씌워둔 자그마한 그늘막이 있었지

딸기밭 전경

요. 그리로 가는 동안 저는 당신이 작물 쪽을 못 보도록, 반대편의 흑염소 우리를 가리키며, "야, 이놈들 실하게 컸네요. 흑염소 직접 본 적 없죠?" 하며 계속 말을 붙이면서 시선을 돌렸습니다. 비로소 평상에 앉아 당신이 양손을 허리 뒤로 뻗쳐 기지개를 펼 때까지 저는 오늘 갔던 절 이야기, 이따가 먹을 저녁 이야기를 연이어 꺼내 당신이 작물을 유심히 보지 않도록 계속해서 주의를 끌고 또 방해했습니다. 그리고 마침내 목청껏 소리쳤지요. "아주머니! 저희 약 좀 주세요! 한 바구니 가득요!"

당신은 어리둥절한 낯빛으로 저를 쳐다봤고, 벌판 한 곁에선 수건을 머리에 두른 얼굴이 하나 불쑥 솟아올라서는, 손님 오셨네, 잠깐만 기다리셔요, 대답이 메아리쳐 왔습니다.

수줍게 열린 딸기알

그러자 순식간에, 당신의 눈앞에 한바탕 딸기밭이 펼쳐졌습니다. 깻잎을 연상케 하는 낮은 덩굴이 열을 맞춰 쭈욱 늘어서 있고, 그 잎들 아래로는 붉고 푸른 알들이 넌지시 자태를 드러내고 있었습니다. 반사적으로 일어선 당신은 천천히 그 고랑들 사이로 다가갔지요. 허리를 낮추자 그 자그만 알들은 더욱 또렷하게 제 모습을 내비쳤습니다. 덜 익어 희거나 아직 연둣빛인 것도 있었지만 대개는 아주 불타는 것같이 새빨개서 땅에서 솟아난 루비처럼 보였습니다. 그 선홍빛 알들이 넓은 들판 살랑이는 푸른 잎새 밑에서 고스란히 돋아나 세상은 갑자기 싱싱해졌습니다. "와!" 갑자기 당신이 탄성을 질렀지요.

그건 노지 딸기밭이었습니다. 우리가 겨울부터 먹는, 그 알이 굵고 맛이 옅으며 향이 적은 비닐하우스 안 딸기밭이 아니라 땅에서 한겨울을 나고 햇살에 봄 내내 익어 5월과 6월에만 맛볼 수 있는 자연 그대로의 딸기, 아니 어떤 기적 말입니다.

쭈그리고 앉은 당신이 홀린 듯, 알알이 딸기들을 살펴보고 있을 때, 밭주

인 아주머니께서는 어느새 한 바구니 가득 잘 익은 딸기들을 담아 오셨습니다. 농막에 앉아, 우리는 그 딸기들을 보석처럼 바라보다가, 아주 진하게 풍겨 오는 향내에 이끌려 저도 모르게 손을 뻗었지요. 한입 그리고 또 한입. 그다음부터 우리는 경쟁이라도 하듯이 정신없이 꼭지를 비틀고는 딸기알들을 입에 넣기 바빴습니다. 노지 딸기란 향만 짙은 게 아니거든요. 비록 알은 작으나 엄청 달고 본연의 딸기 맛이 놀랄 만큼 진해서 입속에 넣고 나면 제철 과일만이 가질 수 있는 가장 농밀한 과즙으로 모든 교감 신경을 뿌리까지 끌어당깁니다.

아주머니가 방금 가져다 준 딸기 한 바구니가 거의 바닥을 보일 때가 되어서야 당신은 뒤늦게, 맛있어요, 정말 맛있네요, 라고 연거푸 감탄했습니다. 이미 그때는 우리의 엄지와 검지손가락 끝이 모두 딸기 진으로 불그죽죽해졌더랬지요. 순전히 딸기로만 배를 채운 뒤였는데도 그 특유의 상큼미와 단맛은 좀 더 먹었으면 좋겠다, 싶은 식탐을 줄기차게 불러일으켰습니다. 하우스 딸기와는 다르게, 땅에 닿는 순간부터 무르고, 오래 보관이 힘든 노지 딸기는 산지에서 바로 먹어야 진짜 제맛을 볼 수 있습니다. 과일 과게에서 드물게 볼 수 있는 노지 딸기도 실은 70% 정도 익었을 때 수확해 배송하는 것입니다. 당연히 맛은, 노지에서 완숙한 것보다 떨어지게 마련이죠. 다시 말해, 이 즐거움은 오직 딸기밭에서만 온전히 누릴 수 있습니다. 그것도 딱 한 때, 5월에서 6월 초, 한 달간만 말이죠.

당신과 딸기밭을 나오면서 우리는 약속했습니다. 딸기 철이 끝날 때까지 당분간 저녁마다 여길 매일같이 들르자고요. 둘이서 배를 가득 채워도 한 사람 밥값에 못 미치는 가격인 네다, 도서관 온다는 핑계로 어차피 지나는 길이니까, 도심의 마트에서는 찾아볼 수 없는 계절감을 온몸에 가득 채우는 감동을 원 없이 누리도록.

다음 날도, 그다음 날도, 제 운전과 가이드는 변함없이 서투르고 한심스러웠습니다만 신기하게도 당신은 더 이상 힘들어 하지 않았습니다. 이유야 알 만하죠. 저녁마다 먹는 알약, 효과가 확실한 피로 회복제가 기다리고 있으니.

아시나요? 딸기란 호냉성好冷性 채소라는 걸. 이놈들은 추위에 강해 모종 상태로 찬 겨울을 나고, 덥지도 춥지도 않은 봄날에 제 몸을 키우며, 더워지기 시작하면 생장을 멈추고 열매를 숙성시켜 달고 단단하게 익어 간다는 것을.

우리가 앞으로 어떻게 될지는 아직 모르겠습니다. 그러나 저는 당신과 약속했지요. 내년에도 이 노지 딸기밭을 다시 찾기로.

내년에는 정월부터 이 밭을 보여 주려고 해요. 여름을 그리며 그들이 웅크려 자는 한겨울에. 그리고 이른 봄에 또 한 번. 하늘하늘 흰꽃 매달아 수정을 준비하는 4월에, 그리고 빨갛게 부풀며 마침내 오종종 흐드러지는 5월, 딸기의 계절인 6월에도 물론.

저는 사실 별다른 것을 가지지 못했습니다. 그러나 한 가지는 알아요. 이 밭이, 제 연애의 유일한 텃밭이고 풍요로운 자산資産이라는 것을.

그 텃밭이 잠들고, 눈 틔웠다가 꽃 피고 여무는 모든 계절을 당신께 보여 주고 싶습니다. 그러니 우리 아쉬워하지 않기로 해요. 견디고 견뎌 온 시간을 응축해 터뜨리는 딸기의 모험 같은 드라마가 이후로는 늘 우리와 함께 할 것이니.

그 뜨겁고 차가운, 그러나 아주 소박한 불꽃. 당신에게 꽃다발 대신 매년 선물하겠습니다.
노지 딸기밭.

위치와 교통

제천의 노지 딸기밭은 여기에 쓴 제천 시립도서관(제천시 내제로 318, 제천시 장락동 672-8) 건너편 외에도 의림지 뒤편에도 있다. 도서관 앞 딸기밭은 제천역 왼편의 남당초등학교 앞 정류장이나 제천시외버스터미널 옆 우리은행 건너편에서 21번 버스를 타고 '시립도서관 입구' 정류장에서 내려 언덕을 올라오면 된다. 의림지 뒤편의 딸기밭은 제천역 앞이나 제천시외버스터미널 옆 우리은행 건너편에서 자주 오는 31번 버스를 타고 '홍광초등학교 입구'에서 내려 길 건너 논밭 쪽으로 걸어오다 보면 만날 수 있다. 의림지 정류장에 내려 의림지를 둘러보다가 영호정 아래 사잇길로 내려와 한적하게 산책하면서 구경하고 맛보는 것도 좋겠다. 역에서는 모두 버스로 10여분 거리, 터미널에서는 금방이다.
참고로, 시립도서관 관내에는 갓 모양을 형상화한 국내 유일의 의병 특화 도서관인 의병도서관이 별도로 있다. 1만 5,000점이 넘는 의병 관련 서책과 유품 등을 소장하고 있어 꼭 한 번 들러볼 만하다.

제천은 역 부근이나 터미널 부근에 숙소가 많이 있고, 그밖에는 청풍호나 월악산 등 유명 관광지에만 잘 곳이 있는 편이다. 역 부근에는 게스트하우스 한 곳이 괜찮고(청풍 게스트하우스 제천시 의림대로 6길 5, 화산동 201-22, 070-8621-5886, www. jecheonguesthouse.com), 터미널 부근에는 밀라노 모텔(제천시 의림대로 15길 16, 중앙로 2가 24-5, 043-652-9520)이 넓고 쾌

적한 편이다. 가족끼리 묵을 경우에는 역과 터미널 사이에 있는 제천관광호텔(제천시 의림대로 11길 31, 명동 11-1, 043-643-4111, www.제천관광호텔.kr)이나 서울관광호텔(제천시 의림대로 13길 10, 명동 5-12, 043-651-8000)도 좋은 선택이다. 보다 고급스런 숙소를 원한다면 시내에서 벗어나 청풍호 주변 호텔이나 박달재 휴양림 근처의 리조트, 능강계곡 부근의 회원제 리조트를 찾을 것. 식당은 제천역 앞의 오래된 화상 중국 요리점 해동반점(제천시 의림대로 3, 영천동 524, 043-647-2576)이나 근처 서강에서 직접 채취한 올갱이로 만드는 또 다른 올갱이국 맛집 소현이네(제천시 의림대로 2길 13, 화산동 238-6, 043-644-1540)가 권할 만하고, 터미널 아래 내토-중앙시장 부근에서는 역시 올갱이해장국 전문점인 금왕식당(제천시 의림대로 17길 6-1, 중앙로2가 21-14, 043-645-5953)이나 직접 두부를 쒀서 만드는 두부 전문점 먹골순두부(제천시 의림대로 16길 7-10, 중앙로2가 86-13, 043-648-1542)가 좋다.

5~6월 제천 시내에서 노지 딸기밭과 함께 돌아볼 만한 곳은, 제천소방서 건너편에 조성하는 장미터널과, 거기서 논둑길을 따라 제천역 방향으로 쭉 내려오다 보면 만날 수 있는 솔방죽 습지생태공원이 있다. 솔방죽 습지생태공원은 각종 야생초와 수목이 습지와 어울려 자라는 곳으로 멸종 위기종 생물인 사향제비나비와 명주꼬리나비 등이 살고 있어 눈길을 끈다. 계속해서 내려가다 보면 제천의 성스러운 봉우리 7곳 중 제1봉으로 꼽히는 '독송정(제천시 청전동 396)'도 볼 수 있다.

• 절벽 끝 절집, 정방사

5 | 금수산 정방사, 능강계곡, 얼음골

금수산 정방사,
능강계곡, 얼음골

【자드락길 2코스 '정방사길', 3코스 '얼음골 생태길' | 제천제5경】

편린片鱗

1. 하늘 끝 절집

한국은 위대한 나라다. 1991년에는 바다를 메웠고(새만금), 2008년에는 강을 파헤쳤다(4대강). 결과는 모두 아는 바와 같다. 농지로 쓰겠다던 간척지는 용도를 못 찾고 있는 데다 가둔 물이 썩어 버렸고, 낙동강은 3년째 맹독성 녹조로 몸살을 앓고 있으며 한강 전 구간에는 '녹조 경보'가 내려진 상태다(2015년 9월 현재). 대책은 없다. 그러나 국가는 학습하지 않는다. 물은 더 이상 망가뜨릴 수 없으니 이번에는 산을, 평창동계올림픽 기간에 단 3일만 쓰일 스키장을 만든다며 2014년에 가리왕산을 밀어 희귀 수목들까지 멋대로 잘라 버렸다. 2015년에는 설악산에 또 케이블카를 놓겠다며 규제 완화와 개발 승인의 절차를 밟고 있다. 대책? 알 만한 사람들이 뭘. 그런 건 없다. 보존이나 복원은 공문서 위에서 글자로만 이루어지는 마법의 주술이다. 개발을 무턱대고 반대하는 게 아니다. 이 땅을 폐허로 만들면서, 그걸 개발이라고 부르지는 말자는 얘기다. 마실 물이 썩고 있으며, 한쪽 바다는 뭉개진 채 악취를 풍긴다. 산등성이가 허옇게 벗겨지고 500년 된 나무들이 허리 잘려 뒹굴고 있다. 설악산은 어떻게 될까. 잘될 거라는 대답은 황당무계하고, 모른다는 말은 비겁하다. 우리는 뻔히 결과를 알고 있다. 다만 모른 척, 못 본 척, 뒷짐을 지고 혀나 찰 뿐이다. 몇 년 후, 뉴스에서 난개발 후의 참상을 보고하는 기사를 만날 때쯤 '내 그럴 줄 알았지.' 하며 때늦은 욕지거리를 쏟아낼 거다. 그러므로 개발, 이 아니라 파괴, 가 강행될 것이다. 우리 역시 이 위대한 국가의 일원이므로. 법률과 정부의 승인을 거친 공사이므로. 반대하면 불법이므로. 그런 불법은 '외부 세력'이 다른 꿍꿍이로 벌이는 범죄이므로. 국가가 하는 일을 국민이 반대할 수 없으므로. 그런 건 '종북'이나 '빨갱이'들이 하는 짓이므로.

세상이 꼴보기 싫어, 하늘 끝 절집을 찾는다. 비단 금錦자에, 수놓을 수繡자를 써 금수산이라 불리는 화려한 산줄기 아슬아슬한 능선에 새집처럼 얹혀진 절이 있다. 정방사淨芳寺다. 문화체육관광부의 설명에 따르면, '삼라

금수산과 청풍호(사진 제공 : 제천시)

만상을 모두 잊게 할 정도'로 좋은 절이라는 풍문이다. 올라가는 길이 가파르고 심히 구불구불하지만 감수하기로 한다. 이 끔찍한 세상을 등질 수만 있다면.

제천은 산골 도시다. 육즙이 가득 찬 만두 하나를 상상해 주기 바란다. 그 만두의 위 껍질을 톱니바퀴 모양으로 잘라 일제히 들어올린다면 그게 딱 이곳의 지형이다. 뾰족한 산이 원호圓弧를 그리며 둘러싸고 한가운데에는 물청풍호이 있다. 마을은 산과 물에 접하며 그중 평평한 데를 골라 점점이 흩어져 있다. 길은 마을과 마을을 잇느라 똬리 틀 듯 한없이 구부러져 있으며 산과 마주칠 때마다 험상궂게 치솟는다.

덕분에 제천은 개발의 삽날을 피해 왔다. 제천의 세세한 지명은 토건과 무관한 동네가 어떤 풍경을 갖고 있는지를 알려 준다. 소나무 아래 학이 노니

어느 맑은 날의 정방사(사진 제공 : 제천시)

는 송학松鶴, 흰 구름 흘러가는 백운白雲, 햇살 따뜻하게 비추는 땅에 봉황이 내려앉는 봉양鳳陽, 차고 맑은 물 솟아나는 한수寒水, 산 아래 개울이 흐르는 수산水山, 맑은 바람이 사위에 불어 오는 청풍淸風, 비단을 두른 것 같은 금성錦城, 너그러이 산 것들을 보듬는 덕산德山이 제천 여덟 개 면의 이름이다. 어느 하나 제쳐둘 만한 곳 없이 두루 빼어난 절경을 품고 있다.

그중에서도 수산면 능강리 산 52번지, 정방사를 찾아가는 길은 유난하다. 한여름에 얼음 어는, 시원하다 못 해 한기 서리는 물가, 능강계곡綾江溪谷이 이 절길의 출발점인 까닭에.

2. 능강구곡과 한양지

능강교를 지나 정방사 이정표를 따라 금수산 깊숙이 찔러 들어오면 맑은 물들이 웅덩이를 이루며 넓게 펴져 있는 계곡이 눈에 띈다. 그곳이 능강계곡의 하류다. 이 여울은 그 발원지를 쫓아가면 금수산 서북사면 8부 능선 즈음에서부터 시작되는데, 바로 그 옆으로는 더울수록 찬바람이 쏟아져 나오고, 삼복에 땅 밑에서부터 얼음이 솟아나는 얼음골(빙혈氷穴 또는 한양지寒陽地라고도 한다)이 있다. 능강계곡 하류에서부터 그 풍혈까지 굽이굽이 산길을 밟아가는 길이 바로 자드락길 3코스 '얼음골 생태길'이다. 능강계곡은 곳곳에 수많은 폭포와 소沼가 있어 트래킹하는 재미가 쏠쏠한데, 이 계곡에만도 아홉 곳의 명승지가 있어 능강구곡綾江九曲으로도 불린다. 능강구곡이란 얼음골 코스로 자드락길을 걸으면 만날 수 있는 관주폭貫珠瀑, 금병대錦屛臺, 쌍벽담雙壁潭, 몽유담夢遊潭, 와운폭臥雲瀑, 용주폭龍珠瀑, 연자탑燕子塔, 만당암晩塘岩, 취적대翠滴臺 아홉 곳이며 금수산과 더불어 제천 10경 가운데 제5경으로 꼽힌다. 사실 8경이니 10경이니 하는 것은 대개 호사가들의 부질없는 줄 세우기에 지나지 않으나 능강계곡은 조용하고 소박한 데다 관광객이 그다지 많이 찾지 않는 곳이어서 그 실상이 명성에 비해 차고 넘치는 데가 있다. '얼음골 생태길'은 구간을 모두 답사하기에는 상당한 시간이 필요하지만(편도 5.4km, 170분 소요) 마음 가는 대로 그 계곡의 초입 부분만 걸어도 다른 세계로 넘어와 있는 것 같은 이국 정취를 누릴 수 있다. 특히 한여름, 햇살이 바늘로 찌를 듯이 뜨거울 적에 이 계곡은 이미 가을의 냄새를 풍긴다.

능강계곡 하류는 자드락길 2코스 '정방사길'과 3코스 '얼음골 생태길'이

얼음골 가는 길

나뉘는 지점이기도 하다. 얼음골로 빠지지 않고, 계곡을 오른편 옆구리에 낀 채 산길을 따라 올라가면 정방사에 이른다. 말이 쉽지만, 스키 점프대를 거슬러 올라가는 것 같은 1.6km의 깎아지른 산길(편도에만 50분 소요)을 올라가는 일은 팍팍하고 험난하다.

3. 클리셰를 넘어서

다리가 쑤시고 허리가 뻑적지근하며 종종 목이 마르는 그 산길을, 가끔 휭하니 차들이 스쳐 지나면서 먼지 바람을 일으키는 비포장 길을 30분쯤 오르다 보면 솔밭이 나타난다. 그러면 절에 다 왔구나 싶지만 그 뒤로도 한참을 더 올라야 한다. 길은 금수산의 능선을 따라 계속해서 꼬부라져서는 마침내 범종각이 보이는 절 밑 산마루에 닿는다. 산마루에는 작은 삭도索道, 공중에 건너질러 설치한 강철선에 운반기를 매달아 화물이나 사람을 옮기는 장치, 즉 케이블카가 절까지 연결되어 있는데 자재를 실어 올릴 때 사용하는 것이라 한다. 삭도 옆, 절벽을 따라난 작은 돌계단을 차곡차곡 밟아 오르면 마침내 절벽의 제비 집 같은 사찰, 정방사에 이른다.

정방사 나한전

정방사는 특이한 절집이다. 규모가 작은 것은 차치하더라도 독특한 점이 한둘이 아니다. 일단 산문이 없다. 절벽 계단을 올라 바위 틈 사이로 들어오면 경내가 시작되고, 좁은 절벽에 전각을 한 일一 자로 다닥다닥 붙여 세웠다. 대웅전인 원통보전, 나한전, 관음상, 석탑, 산신각, 지장전이 연이어 줄 서 있다. 큼지막한 바위 절벽 아래의 원통보전도 이채롭지만, 튀어나온 바위를 깎거나 피하지 않고 그대로 한쪽 벽으로 삼은 지장전도 신기하며, 산꼭대기에 가까워 아무것도 없는데, 갈증을 달래라는 뜻인지 원통보전 뒤편의 바위틈에서 샘물이 솟아나는 것도 기이하다. 정방사 건물 가운데 가장 유명한 것은 해우소解憂所, 화장실인데, 이곳의 창틀을 프레임으로 비쳐 들어오는 월악산의 첩첩한 풍경은 기어이 탄성을 뽑아낸다. 아스라한 낭떠러지에 차곡차곡 놓인 절집은 세속을 등지고 산하를 바라본다. 해 저물녘, 귤빛을 머금은 관세음상(원통보전은 관세음보살을 주존으로 모신 불당이다)의 눈길이 산 아래 반짝반짝 빛나는 청풍호에 닿을 때면, 이 절이 왜 기도처로 이름난 것인지 알 것 같은 구석이 있다. 현판에 쓰여진 '유구필응有求必應, 구하고자 하면 반드시 응답이 있다'이 노을빛을 반사해 방문자들의 눈길에 잠시 깃든다.

벼랑의 절집, 정방사에서 보는 산 풍경은 정말 일품이다. 이 장대한 풍광을 만나려고 이 높은 데까지 올라왔구나 하는 일종의 운명감에 저절로 사로잡힐 정도다. 절 곳곳에는 긴 나무 의자가 놓여 있고, 거기 앉아 월악산과 구담봉, '내륙의 바다' 청풍호를 보고 있자면 시간 가는 줄 모른다. 날이라도 궂을라치면, 산경은 신비에 가깝게 변한다. 안개는 차올라 산허리를 휘감고, 구름은 바람을 타고 뭉게뭉게 퍼지며 튀어나온 봉우리를 쓰윽 감춘다. 한 계곡에서 피어오른 물안개가 천천히 움직여 다른 계곡을 감싸는 장면은 '삼라만상을 모두 잊게 할 정도'까지는 못 되더라도, 자연에도 영혼이 있다는 것

멀리 청풍호와 월악산까지 보이는 절 마당의 조망

을 명명백백히 실감하도록 만든다. 이 풍경 앞에서 세상은 이분화된다. 산이라는 절대 존재와 그 외의 것들로. 미적인 것과 단순한 미물로. 그러니까 한편은 우연한 사건이거나 진부한 반복인 클리셰로.

4. 전망, 내다보기 위하여

정방사에서 다시 생각하는 정방사는, 작은 절집이 아니다. 세계는 재구성된다. 산문은 계단 사이 협곡이 아니라 능강계곡을 끼고 올라오는 산길 전체인 것 같고, 사찰이라면 으레 있어야 할 연못은 강렬하게 굽이치는 저 내륙해內陸海, 청풍호인 듯하다. 절의 마당은 드넓은 월악산 등성이를 모두 포괄

기와지붕 너머로 펼쳐지는 아스라한 중첩의 풍경이 묵화처럼 보인다

하고 있으며, 구담봉에 흰 꽃들 피어나는 음력 사월 초파일쯤이면 산봉우리 전체가 하나의 연꽃처럼 보인다. 정방사에서 바라보는 세상은 그대로 꽃핀 완전한 세계, 화엄華嚴이었다.

그렇게 저버릴 수 없는 풍경을 다시 등지고, 세간으로 내려오는 길은 착잡하다. 절 마당에서 보았던 것과는 달리, 세계는 구심력을 잃고 '도로아미타불'이므로. 강가에는 여전히 포크레인이 덜그럭거리고, 산 무릎에는 불도저가 굉음을 뿜고 있다. 조금씩 그러나 분명히 세상이 망가져 간다. 탄식할 뿐 우리는 아무것도 할 수 없는 걸까? 황폐는 현대의 문명국가 대한민국의 피할 수 없는 운명인가? 이 사회는 언제까지 총체적 재난인 대규모 삽질을 '경제 성장', '관광 진흥', '친환경 개발'로 속이고 또 속아줄 건지? 강이 마르고 바다가 썩고 도처에는 썩지 않는 플라스틱이 넘쳐나며 아이들이 장차 병들어 요양갈 산조차 파내고 들쑤셔 허물어질 즈음에나?

산길을 내려와 능강계곡 너머 정류장에서 제천 시내로 가는 버스를 기다릴 때, 높이 산마루에서 불빛들이 꺼졌다. 정방사 스님들 이제 잠자리에 드실 모양이었다. 느지막이 도착한 버스에 올라타 어두운 산길을 돌아 시가지로 향했다. 시간은 늦었고 차는 빨랐는데, 바깥은 점점 더 환해지고 있었다. 중심가에 가까워진 것이었다.

마지막 인디언 남자와 마지막 인디언 여자가 사라지고 난 뒤,
인디언에 대한 기억이 오직 초원에 드리워진 뭉게구름 위 그림자뿐일 때,
그때도 해안과 숲과 내 종족의 영혼은 아직 남아 있을 것인가?
내 조상들은 내게 말했다.
우리는 알고 있지, 이 땅은 우리의 소유가 아니라 우리가 이 땅의 일부인 것을.

내 할머니의 목소리가 내게 말했다.
우리가 너에게 가르친 것들을 너는 네 애들에게 가르쳐라
이 땅은 너의 어머니,
이 땅에서 벌어지는 일들은 이 땅의 아들 딸 모두에게 벌어지게 될 거라고.

- 1850년대 미국 정부가 자국민들을 이주시키고자 인디언 부족의 땅을 팔라고 요구했을 때 수쿼미시 인디언의 추장 시애틀이 미 정부에 보낸 답장 중에서. 워싱턴 주의 행정 소재지 '시애틀'은 이 추장의 이름을 따서 지어진 것이다.

– 수잔 제퍼스, 《시애틀 추장》에서 발췌.

위치와 교통

정방사淨芳寺는 금수산 자락 신선봉 능선에 자리한 사찰로, 서기 662년(신라 문무왕 2년) 의상 대사의 제자인 정원 스님이 창건한 절이다. 정원 스님의 이름을 딴 정淨 자와 꽃다울 방芳 자를 따 이름지어졌다. 자드락길 2코스 '정방사길'(능강교~정방사)의 최종 목적지이기도 하다. 제천역 왼편의 남당초등학교 앞 정류장에서 능강교 앞의 정방사 정류장까지 953번 버스가 아침 6시 40분, 오후 12시 30분, 오후 4시 30분 3회 운행한다. 시작점인 능강계곡(정방사 정류장 앞)에서 정방사까지는 걸어서 왕복하는 데 90분 정도 걸린다. 시간을 맞추기 어렵거나 노약자가 동행할 시에는 승용차 편이나 택시를 이용하는 것을 권한다. 필자도 몇 번은 청풍호 택시를 이용해 다녀왔던 적이 있다. 청풍호 콜택시 전화번호는 043-645-1004, 또 다른 제천의 콜택시 전화번호는 043-648-2525. 개인적으로는 청풍

산신각 계단길　　개밥을 습격한 다람쥐　　능강계곡

호 콜택시 조합의 김수한 기사님 택시를 주로 탔다. 친절하시고 점잖으셔서 장거리를 함께해도 어색한 점이 없어 지금도 계속 이용하고 있다. 010-3462-5833(개인택시 김수한 기사님).

능강교 부근, 능강계곡이 시작되는 지점에 펜션과 민박집이 두어 곳 있으며, 능강계곡과 정방사 사이에, 회원제 리조트인 ES 리조트가 있다. 금수산에 자리잡고 월악산을 마주하는 풍광이라 위치와 조망이 좋지만 멤버십 회원이 아니면 예약하기 어렵다. 차가 있다면 금수산이 품은 또 다른 명승지인 학현계곡에 자리 잡은 학현아름마을펜션(제천시 청풍면 학현소야로 299, 청풍면 학현리 289-6, 043-647-5999, 043-647-7080, 010-3789-7084)이 추천할 만하며, 멀지 않은 곳에 호수를 끼고 있어 경치가 좋은 청풍리조트(제천시 청풍면 청풍호로 1798, 청풍면 교리 99, 043-640-7000, www.cheongpungresort.co.kr), 청풍유스호스텔(제천시 청풍면 청풍호로 2139, 청풍면 물태리 131-10, 043-652-9090, www.dfmc.kr/camp)도 괜찮다. 모두 실속 있기로 이름난 숙소다. 또, 아주 소박하게 야영할 곳을 찾는다면 제천시 청풍면 학현리 368-3의 학현캠핑장(043-647-6972)을 추천한다. 학현마을에서 운영하는 펜션(제천시 청풍면 학현리 289-6, 043-647-7080, 010-3789-7084 www.hakhyun.net)도 있다.

능강계곡에서 정방사까지는 모두 산길이라 따로 식사할 곳이 없다. 능강솟대문화공간(제천시 수산면 옥순봉로 1100, 수산면 능강리 산 6, 043-653-6160) 부근의 식당들을 이용하거나 청풍대교 부근 청풍문화재단지 넘어

능강계곡 취적대의 가을(사진 제공 : 제천시)

물태리나 청풍리조트 부근의 식당가를 이용해야 한다. 학현계곡으로 이동할 경우에는 학현식당(제천시 청풍면 학현소야로 390, 청풍면 학현리 276, 043-647-9941)이 적당하다. 산야초 닭볶음탕을 잘하는 곳으로 서울에까지 정평이 난 곳이다.

주변 여행지

이곳은 자드락길 2코스와 3코스가 겹친 곳으로, 그 자체만 해도 볼 게 아주 많은 곳이다. 기본적으로 자드락길 2코스(능강교~정방사)와 3코스(능강교~얼음골, 5.4 km, 160 분 소요)를 다 걸어 보라 권하고 싶지만, 3코스가 길고 긴 산길인 까닭에 끝까지 가 보시라 권하긴 어렵다. 중간중간 계곡을 만나는 풍광 좋은 길이니 편도 30분에서 1시간 정도만 트래킹해도 충분히 만족스러울 것이다.

또, 가까이 즐길 만한 곳으로 학현계곡(제천시 청풍면 학현리)도 능강계곡에 버금가는 여름철 피서지이며, 전국 유일의 솟대 전문 테마 전시관인 능강솟대문화공간(제천시 수산면 옥순봉로 1100, 수산면 능강리 산 6, 043-653-6160)도 빠뜨리긴 서운하다. 청풍대교에서 가까우니 오가는 길에 청풍문화재단지(제천시 청풍면 청풍호로 2048, 청풍면 물태리 산 6-20, 043-641-6734)를 들러 보면 제천의 슬픈 내력에 대해 더 깊이 이해할 수 있겠다.

• 배론성지의 한가운데

6 | 배론성지

【제천 제10경】

보이는 것을 바라는 것은 희망이 아니므로

0.

어둠이 깊어지면서 그는 목이 말랐다. 별 하나 들지 않는 토굴 속은 한낮에도 깜깜해 늘 촛대를 켜 두어야 했는데, 그 희미한 불빛 아래 세밀한 글씨로 한 자 한 자 붓질을 하고 있노라면 금세 어지러웠다. 그럴 때면 잠시 촛불을 끄고 대접의 물 한 모금을 삼킨 뒤에 자리에 누웠다. 매캐한 초 연기가 어디론가 사그라들었다. 그러면 다시 책상에 다가앉아 편지를 이어 썼다. 구덩이는 꽉 막혀 답답했지만 밤이 와야만 바깥으로 나갈 수 있었다. 한 점 촉燭에 의지해 써 나가는 일이 낮의 삶 전부였던 탓에 굴 속에 있으면서도 저절로 빛에 예민해졌다. 불을 끄고 누워 있는 동안 토굴 밖에 해가 뜨고 또 날이 저무는 기색을 시나브로 알아차릴 수 있게 되었다. 해거름의 옅은 빛들마저 모두 물러가고 난 후, 캄캄한 밤의 기운이 굴속으로 스며들고 나서야 그는 막아 둔 입구를 들어내 몸을 낮춰 구멍을 빠져나왔다. 밖으로 나와서야 비로소 기지개를 펴고 마음대로 몸을 운신할 수 있었다. 산속의 밤은 어두웠다. 그러나 동굴에 숨어 지냈던 그의 눈에는 별빛이 아주 환하게 느껴졌다. 별들이 흩뿌리는 잔광 아래, 그는 분간할 수 있었다. 그저 어슴푸레한 것과 진정으로 어두운 것을. 그는 깊게 밤공기를 들이마시고 또 내뱉었다. 흑막은 이제 막 시작되었으나 오래가지는 못할 것이었다. 그에게는 또렷이 보였다. 어딘가에서 빛이 다가오고 있음을. 껍질이 부서지고, 세상의 진면목이 드러나며, 다른 나라가 세워질 것이었다. 편지를 쓰는 일은, 아주 멀어 보였던 그 나라를 현재에 소환하는 독경 같은 일이었다. 다시 말해 기도의 체현이었다. 그는 별판 가득한 먹빛의 하늘을 올려다보며 중얼거렸다. 곧 온다고. 끝이 멀지 않다고.

복원된 황사영 토굴의 입구

1. 1800년, 조선의 갈림길

순조 1년, 서력기원 1800년은 조선의 국운이 바뀌는 해였다. 1776년부터 집권한 정조는 영조의 탕평책을 계승하여 당파 싸움을 눅이는 데 힘썼고, 내각의 수반이었던 재상 채제공蔡濟恭은 서학 교도西學教徒, 서학, 즉 천주학을 믿는 사람들에 대해 교화 우선教化于先의 원칙을 지키고 있었다. 이에 따라 18세기 말에는 천주교도 박해 사건이 몇 차례 있긴 했지만 대규모 탄압으로 번지지 않았다. 후대 역사가들이 일컫듯, 18세기 말은 조선의 마지막 태평성대였다.

그러나 1800년에 이르러 세상은 완전히 뒤집히고 만다. 암암리에 천주교 탄압을 미루게 했던 채제공이 1799년(정조 23년) 정월에 세상을 뜨고, 1800년 6월에는 정조 임금마저 승하하였다. 왕위는 정조의 아들 순조가 잇게 된다. 그때 순조의 나이 겨우 열한 살이었고, 그가 성숙할 때까지 정사를 대리할 누군가가 필요했다.

이에 순조의 할머니 정순 왕후貞純王后가 국정의 전면에 나선다. 대리청정代理聽政. 그녀는 노론 벽파僻派의 창시자 김구주金龜柱의 누이동생으로서, 열네 살 때인 1759년(영조 35년)에 영조의 계비繼妃, 후처가 된 바 있다.

영조는 두 왕비에게서 자식을 얻지 못했고, 오직 후궁에게서만 2남 12녀를 두었다. 첫째 아들은 아홉 살 때 요절하여 남은 아들이란 마흔 넘어 늦게 얻은, 선愃뿐이었다. 겨우 두 살 때 선은 세자로 책봉된다. 영특하고 걸출했던 그는 아비의 신뢰를 듬뿍 얻고 15세 때부터 부왕을 도우며 국사를 맡아 본다. 확실한 정견이 있어 노론의 말 바꾸기 행적신임사화辛壬士禍을 대놓고 비판하기도 했다. 새어머니와 아들의 대립은 그로부터 유래한다. 왕비와 집권 세력 노론이 사사건건 세자를 무고한 끝에 영조는 결국 제 하나뿐인 아들을 뒤주에 가둔다. 선은 끝내 살아서 그 뒤주를 빠져나오지 못한다. 스물여덟의 나이로 제 아비에게 억울하게 죽어간 그가 바로 장헌 세자莊獻世子, 즉 사도 세자思悼世子다.

사도 세자의 죽음을 계기로 집권당 노론은 둘로 나뉜다. 죽은 사도 세자를 동정하는 시파時派와 그가 죽은 것이 당연하다는 벽파로. 이 벽파의 중심축이 앞서 말한 김구주, 정순 왕후의 오빠다. 정순 왕후가 국정을 수렴청정垂簾聽政, 즉 代理聽政하게 된 후 어떤 일이 벌어질지는 뻔한 것이었다. 시파 축출. 그때 시파의 대부분은 채제공을 중심으로 한 남인南人 세력이었다. 남인에는 정약용 등이 속해 다양한 학술 사상에 관심이 많았고 서학에도 너그러웠다.

국상과 왕위 계승식을 무사히 치르고, 정순 왕후가 수렴청정을 통해 권력을 흡수하기를 반 년여, 왕후는 칙령勅令, 임금의 명령을 선포한다. 아버지도 없고 군주도 없는 사악한 종교 천주학을 엄금한다는 것. 도덕을 바로잡아 국정을 쇄신한다는 명분과 아울러 경쟁 당파인 남인을 쫓아내 세도 정치의 기반을 닦으려는 일거양득의 한 수였다. 이가환, 이승훈, 정약용……. 서학을 공부하던 남인들이 줄줄이 끌려와 포도청에 묶인다. 피가 터지고 살이 튀는 취조 속에 그들은 한 사람의 이름을 발고한다. 황사영黃嗣永.

이 글은 황사영에 바치는 이야기다. 그가 스물여섯 나이로 세상을 떠나기까지 파란했던 삶과 그 삶을 둘러싸고 있던 수만 겹 세상에 관한 서투른 추적기追跡記.

2. 신동神童, 신도信徒가 되다

황사영은 1775년(영조 51년) 유복자로 태어났다. 어려서부터 영특했던 그는 열여섯의 나이에 진사시進士, 소과 시험에 합격하여 조정을 놀라게 했고, 탄복한 정조는 그를 궁중에 불러들였다. 친히 손목을 잡고 높이 치하하면서 장래에 등용할 것을 약속했다. 사영은 집으로 돌아와 임금이 잡았던 제 손목에 붉은 비단을 둘러 정진의 계기로 삼았다. 그는 홀어머니의 자랑이었으며 집안의 축복이었고 문중의 광영이었다. 이름이 널리 퍼졌고, 그를 눈여겨본 이들이 마을 사람들만은 아니었다. 형제가 두루 주자학과 실학, 서학까지 통달하여 '당대의 천재 가문'이라 칭송받았던 정약용丁若鏞의 집안도 그를 주목하고 있었다.

황사영은 그해가 지나지 않아 정약용의 맏형 정약현丁若鉉의 딸과 혼인하게 된다. 일찍이 재능을 인정받았을 뿐 아니라 학계의 명문가와 혼인하게 된 사영의 앞길엔 꽃길만이 펼쳐질 것 같았다. 그는 처가와 교유하며 견문을 더욱 넓혔다. 비극은 행복 가운데 시작되었다.

장인 정약현의 첫 부인은 천주교도였던 이벽의 누이였고, 약현의 셋째 동서는 나중에 순교한 홍재영이며, 정약용의 누이와 결혼한 이가 이승훈이었다. 정씨 형제들은 이미 서학, 천주교에 깊숙이 물들어 있었다. 황사영은 처숙인 정약종丁若鍾, 정약용의 셋째 형에게 교리를 배우며 새로운 세상을 깨쳤다. 그 세상에는 양반 상놈이 따로 없으며, 천주 아래서 모두 공평하게 사랑하고 사랑받는 별천지가 펼쳐져 있었다. 사영은 흠뻑 빠져들었다. 스무 살이 되던 1795년(정조 19년) 그는 중국인 주문모 신부로부터 알렉시오Alexius란 이름으로 세례를 받고 공식 입교한다. 황사영은 이후 출세와 영달을 뜬구름으로 여기고 교리 연구에 몰두하며 성리학과 거리가 멀어진다. 총명한 데다 입이 무거워 서학 교도들 사이에서도 그의 이름이 널리 퍼진다. 그해에 과거 시험이 있었고, 문중의 강권으로 그는 시험장에 입장하였으나 바로 백지를 내고는 집으로 돌아와 버렸다. 이에 놀란 정조가 대신들을 보내, 충분히 공부해 다시 응시하라는 윤음綸音, 왕의 목소리을 전했는데, 서학에 물든 것을 나중에 알고는 몹시 슬퍼했다는 후문이 있다.

1801년 2월, 조정은 이가환, 이승훈, 정약용 형제를 취조한 끝에, 남인들을 벼랑까지 몰며 천주교도 박멸을 공언한다. 중요한 거목으로 이름이 발설된 황사영에게도 수배령이 떨어진다. 그는 교도들과 지인들 집을 오가며 한양을 동가식서가숙했으나 교도들이 속속 붙들려 가면서 피신처를 찾지 못한다. 결국 그는 한양 밖으로 떠나 숨기로 한다.

3. 배 밑바닥 같은 마을, 배론

조여 오는 탄압의 손길을 뿌리치며 황사영은 충청도 땅으로 피신한다. 검문이 삼엄하였으나 그에게는 방책이 있었다. 사영은 상복을 입고 상주喪主로 행세하며 연이어 산을 넘는다. 당시 상주에게는 말을 걸거나 인사조차 하지 않는 엄숙한 풍습이 퍼져 있던 때였다. 그는 정체를 감추고 도성을 빠져나오는 데 성공해 박달재를 넘어 제천에 이른다. 예나 지금이나 제천은 산골짜기 부락이었는데, 사영은 그중에서도 아주 깊은 두멧골 배론으로 향한다.

배론은 주론산 자락에 들어선 마을로, 지형이 오목한 배 밑바닥을 닮았다고 하여 주론舟論, 배 밑바닥 모양, 다른 말로 배론이라 불렸다. 워낙 오지 산골이라 관아가 멀었고, 드나드는 이도 적었다. 마을 사람들 또한 가마를 때 옹기를 구우며 몇 날 며칠을 왕래 없이 보내는 사람들이었다. 숨어 살기 맞춤한 곳이었다.

천주교도들은 18세기 후반부터 옹기장이를 자처하며 하나둘씩 배론에 스며들었다. 산골은 깊어 서학이 무엇인지 천주가 누구인지 몰랐다. 배론은 차츰 교우촌으로 변했다. 황사영이 찾아오자, 교우 김귀동이 토굴을 파서 사영을 그 안에 감쪽같이 숨긴다. 보안이 철저하여 동네의 다른 신자들도 황사영이 거기에 있다는 걸 알지 못했다.

사영은 밤에만 토굴에서 나와 한숨을 돌리며 차후를 모색했다. 사정이 엄중하여 전국에서 교우들이 붙잡혀 가고 있었다. 그는 독실한 천주교도 김한빈(훈련도감의 포수 출신)과 황심(북경 사신 행렬의 마부 출신)을 밀사 삼아 서울로 보내 상황을 엿보곤 했다. 그러나 봄기운이 미약하던 2월 26일, 조선의 초창기 천주교를 대표하는 6인인 이승훈, 정약종, 최필공, 최창현, 홍교만, 홍낙민 등이 참수형을 당했으며, 사영에게 세례를 준 바 있던 주문모 신부 역시 자수해 옥에 갇혀 있다는 비보를 듣게 된다. 그를 향해 날아오는 칼날 역시 아주 멀리 있는 것만은 아니었다. 그는 안절

배론성지의 연못

부절못한다. 황사영은 자신이 발각되기 전에, 목숨을 잃기 전에 반드시 마쳐야 할 사명使命, Mission이 있다고 여긴다. 도탄에 빠진 백성을 구하고, 어지러운 국가를 바로잡는 일, 무엇보다 천주님의 나라를 이 땅에 빨리 오게 하는 일. 그 세 가지는 황사영의 생각 속에서 하나로 연결되어 있었다. 그는 컴컴한 배 밑바닥에서 자신을 비추는 한 줄기 빛살을 느낀다. 황사영은 토굴의 입구를 막고, 붓을 든다. 그리고 쓴다. 긴 편지를, 북경에까지 닿을, 중국으로부터 칙령이 전해지거나 서양에서 군대를 몰아올 편지를, 끔찍한 학살의 빌미가 되고 끝없는 논란으로 역사가 영원히 기억할 한 장의 편지를.

4. 명주 천에 쓴 편지

사영은 김귀동에게 명주 천을 길게 떼어 오라 부탁해서는 길이 62cm, 너비 38cm 크기로 잘라 거기에 깨알 같은 글씨로 한 자 한 자 심혈을 기울여 적어 가기 시작한다. 천주교 북경교구장 구베아Gouvea 주교에게 보낼 밀서다. 약 6개월에 걸쳐, 그는 122줄, 1만 3,384자에 달하는 길고 긴 서신을 해서체로 정서한다. 이 편지가 후에 '백서帛書, 비단 편지'라고 불린 것은 이렇게 명주 천에 쓰인 까닭이다. 사영은 이를 저고리襦衣 뒷면에 꿰매고 봉해背縫 겨울철 중국으로 가는 행렬 편에 들려 보낼 계획이었다.

백서의 내용은 3가지다. 첫째, 1801년 신유박해로 목숨을 잃은 30명 주요 순교자의 이력. 둘째, 신유박해가 발생한 원인인 조선의 당쟁과 정치적 음모의 폭로. 셋째, 신유박해로 풍비박산이 난 조선 천주교의 부흥 방안.

그러나 편지는 북경으로 떠나지 못한다. 그해 9월 15일 황심은 김한빈과 함께 포도청에 체포되고, 지독한 취조와 고문 끝에 황사영의 은신처를 발설한다. 9월 29일, 배론에 들어닥친 군졸들이 토굴을 들춰 황사영을 체포한다. 증거품으로 조정에 들려간 편지는 이후 나라를 발칵 뒤집어 놓는다.

편지는 여러 면에서 국가의 존망을 위협하고 있었다. 청국 황제를 통해 선교의 자유를 허락하도록 조선 왕조에 압력을 가할 것, 청나라가 친왕을 조선에 파견하고 조선의 국왕과 청국 공주를 결혼시켜 조선을 청의 속국으로 삼을 것, 서양에 요청해 함대를 파견하여 군사력으로 위협해 선교사를 받아들이도록 지원할 것, 같은 내용이 적혀 있었던 까닭이다.

정순 왕후와 지배 세력은 분노를 참지 못한다. 추상같은 어명이 떨어지고, 붙잡힌 교인들에게 잔인한 고문이 허락되었다. 인륜을 저버렸으며 나라를 팔아먹으려 했다는 죄명이 덧붙여졌다. 서학 교도들을 두둔한 남인 시파도 이때 대거 숙청되고 만다. 조정에는 최소한의 두둔이라도 보탤 벼슬아치가 남아 있지 않았다.

황심과 김한빈이 그해 10월 참수된다. 황사영은 한양으로 끌려가 '궁흉극악대역부도죄'라는 어마어마한 죄목으로 능지처참을 당한다. 고통을 최대한으로 느끼도록 천천히 살점을 베어내고 사지를 자르는 극형 중의 극형이다. 유교의 세계와 천주교의 세계 모두에서 크게 칭송받았던 영재 황사영은 스물여섯의 나이로 그렇게 생을 마감한다.

연좌제가 있던 시절, 대역죄인의 가족이 무사할 수 없는 노릇. 집안의 가산은 모두 몰수당하고, 모친은 거제도로, 부인과 두 살 난 아들은 제주도로 유배되었다. 부인은 숨겨 둔 패물을 뱃사공에게 건네, 아들이 배 위에서 죽은 걸로 말을 맞추고 추자도에 내려놓는다. 1801년(순조 1년) 12월 22일, 인

정전에서 정순 왕후는 토벌이 마무리되었음을 공식 선포한다. 300여 명의 교인들이 사형을 당하고, 400여 명이 귀양간 결과였다. 초창기 조선 천주교회는 신유박해로 인해 거의 말살에 가깝게 초토화된다.

5. 서찰의 앞뒤

(전략) 저희 죄인들은 죄와 악이 깊고 무거워 위로는 주님의 노여움을 샀으며, 재주와 지혜가 얕고 짧아서 아래로는 다른 사람의 헤아림을 잃었습니다. …… 저희 죄인들은 또한 위험에 처하여 목숨을 버려 스승과 함께 주님의 은혜에 보답하지 못하였으니, 다시 무슨 면목으로 붓을 들어 우러러 호소하겠습니까? …… 자애로운 아버지를 잃어 붙잡고 호소할 데가 없으며, 어진 형제들이 사방으로 흩어져서 모든 것을 헤아려 주관할 사람이 없습니다. …… 이 지극한 괴로움에 저희는 장차 누구를 불러야 하겠습니까. …… 저희들은 마치 양 떼가 달아나 흩어진 것처럼 혹은 산골짜기로 도망쳐 숨고, 혹은 몸 둘 곳이 없어 길을 헤매면서 눈물을 머금고 소리도 제대로 내지 못하며 흐느낍니다. 괴로운 심정이 뼈에 사무쳐, 밤낮으로 바라는 것은 주님의 전능하심과 각하의 넓으신 사랑뿐입니다. 엎드려 바라

명주 천에 쓴 황사영 백서

옵건대, 주님의 도우심을 정성으로 기도해 주시고 연민의 정을 크게 베푸시어, 저희를 이 모든 환란에서 구원하시어, 저희로 하여금 자리에 앉게 하여 주십시오.…… 백성을 해치지 않고 재물을 빼앗지도 아니하고 또한 인과 의의 지극함을 모범으로 삼으니 오히려 뛰어난 표상일 뿐입니다. 어찌 명분이 아름답지 못함을 근심하겠습니까. 다만 힘이 미치지 못할 것을 염려할 뿐입니다……. 박해가 일어난 뒤에 그 사람(교우)은 집을 버리고 도망하여 두메산골을 돌아다녔는데 산골 음식이 보잘것이 없고 또 객지의 형편이 몹시 불편하여 하는 수 없이 주일을 지키지 못하였습니다. 허원하고도 지키지 못한 죄가 있을 줄 생각합니다마는 감히 너그럽게 용서해 주시기 바랍니다. 아울러 여쭈오니 기왕에 지키지 못한 것도 혹 죄가 되지는 않는지 모르겠습니다. 천주 강생 후 1801년 시몬 다태오 축일 후 1일 죄인 토마스 등은 두 번 절하고 삼가 갖추어 아룁니다.

6. 황사영을 위한 변명

세계는 그때 근대로의 이행기였다. 서양에서는 급속도로, 동양에서는 상대적으로 느리게. 중국과 조선, 일본 등 동아시아 전역은 발전된 서양 문물을 일단 서학西學이라는 형태로 수입했으며, 이후 천주학으로 변모해 종교적 형태로도 받아들였다.

당시 조선의 국가 이데올로기는 성리학이었으며, 유일한 지배 종교 역시 동일한 데서 가지쳐 나온 유교儒教였다. 17세기 이래 서양은 '정교 분리政教分離'를 받아들이며 세속주의 국가로 변해 갔지만 조선은 그렇지 않았다. 왕에서부터 농부에 이르기까지 모두가 충효를 받들고 왕-아버지-아들로 이어지는 철저한 위계 사회였다. 400여 년간 강화된 이 같은 풍습 속에서 천주 아래 모두가 평등하다는 교리는 개인적으로는 가족의 도리를 저버리는 범죄처럼 보이기 쉬웠다. 국가적으로도 조선이 천주학을 좋게 볼 이유가 없었다. 과학 기술 측면에서 크게 차이 나는 양이洋夷, 외국 오랑캐는 낯선 공포였으며, 실제로 군함 몇 척의 겁박에 청나라가 무릎꿇는 행태를 목도한 지배 세력으로서는 현실적 위협이기도 했다. 안팎으로 천주학에 대한 배척은 불가피했다.

황사영이 쓴 편지는 확실히 과도한 측면이 있다. 이런 정세 가운데, 나라를 속국으로 만들자거나, 외국 전함을 불러와 국경을 위협하자거나 하는 논리는 비록 신앙의 목적으로 떠올린 계책이었지만, 좋게 말해 순진한 발상이었으며 심하게 말하자면 딱하고 아둔한 공상이기도 했다. 황사영이 믿었던 것과는 달리, 서양은 의롭기는커녕 기술과 무력을 기반으로 전 지구적 약탈을 준비하고 있었으며, 그 속에서 신음하던 서양 민중의 형편이 특별히 조선보다 낫지도 않았다. 설령 서양의 함대가 조선을 포격해 천주교를 받아들였거나, 조선이 청국의 식민지가 되어 서학의 자유가 추인된다고 한들, 민중(천주교도)-조선 지배 계급-서양(중국)으로 이어지는 탄압과 착취의 고리만 갑절로 늘어 그 안에서 천주교도들의 자유와 복락이 더 커질 리는 만무한 것이었다. 역사 속에서 종교 세력은 언제나 정치 세력이었고, 일신교의 자유는 언제나 배척과 침략의 자유였다. 사랑을 제1 원리로 내세우는 일신교의 국가들은 결국 100년도 지나기 전에 제국주의화하여 세계를 쑥대밭으로 만들고 민중을 도륙한다. 황사영의 생각은 현실을 모르는 이상주의, 보다 큰 규모의 사대주의에 지나지 않았다고 할 수 있다.

그러나 이 같은 판단은 우리가 그 뒤로 켜켜이 쌓여 간 시간에 힘입은 후대인이어서 가능한 결과론일 수도 있다. 19세기 초, 조선이라는 특수한 환경에서 우리는 보다 내재적인 관점으로 사건을 재조명할 필요가 있다.

세상은 어지러웠다. 이기 이원론으로 그 절정을 이뤘던 국가 이데올로기 성리학은 18세기부터 이미 현실에 대응하지 못했으며, 주류의 지식인들 사이에서도 홀대당해 왔다. 당쟁이 격화되면서 권력자들은 백성을 쥐어짜 재물을 쌓고 사병을 길러 제 몸의 안위만을 챙겼을 뿐 민생은 계속해서 도탄에 빠졌다. 그러나 한 세기가 지나도록 모순은 해결되지 않았다. 유민들이 늘어났고, 조정은 자리 싸움에만 골몰했다. 그런 시대에, 하늘 아래 모두가 평등하며 믿으면 구원받을 수 있고 신이 인간을 구별없이 사랑한다, 는 가르침은 그야말로 혁명적인 것이었다. 중국에서 서학 책을 구해 먼저 읽을 수 있었던 시파 남인의 깨인 지식인들은 그것을 세계가 마땅히 따라야 할 원리로 받아들였고 삶을 혁신할 기회로 삼았다. 중인들, 상민과 천민에게까지 널리 퍼지며, 집 안이나 집회소에서 계급 구별을 없애고 '교우'로만 통칭하며 너나들이하는 사례들이 번져 갔다.

새로운 가르침 속에서 그때껏 번성해 보였던 세상은 보잘것없었다. 믿음 가운데 천지는 개벽했다. 황사영이 보기에 반상의 차별이 없고, 교인들끼리 서로 도우며, 재물에 탐닉하지 않고, 내세가 보장된 이상향의 나라가 바로 현실에서 이루어지고 있었다. 그는 처음 이 땅에 출현한 신세계가 조정의 억압과 핍박으로 뿌리까지 끊길까 염려했던 것이다. 그의 생각 속에서 이미 천주님을 믿고 있는 서양은 천주님의 국가였고, 따라서 서양의 군대란 천주님의 군대였을 따름이다. 그의 꿈은 나라가 청의 속국이 되거나 서양 함대가 조선 민중을 포격하는 게 아니라 천주님의 은혜 아래 모든 나라가 하나가 되는 것이었다. 그의 생각 속에는 한 점의 다른 야심이나 출세의 잔꾀가 없었다. 그는 독실한 신앙인이었을 뿐. 지상의 국가란 어차피 다가올 하느님의 나라 앞에서 한낱 꿈과 같은 것일 따름이므로. 19세기, 엄혹한 탄압 속에서도 줄지어 이어지는 천주교인 수천 명의 순교는 이처럼 조선의 피폐한 현실, 해결되지 않는 봉건 모순이 초래한 부조리한 희생양으로 평가할 만한 측면이 여럿 존재한다.

7. 끊이지 않는 박해

1801년 신유박해 이후 천주교는 급속도로 쇠퇴한다. 그러나 불씨까지 죽지는 않아 한동안 교인들은 은거하며 숨을 죽인다. 이 같은 정세 속에서 1831년, 로마 교황 그레고리오 16세는 숱한 순교에 힘입어 조선을 북경과

순교자 묘지

독립한 하나의 새 교구로 선포한다. 이에 프랑스에서 신부들이 밀입국해 은밀한 전교가 재개되었다. 1830년대, 교인들이 다시 늘며 명부에 수록된 숫자가 9,000명에 이른다.

그러자 조정은 다시 천주교 말살을 획책한다. 1839년 기해박해를 일으켜 세 명의 프랑스인 신부를 처형하고 교인들 200명을 참수한다. 40여 년 만에 다시 일어난 대학살에 천주교는 다시 물밑으로 가라앉는다.

1864년(고종 1년), 국경에서 불미스러운 일이 벌어진다. 러시아인들이 두만강을 건너와 집요하게 통상을 강요한 것이다. 당시의 집권자는 흥선 대원군이었는데, 이를 막을 방책으로 프랑스, 영국과 동맹을 맺어야 하며, 그를 위해서는 조선에 입국해 있는 서양 주교의 힘을 빌려야 한다는 제안(일종의

조선 최초의 한옥 성당 성 요셉 성당의 내부

이이제이以夷制夷)이 힘을 얻는다. 대원군도 잠시 귀가 솔깃한다. 그러나 1865년 청나라에서도 천주교 박해가 일어나고, 대원군은 그에 발맞춰 1866년 천주교 탄압령을 내린다. 이후 1870년까지 4년간 참살된 교인 수는 8,000명에 이른다. 이를 병인박해丙寅迫害라 한다.

기해박해가 시작되기 전인 1831년, 파리의 외방 선교회는 프랑스인 사제를 조선에 보내는 것보다 조선에서 사제를 양성해 교회를 운영하는 게 더 낫다고 판단한다. 이어 1836년 최양업, 최방제, 김대건 등 3명을 신학생으로 선발해 마카오의 신학교에 유학 보낸다.

1845년 신부가 된 김대건이 조선에 들어와, 조선교구장으로 내정된 페레올 주교가 밀입국할 수 있도록 항로 지도를 중국 어선에 넘겨 주려다 발각되어 체포, 참수된다. 1849년, 조선인으로서 두 번째 사제神父가 된 최양업이 수많은 실패 끝에 간신히 조선에 들어온다. 본격적으로 활동을 시작한 그는 6개월 만에 삼남 지방 5,000리를 걸으며 선교와 사목에 힘쓴다. 그와 프랑스 신부들의 협력으로 1855년, 황사영이 숨어 있던 그 배론의 토굴 옆으로, 한국 최초의 신학교 '성 요셉 신학교'가 설립된다. 현 가톨릭대학교의 요체가 바로 이 배론의 신학교다. 1866년 병인박해로 또다시 배론의 수많은 교인들이 목숨을 잃고 신학교가 강제 폐쇄될 때까지 그곳은 엄혹한 정세 속에서도 다른 세상, 더 나은 세상을 꿈꾸는 학생들을 키우고 길렀다. 황사영의 토굴과 성 요셉 신학교가 있던 자리는 지금 새 성당을 짓고 토굴과 학교를 복원해 천주교도들 사이에 널리 기려지고 있다. 배론성지다.

대성당에 쏟아져 내리는 빛

8. 떠나가는 배

삐쭉한 산들로 온통 둘러싸인 가운데 두드러지게 오목한 배론은 온화하고 편안하여 사시사철 계절감이 물씬하다. 키 작은 꽃들 번지고 흐드러진 벚나무들 화편花瓣 아롱대는 봄은 말할 것도 없고, 초록빛 밀밀하여 눈이 다 맑아지는 여름날 초원에 울려 퍼지는 새소리는 마치 생명의 복음처럼 들린다. 붉은 옷 노란 옷 둘러 너른 강산이 산뜻한 수채화로 뒤바뀌는 가을은 또 어떤가. 폭설로 덮이며 한없이 적막해지는 묵화 같은 겨울의 배론도 어느 하나 빠지지 않는다.

그러나 배론에서 아름다운 것이 꼭 자연만은 아니다. 그것은 또한 인간이 지어낸 것이기도 하다. 아담하나 단아한 멋을 자아내는 우리나라 최초의 한옥 성당인 성 요셉 성당, 묵주 모양으로 길러낸 나무를 하나하나 세며 최양업 조각공원까지 에둘러 가도록 만든 지혜로운 로사리오의 길, 날씬하게 솟았으면서도 위엄과 품격을 잃지 않은 황사영 순교자 현양탑, 저절로 옷깃을 여미게 되는 단정하고 엄숙한 배색의 진복문……. 배론에서 사람의 것과 자연의 것은 구분되지 않고, 종교적인 것과 태생적인 것은 나뉘지 않으며 결연히 아름다움 한 가지로 포개져 있다.

그 성스러운 아름다움, 혹은 아름다운 성스러움은 특히 '바다의 별'이라 이름 붙은 대성당에서 도드라진다. 필자는 이 글을 읽는 이가 신자이든 아니든 반드시 대성당을 방문해 볼 것을 강권한다. 출입문을 여는 순간, 당신은 알게 된다. 이 복잡하고 다단한 세상이 실은 그저 하나라는 것을. 배를 뒤집어 놓은 형상의 대성당은 지붕에 일자로 길게 창을 내어 자연광이 내부에 찬연히 쏟아지도록 만들었다. 이를 따라 성당의 한가운데엔 그 빛으로 길이 생기고, 그 길은 신자가 앉는 의자와 신부가 강론하는 단상을 하나로 연결한다. 수직의 빛은 성당 안에서 사제와 교인을 잇는 수평의 빛으로 치환되는 것이다. 실내는 신부가 섭리를 설파하는 강단과 빛이 스며드는 하늘로 자연스럽게 집중된다. 성당 안에서 빛은 구원이고 사랑이며, 교류이고 소통인 동시에 거부할 수 없는 축복이자 삶의 기쁨이다.

배론 성당은 견고한 빛의 건축이다. 당신이 천주교의 구원론에 동의하지 않더라도, 빛으로 종교적 가르침을 체계화한 성당의 조형미에는 넋을 잃고 빠져들 수밖에 없을 것이다. 빛은 성당 안에서 아름다움으로 인도하는 표지이고, 또한 아름다움의 요소이며, 그 자체로 형형한 아름다움이다. 대성당 안에서 빛은 찬연하고, 각별하며, 가지런하여서 지극히 고결해 보인다.

배론에서 인간이 만든 고결한 아름다움은 건축물 말고도 더 있다. 성 요셉 성당 뒤편에, 산자락에 판 구덩이 속에, 그곳엔 복원된 황사영의 토굴이 있다. 그 토굴은 좁고 어두우며 초라한데, 내부에는 명주 천 한 필이 걸려 있다. 허리를 펴서는 들어설 수 없고, 막상 들어오고 나서도 주위가 너무나 캄캄하여 손전등이라도 켜지 않고는 그 내용을 확인하기 힘든 아주 작은 그 글씨를 부디 눈여겨보기 바란다.

제대로 된 불빛도 없는 가운데, 작은 책상 크기만 한 비단에 촘촘히 적어간 '일만 삼천 삼백 팔십 네 글자'의 글. 두루 평등하고, 너나없이 나누며, 더불어 배우고 가르치면서, 이익을 위해 상대를 살해하거나 명분을 핑계로 숙청하지 않는 인간의 선한 본성을 이 땅에 널리 퍼뜨리고자 했던 한 지식인의 바람이 얇디 얇은 비단천에 고스란히 박혀 있는 것이니.

외국 함대를 청해서라도 믿고 기도할 자유를 얻고 싶었던 꿈, 중국에 사정해서라도 가르칠 신부를 얻어 다른 세상에 관해 배우고 싶었던 꿈은 흉흉하고 악독한 부도덕으로 단죄받고 수만의 목숨을 앗아갔다. 신앙의 자유

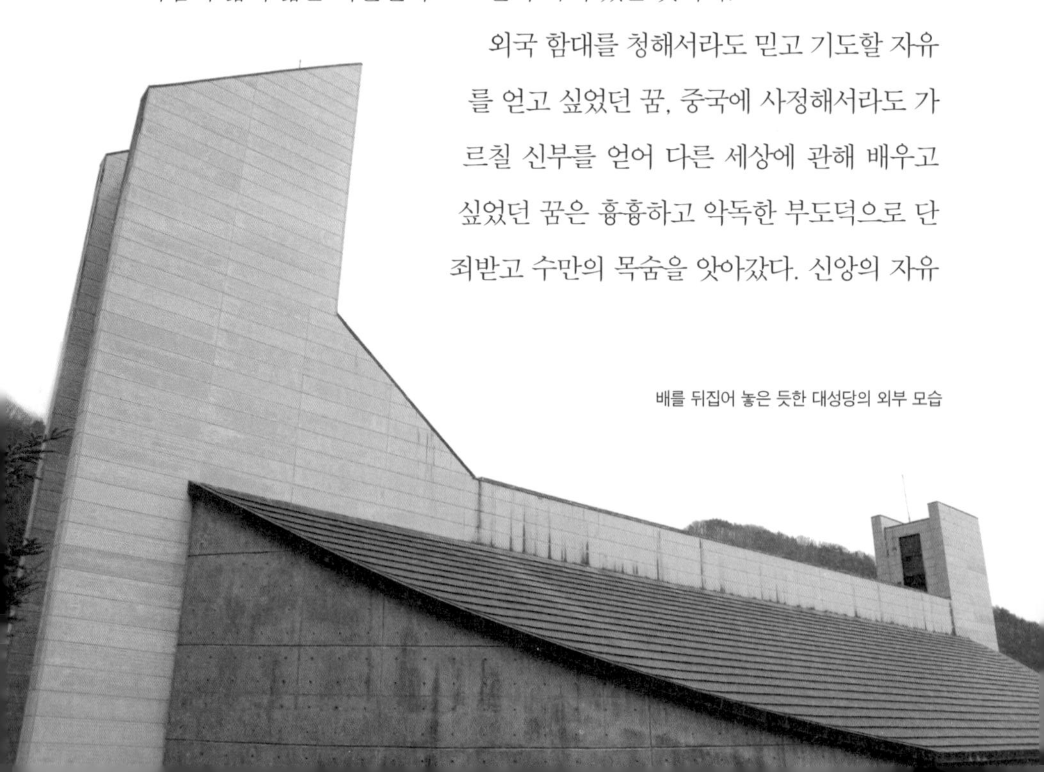

배를 뒤집어 놓은 듯한 대성당의 외부 모습

를 위해 나라의 주권까지 포기하려고 했던 생각은 허황되고 터무니없는 꿈이었을 것이나 그만큼 절실한 희원이기도 했다. 봉건 사회의 모순을 적극적으로 해결하기는커녕 실학을 폄하하고 권력 싸움에만 몰두하던 조선은 결국 1811년 홍경래의 난을 시작으로 지배 계급과 피지배 계급 간 길고 긴 내전에 돌입한다. 그 어지러운 시대, 목숨이 지푸라기같이 가볍던 시절, 생존이 위협받고 살아봐야 그저 힘 있는 자들에게 뜯어 먹힐 뿐이었던 난세, 황사영과 천주교도들이 품었던 소망은 아주 수수하고 소박한 것이었다.

그 무던한 소망은 그러나 신앙과 선교의 자유를 제외하면 사실 현재까지도 다 이루어졌다 말하기 어렵다. 가난해도 차별받지 않으며, 배운 이가 못 배운 이를 강탈하지 않고, 소수자가 핍박받지 않으며, 제 믿는 바를 실천해도 안전한 삶은 도대체 어디쯤 와 있는 것인지, '다른 세상'이란 게 정말 있기나 한 것인지, 살다 보면 그런 의문이 마음을 괴롭히는 날이 있다.

바람 휘몰아치는 어느 날, 대성당, 아니 뒤집힌 배는 스스로 전복하여 배론의 물길을 따라 다시 한 번 나아갈 순 없을까? 당연한 요구도 폭력으로 무마하며 하찮은 이득을 위해 목숨을 제물로 삼는 변치 않은 세상으로, 온갖 한계와 제약을 족쇄처럼 주렁주렁 옭아맨 당대로, 불합리에 입을 다물고 오직 제 한 몸의 안위만을 소중히 여기라는 안온한 현재로. 홀연히, 거침없이, 다시 한 번.

그 삐이꺽거리며 밀고 나갈 뱃머리에서 한 남자의 얼굴을 발견할 수 있지 않을까? 어떤 풍파가 닥치더라도 결코 포기하지 않겠다는 듯 옅은 미소를 띤 그의 얼굴을.

그리하여 저 배는 거센 저항을 거슬러 도무지 헤어날 수 없어 보이는 강고한 현실을 넘어 결국 다른 세상에 가 닿지 않을까? 아니, 그러지 못하더라도, 그 풍랑을 모두 감당하고서 계속 진군하는 그 배 자체가 다른 세상은 아닐까? 다른 세상이란 존재하지 않으며, 우리는 오직 이 고장 난 세계를 바로잡고자 하는 괴로운 싸움의 한복판에서만 비로소 더 나은 세상의 편린 한 조각을 마련하는 게 아닐까?

모진 핍박과 지독한 고문 속에서, 몸이 찢기는 죽음의 순간까지 그 남자가 내내 행복하다고 고백하였듯이, 천국은 믿다가 죽은 사람들이 도달하는 곳이 아니라 타협하지 않고 세상과 맞붙는 순간에 현현하는 어떤 차원이 아닐지. 그 무섭고 불안하며 고통스러운 중에도 포기할 수 없다고 스스로를 다독이며 버텨 내는 찰나에, 그래도 다른 사람이 아니라 내가 할 수 있어 다행이라고 생각할 때 막막한 중에도 뭉클해지는 어떤 마음자리가 혹여 천국의 다른 이름은 아닐는지.

'보이는 것을 바라는 것은 희망이 아니므로'(〈로마서〉 8장 24절), 정박 중인 저 성당은 여전히 넘실거리는, 지금도 떠나가는 배일 뿐.

보이는 것을 바라는 것이 희망은 아니므로,
피붙이 같은 새들과 이승의 인연을 오래 나누고
성도 이름도 포기해 버린 야산을 다독거린 후
신들린 듯 엇싸엇싸 몸의 모든 문을 열어 버린다.
머리 위로는 여러 개의 하늘이 모여 손을 잡는다.
보이는 것을 바라는 것은 희망은 아니므로,
보이지 않는 나라의 숨, 들리지 않는 목소리의 말,

먼 곳 어렵게 헤치고 온 아늑한 시간 속을 가면서.

– 마종기 詩, 〈보이는 것을 바라는 것은 희망이 아니므로〉 중에서

※ 본 이야기는 조광의 《조선후기 사회와 천주교》(경인문화사), 한국교회사연구소가 엮은 《한국천주교회사》(한국교회사연구소), 강준만의 《한국 근대사 산책 1》(인물과사상), 이정린의 《황사영백서연구》(일조각), 정병설의 《죽음을 넘어서》(민음사), 세종대왕기념사업회가 엮은 《순조실록》(세종대왕기념사업회), 위키백과 등을 참고해 쓰였다.

위치와 교통

배론성지는 제천 10경 중 제10경으로서, 제천시 봉양읍 배론성지길 296, 봉양읍 구학리 640번지에 자리하고 있다. 전화번호는 043-651-4527, 홈페이지는 www.baeron.or.kr이다. 제천시민회관 바로 옆 정류장에서 852번 버스가 06:00/08:10/13:00/18:40분에 출발한다. 배론성지 정류장에서 내리면 되고, 반대로 제천 시내로 가는 버스는 07:15/09:20/13:30/19:10에 성지에서 출발한다. 배론성지에서 운영하는 자체 셔틀버스는 없다. 택시를 탈 경우, 약 20분 정도 걸리며 요금은 2만 원 이내이다.

잘 곳과 먹을 곳

배론성지 부근에는 민박과 펜션, 캠핑장이 즐비하다. 피정을 오는 신도들

탁사정(사진 제공 : 제천시)

이 많은 덕분이다. 숙박 업소는 대동소이하니 직접 둘러보고 결정하는 편을 추천한다. 여름철 피서 오는 가족들을 위한 숙소로는 배론의아침 캠핑장(제천시 봉양읍 배론성지길 155, 봉양읍 구학리 462-3, 043-644-2557)이 물놀이 시설과 카라반까지 갖춰 그중 괜찮은 편이다. 배론성지 내에는 간단히 요기할 수 있는 카페 '허브사랑'(043-653-7524)이 있으나 제대로 된 식사를 하려면 배론성지로 들어오는 길목의 사또가든(제천시 봉양읍 봉양리 410, 043-653-4960)을 찾는 게 좋겠다. 국산콩을 재료로 두부와 된장을 직접 만드는 저렴하고도 맛있는 집이다.

주변 여행지

배론성지에서 가까운 곳에 제천 10경 중 제9경인 탁사정(제천시 봉양읍 구학리 224-1, 043-641-6731)이 있다. 청량한 계곡을 바라보고 있는 언덕 위 정자가 산뜻하니 한번쯤 들러 보면 좋겠다. 또한 배론성지로 가는 길목에는 김종명나뭇잎예술갤러리(제천시 봉양읍 배론성지길 36, 봉양읍 구학리 282-14, 043-642-0202, 010-5460-4497)가 있는데, 나뭇잎에 문양을 새겨 조각한 형태가 관람할 만하다.

배론성지와 멀지 않은 곳에 제천과 서울을 잇는 관문이었던 박달재(제천시 백운면 평동리 산), 저렴하고 실속 있는 휴양 숙박 시설인 박달재 자연휴양림(제천시 백운면 금봉로 223, 백운면 평동리 산71, 043-652-0910)이 있다. 연계해 여행하면 제천의 문화와 역사를 마음속 깊이 아로새기게 될 것이다. 아이들과 함께 왔다면 수준 높은 생태 탐사관인 별새꽃돌 자연탐사과학관(제천시 봉양읍 옥전4길 45, 봉양읍 옥전리 913, 043-653-6534, www.ntam.org)도 추천한다.

• 덕산의 빛, 누리마을 빵카페

7 | 덕산 누리마을 빵카페

덕산 누리마을
빵카페

파릇파릇

(독자들이여, 이 간살맞은 말투를 부디 용서하시라!)

이곳은 덕산, 산골짝 마을 제천에서도 한참을 더 들어와야 하는 곳이야. 청풍호 지나 월악산 못 미쳐 덕산이 있지. 제천은 11월만 되어도 털이 곤두서는 추운 동네지만 그중에서 덕산은 따뜻하니 살 만한 고장이란다. 주민들이 속삭이는 바로는 산들이 나직해서 그렇다네. 나직하다, 는 말의 울림이 참 좋지 않니? 이쪽에 처음 나타난 초미묘猫 암컷 삼색고양이에게 한눈에 반했다며 갸르릉거릴 때 내 목소리도 그러지 않았을까.

"100% 살코기 캔을 그대에게 주겠어요. 원한다면 귀하디귀한 고등어 꼬리 토막도 함께. 아시겠지만 산촌에서 생선이란 찾아보기 힘든 사치품이니깐."

하지만 콧대 높은 초미묘 삼색냥은 이렇게 말했지. 마치 소프라노 같은 우아한 묘성으로. "사료 따윈 개나 주라지. 나는 도전리에서 왔으니 취향이 남다른걸." 그럴 때 암코양이는 정말 우아해 보였어. 마치 사교계를 들썩이는 귀한 집 딸내미 같았지. "그럼 도대체 뭘? 세상에, 캔과 고등어 꼬리보다 더 맛있는 게 있단 말야?" 나는 얼룩진 얼굴을 씰룩거리며 새로운 세계에 관해 물었어. 그녀는 꼬리를 까딱거리더니 앞서 달렸지. 명민한 나는 재깍 알아챘어. 그건 따라오란 뜻이란 걸. 우리는 뛰었어. 면사무소, 복지회관, 보건소, 소방서, 파출소를 지나 농협을 넘어서. 덕산은 없는 게 없는 동네지. 마침내 도전리 새마을금고를 막 지나쳤을 때 그녀는 급정거했어.

그러곤 좌우를 살피더니 이 부근에서는 쉽게 찾아보기 힘든 세련된 유리건물 옆 슬레이트 담장 아래 자리를 잡는 거야. 이럴 수가! 그곳은 고양이들의 천국이었어. 양지바른 데다, 아주 많은 냥이들이 모여 빛살 잡기 놀이를 하며 느긋이 한낮을 보내는 곳이었지. 사람으로 치면 홍대 앞 클럽이라고 할까.

미모의 삼색냥과 '밀당'하며 거기서 교태를 부리고 있는데, 옆 건물, 세련된 그곳에서 사람이 나왔지. 나는 일순 긴장해 슬금슬금 뒷걸음질쳤지만 매번 있는 일인 듯 다른 고양이들은 그와 눈을 맞추더군. 나 말고는 아무도 두려워하지 않았어. 여행 온 듯 챙이 넓은 모자까지 갖춰 쓴 암컷 사람은 우리에게 몇 마디 말을 붙이더니 발치에 무언가를 툭 던져 주었어. 그때까지만 해도 나는 아직 경계를 풀지 못하고 있었는데, 다른 냥이들은 모두 한달음에 달려들어 그걸 먹어치우더군. 암컷 사람은 웃으면서 그 뒤로도 몇 번을 더 던져 주었어. 고소하고 향기로운 냄새가 났지. 그러고는 암컷 사람은 다시 건물로 들어가 버렸어. 연민인지 사랑인지 알 수 없으나 미묘의 삼색냥이 자신이 물어 온 일부를 내게도 나눠 주었지. 나는 살짝 핥아 보았는데, 거짓말처럼 혀에서 스르륵 녹는 거야. 나는 그녀와 눈을 맞췄지. 그녀는 이렇게 말했어. "살코기 캔 생각이 나니?"

"아니." 나는 그때껏 살아 왔던 묘생을 한순간에 부정했어. 그녀는 또 물었지. "고등어 꼬리 토막은?" "아니!" 그녀는 한 번 더 물었어. "집으로 돌아갈 거니?" "아니!" 나의 묘생은 갑자기 흥미로워졌어. 나는 그녀에게 선언했지. "여기서 살래, 너하고!" 그녀는 빙긋 웃더니 갸르릉거렸어. 나도 그녀에게 몸을 비비며 나직하게 물었어. "근데 방금 먹었던 건 이름이 뭐야?" "빵이야." "빵?" "그래, 빵. 인간의 사료. 사람의 밀가루 캔."

나는 따뜻하게 데워진 담장 아래 그녀와 함께 뒹굴며 방금 알게 된 행복의 밀어를 다시 한 번 속삭여 보았어. 빵. 유리창 저쪽에선 다시 한 번 고소하고 향기로운 냄새가 났고, 세상은 아름다웠지. 나는 정색하고 똑바로 서서 그녀를 쳐다보며 말했어. "나는 달라졌어. 알아? 그건 모두 너 때문이란 걸." 그녀는 아무 말도 하지 않고 그저 눈을 맞춰 주었어. 그러더니 물었어. "네 이름은?"

나는 옛 이름을 말하려다가 마음을 고쳐먹었어. 다시 태어나기로 결심했으니까. "빵이라 불러 줘." 그러곤 그녀에게 물었어. "네 이름은 뭐야?" 그녀는 살짝 수줍어 하는 것 같더니 조심스레 말했어. "밀크라고 해." 내가 반문했지. "밀크가 무슨 뜻이야?" 그때, 자동차 한 대가 담장 앞에 섰고, 거기서 나온 수컷 사람이 차의 뒤쪽을 열고 겹겹이 늘어선 하얀 종이 팩들을 건물 안으로 실어 날랐어.

그녀는 다시 한 번 나와 눈을 맞추고는 말했어. 갈라진 눈동자에서 반짝

누리마을 빵카페의 이국적이고 세련된 외관

반짝 빛이 났지. "밀크. 빵의 일부분이야." 나는 그때 알게 됐어. 사랑이 막 시작되었다는 것을.

덕산에서는 쉽게 보기 힘든 세련된 통유리 건물은 '빵카페'라고 했어. 정식 가게명은 '누리마을 빵카페'. 며칠 살아 보니 사람들은 거기서 빵과 커피, 음료 같은 걸 먹더군. 감자, 사과, 참깨, 황기 같은 걸 주로 재배하는 이쪽 동네에서는 드문 풍경이었어. 카페 뒤에는 낡은 한옥이 있었고, 고양이들은 주로 거기 살았지. 하루 종일 놀다가 배가 고파지면 카페에서 일하는 사람들이 건네주는 사료나 손님들이 나눠 주는 빵을 먹었어. 사람들은 친절했지.

빵카페는 재미있는 곳이었어. 꼭 젊은 사람들만 다니는 곳은 아니더군. 마을의 농부들도 거기에 들러 자기들이 생산한 쌀, 양파, 호박, 콩 같은 먹거리를 넘기고, 팔린 후 정산을 받기도 했어. 동네 아주머니들이 손수 담근 김치, 메주, 장아찌 같은 것들도 거기서 팔았지. 그걸 구매하는 과정도 여타의 곳들과는 다른 것 같았어. 누구나 가져갈 수 있는 바깥 냉장고에 넣어 두고, 이름과 품목을 적어 놓으면 필요한 사람들이 가져가고 값을 무인금고에 치뤘지. 카페가 쉬는 날에도, 한밤중에도 필요한 물건을 살 수 있었지.

또, 거기 드나드는 사람의 얼굴빛도 꽤 다양한 편이었어. '다문화'인지 뭐인지는 모르겠지만, 멀리 다른 나라에서 왔다는 약간 검은 빛의 안색을 띤 여자들이 카페에서 커피를 내리거나 차를 만들어 팔기도 했지. 물론 빵도 만들고 말야. 한국어가 능숙하지 않아 가끔 재미난 사고(오미자 효소를 달랬더니 오디 효소를 주셨던 적이 있었지)가 생기기도 했지만 별일 없었어. 종업원도 손님도 밝고 유쾌했지.

빵카페라 그런지 무엇보다 빵에 신경을 쓰는 것 같았어. 우리밀 100%에 유기농 설탕, 유정란을 썼지. 값도 아주 괜찮은 편이었어. 1,000원짜리 한 장이면 이 좋은 재료로 매일 아침 구워 만든 빵을 살 수 있으니. 동네에서 채취한 오디로 만든 잼이랑 공정 무역 거래를 거친 커피와 함께 마시면 이 세계의 지복이 거기 모여 있는 것 같았지. 고양이뿐 아니라 사람도 행복한 곳이었어. 모두들 입가를 둥글리며 웃고 있었으니까.

빵카페의 직원이나 이웃 주민들이 만든 공산품을 팔고 있기도 해. 수제로 만든 비누도 팔고, 직접 짠 앞치마와 가방도 팔고, 독한 약 대신 천연 재료로 조합한 벌레 물린 데 바르는 크림(버물리, 라고 삐뚤빼뚤한 글씨로 쓰여 있더라고)도 팔고.

커피를 못 먹는 사람들을 위한 음료도 있더군. 덕산에서 나고 자란 꽃과 열매들로 만든 마실거리들. 오미자 효소, 오디 효소, 복숭아 효소, 매실 효소, 딸기 스무디, 오미자 스무디, 키위 스무디, 오디 스무디, 복숭아 스무디. 또 그렇게 구워 낸 쿠키도 있었어. 대추 쿠키, 더덕 쿠키, 들깨 쿠키 등등.

지난해 마지막 날엔 빵카페 직원들이 모두 모여 회의인가 의논인가를 하더군. 내년 사업에 대해 이것저것 얘기하다가 마지막에 하는 말들이 굉장히 인상적이었어.

"내년에 이런 것도 팔아 보자, 또 저런 행사도 해 보자, 는 말도 물론 필요합니다만 무엇보다 우리가 내년에 덕산 사람들과 어떻게 하면 더 행복해질 것인가를 가장 중점적으로 추진해 나가기로 합시다. 지역 주민들도 행복해지고, 우리도 행복해지는 데 중점을 두자는 얘깁니다. 그래서, 내년에는 다 같이, 확실하게, 조금 더 행복해집시다!"

술 한 잔 없이, 그렇게 한낮에 종무식을 마치며 그 사람들은 해산하더라고. 내가 고양이가 아니라 사람이었다면 나도 그런 회사에 들어가고 싶었을 거야. 그들은 '농촌 공동체 연구소' 직원들이라고 했는데, 대도시도 아니고 제천 시내도 아닌 시골 덕산에서 마을이 할 수 있는 일들, 해야 할 일들을 해 나가고 있다고 하대. 누리마을 빵카페처럼 지역의 친환경 농산물로 빵과 쿠키를 만들고, 도농 교류 직거래 장터를 열어 마을의 생산품을 도시민과 나누며, 농촌 할머니들을 도와 농작물을 기르거나 반찬을 만들어 '할머니 텃밭 난장'을 열고, 마을 목공소 '공감'을 운영해 다함께 친환경 생태 주택을 짓고 헌집을 고쳐주기도 하는 등. 연구소 직원들은 시골이 도시가 되지 않고도 그 자체로 행복하게 사는 방법을 모색하는 이들이었어. 어린이날 같은 때면 아이들과 마을 밴드를 조직하기도 하고, 연말에는 공연과 이벤트도 마련해 주민들이 시내에 나가거나 대형 마트에 가지 않아도 행복할 수 있다는 걸 알려 주었지. 고양이가 이런 말을 하긴 좀 그렇지만, 기특하고 아름다운 인간들이었어.

덕분에 덕산은 괜찮은 곳이 되었지. 그 수많은, 비슷비슷하게 낙후된 농촌이 아니라 발랄하고 생기 가득한, 어린이들과 젊은 사람들과 다른 나라 사람과 어르신들이 어울려 일하고 함께 노는 떠들썩한 마을로 변한 거야. 매일 무언가가 벌어지는 산촌으로, 저녁에 꼭 술을 마시지 않아도 재미있고 흥이 나는 공동체로 바뀌어 가고 있지. 아이들이 지역에서 학교를 다니다 나이가 차면 도시로 떠나 버리는 죽은 시골이 아니라 이웃과 지역이 한 사람 한 사람의 삶을 논하고 학교를 졸업한 아이들이 다시 동네로 돌아와 결혼을 하고 사회적 경제를 일구는 행복한 산골 마을로 순환해 가는 거야. 그 옆에서는 우리 고양이들 작으나마 묘락猫落, 고양이 마을을 이루어 서로 괜찮은 이웃 관계도 맺고 말이지.

지역에서 주민들이 재배하고 직접 만들어 낸 먹거리들을 관리하는 사람 없이도 팔고 사갈 수 있게끔 만든 누리마을 빵카페의 냉장고와 무인 금고 시스템을 그들끼리는 '파릇'이라 부르더군. 파란빛이 조금씩 드러나는 모양을 나타내는 의태어. 시작한 지 오래되지 않았으나 어느새 지역민들 사이에 없어서는 안 될, 반드시 필요한, 소중한 공동체로 성장하고 있는 이 암컷 수컷 사람들을 보면서 이 글의 제목을 이렇게 정하게 됐어. 싹이 나서 무럭무럭 크고 있는 모양이 떠오르지 않아? 파릇파릇, 이라고.

아 참, 내가 이 얘길 했던가. 후일담 말야. 인간들은 보통 무언가 잘 안 되고 나서 나중에 후회하며 늘어놓는 말이라고 하던데.

밀크가 내 새끼들을 낳았어. 세 마리. 그녀를 닮아 아주 예쁘고 깜찍한 것들이지. 행복은 3배 쯤 더 늘어나겠지. 해마다 복리로. 눈도 못 뜬 고놈들 핥

빵 진열대, 혹은 행복이 놓이는 공간

아줄 때마다 냐옹거리는 게 얼마나 사랑스럽던지.

이름이 뭐냐고?

그녀가 아이들을 낳은 날, 나는 아침 일찍 빵카페에 들어가 쓱 한번 둘러보고는 이름을 정했지.

효모, 버터, 오븐이야. 우리는 모두 원인 또는 결과 그리고 과정이기도 하지.

※ 누리마을 빵카페는 농촌 공동체 연구소가 운영하는 덕산의 수많은 마을 조직 가운데 하나다. 우리밀과 유정란, 유기농 설탕, 우리쌀, 우리밤 등 지역에서 재배하고 안전하고 좋은 재료를 사용한 빵과 케이크를 굽고 제천의 과일과 공정 무역 커피를 사용해 음료를 만든다. 작은 빵은 800원부터 큰 빵은 3,000~4,000원 정도이며 커피와 음료 가격은 2,500원에서 4,000원 사이이다. 서울에서도 찾아볼 수 없는 오디 치즈 케이크, 복숭아 스무디, 오미자 효소, 우리쌀밤빵 같은 것도 맛볼 수 있다. 특별한 날(어린이날, 연말 등)에는 카페에서 음악회나 연극이 열리기도 한다. 보석처럼 빛나는 덕산의 가장 아름다운 장소다.

농촌 공동체 연구소는 지역에서 마을 문화가 있는 농촌을 만들어 가고, 마을에서 배우고 자란 아이들이 다시 마을로 돌아와 농사짓고 지역에 이바지하며 영속해 사는 삶을 꿈꾸는 단체로, 마을 밴드, 전통 가공 영농 조합, 사회적 경제 협동조

합, 마을 목공소, 빵카페 등을 함께 꾸리며 이윤을 궁리하기 보다 '공생'을 당부하는 지역 밀착형 조직이다.
지난해 말일, 우연히 빵카페에 들르게 됐는데, 그 추운 날, 따뜻한 효소 차를 마시며 한숨 돌리고 있을 때, 연구소 직원들이 카페 한 켠에서 종무식을 하는 장면을 뜻하지 않게 훔쳐보게 됐다. 매출을 몇 퍼센트 더 신장하자느니, 내년에는 더 열심히 일하자느니, 흑자를 내자느니 이런 말 없이 그 사람들은 서로 돌아가며 '내년엔 어떻게 더 행복해질까'를 고민하는 이야기를 나누고 있었다. 모르는 사람이 듣기에 그건 왠지 손가락이 오그라드는 일 같았으나 빵카페를 이용하는 지역민들만이 아니라 일하는 자신들도 행복해져야 한다는 말을 들으며 나도 모르게 감동하게 됐다.
카페 옆으로는 고양이가 그려진 담장이 있고, 실제로 고양이 식구들이 여럿 있다. 나는 카페에 갈 적마다 고양이들과 놀았다. 새끼들을 낳았는지 새로운 식구들을 보여 줄 때도 있었고, 처음 만났는데도 '발라당'을 하며 애교를 피우는 낯선 고양이도 있었다. 덕산은 농촌 공동체 연구소 직원들과 지역 주민과 고양이가 모두 행복한 마을이었다. 지금 세상에선 그게 쉬운 일이 아니게 됐다. 덕산은 남다른 시골 마을이다.
처음 누리마을 빵카페에 들른 이래, 지금까지도 나는 일없이 그곳에 들른다. 시간을 내서 어린이날, 크리스마스 같은 날에도 덕산에 가고 싶다. 주민들이 펼치는 작은 음악회도 감상하고, 아이들과 함께하는 소모임에도 껴 보고 싶다. 아니, 할 수만 있다면 덕산의 주민이 되어 나도 그들과 함께 부대끼고 어울려 일하고 또 놀고 싶다. 그런 마음이 드는 현실의 마을을, 당신은 가졌는가? 속는 셈 치고 한번 들러보라. 당신 마음속에도 지도 하나가 깃들 것이니.

위치와 교통

누리마을 빵카페는 제천시 덕산면 도전리 444-2에 자리 잡고 있다. 영업 시간은 월~토요일 오전 9시부터 밤 8시까지. 전화번호는 070-8901-0482. 제천역 왼쪽의 남당초등학교 앞 정류장에서 970번, 971번, 980번, 982번 버스가 성내 버스 정류장까지 하루 8회 운행한다. 편도에 2시간 정도 걸린다. 성내 정류장에서는 걸어서 2분 거리다. 승용차나 택시로 움직이면 소요 시간이 절반 이내로 줄어든다.

사랑은 뒤돌아보지 않는 것

덕산면사무소 부근이고, 중고등학교까지 있는 나름 큰 마을이어서 주변에 식당이 많다. 월악산과 청풍호 사이에 있으므로 숙소나 식당은 아무래도 그쪽 주변을 살피는 것이 더 편리하지 않을까 싶다. 월악산 편이나 청풍문화재단지 편을 참고하시라.

주변 여행지

옥순봉, 정방사, 금수산, 산수유마을과 가까운 편이므로 그쪽을 함께 돌아보거나 월악산 다녀오는 길에 들르면 좋겠다. 해당 편 참조.

• 미륵불, 혹은 지킨다는 것

8 | 양화리 미륵불

반가사유 半跏思惟

꽃들이 분홍빛 뺨을 적시며 잎사귀를 한 올 한 올 흩날려 온 산야를 발그스름하게 물들이는 4월이면 언론사는 온갖 지면과 화면에다 82번 지방 도로를 오려 붙이기 시작한다. '봄을 달리는 코스', '국가 대표 드라이브길', '하얀빛 유혹 속으로' 같은 표제를 실어. 이 도로가 청풍호로 이어져 있고, 길게 똬리 튼 호안선을 따라 벚나무들이 줄지어 가로수로 심어져 있는 까닭이다. 그리하여 82번 지방 도로를 따라가는 길은 그대로 '꽃길'이 된다. 사람들은 쏟아져 내리는 화우 속에서

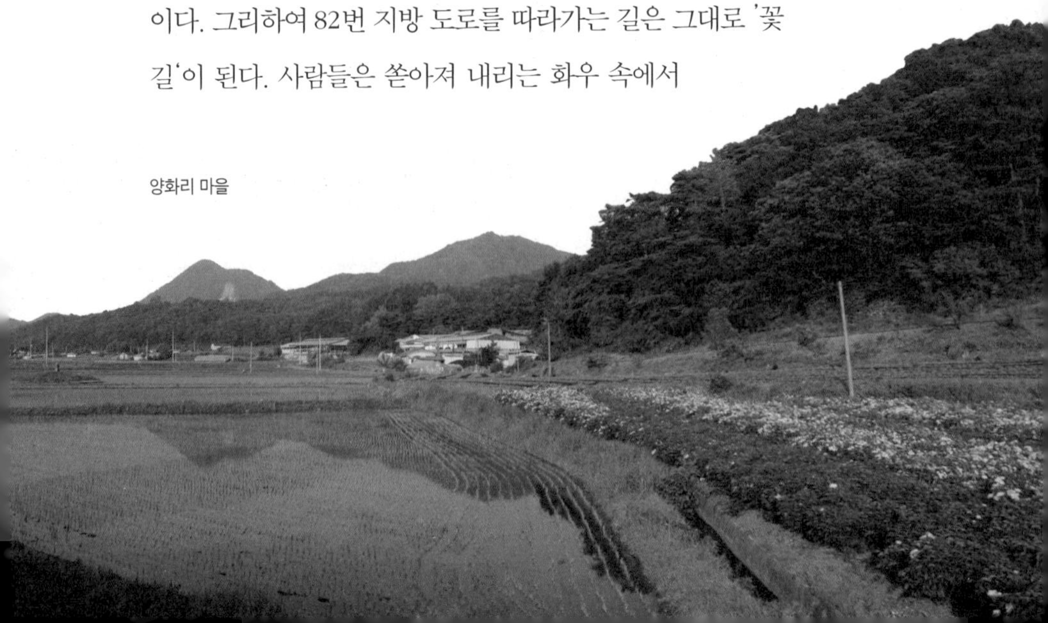

양화리 마을

싱그러운 춘사월을 만끽한다.

그 82번 지방 도로가 청풍호에 닿기 직전, 봄이면 파란 싹들 촘촘하다가 가을이면 노랗게 물들어 파도치는 전답을 옆구리에 끼고서 달리는 구간이 있다. 햇볕 조화로운 동네, 제천시 금성면 양화리陽化里다.

제천은 산골 마을이라 평지 자체가 드물고, 따라서 벼를 재배할 수 있는 곳이 그리 많지 않다. 이렇게 논들이 펼쳐진 곳들은 제천 안에서도 상대적으로 부촌이었다 하겠다. 가까이에 청풍호(댐 건설 전에는 청풍강)가 있으며, 바로 앞에는 작은 산(구진산句陳山)이 있어 물 마를 일 없고 찬 바람까지 막아 주는 양화리는 고릿적부터 기름진 농토였다. 한가위 전후가 되면 무거워진 낟알들을 찰랑찰랑 흔들어 대는 논들을 보며 주민들은 가을걷이에 대한 기대로 "끼니를 걸러도 배가 부르다"고들 했다.

예나 지금이나 음식 없이는 보름도 살 수 없다. 여전히 농업이 세상의 근본인 이유農者天下之大本다. 먹을거리를 재배하는 일은 너무나 중요했으므로, 일찍부터 권력의 지배하에 있었다. 국가, 호족, 지주, 자본은 없으면 견뎌 낼 수 없는 것, 을 손아귀에 쥐고는 제 편한 대로 눈곱만큼씩 풀며 사람을 조종하려 했다. 소금이나 쌀은 그 대표적인 지배 도구였다. 거기에 동서양의 구분은 없었다(라틴어에서 소금을 뜻하는 Saladium이 봉급을 뜻하는 영어 단어 Salary의 어원이다).

그러니 배부르거나 굶주리는 일이 꼭 날씨에만 달려 있는 건 아니었다.

흉년은 흉년대로 굶고, 풍년은 또 풍년이라고 온갖 조세를 덧붙여 뜯어 갔던 까닭이다. 홍수나 가뭄으로 논밭이 피폐해져 입에 넣을 곡식 한 톨이 없을 때, 이를 구제하는 제도로 구휼미救恤米 같은 게 있긴 했지만 그것마저 공평하게 나눠지지 않았다. 길흉은 기후보다는 정치에 주로 좌우되었다. 어진 임금이나 청렴한 지방관 혹은 정직한 세도가의 통치 아래서는 소작료도 낮고 전쟁이나 부역에 시달리는 경우도 적었으며 지방 아전들에 쩔쩔매다 억울하게 뇌물을 갖다 바쳐야 하는 일도 없었으나, 반대의 경우에는 아예 생존이 불확실했다. 구실아치들은 죄의 유무가 아니라 자신의 필요에 따라 양민들을 매질했고, 권세가는 장리쌀로 배고픈 서민들을 농락해 곳간을 불렸으며, 조정은 사대를 바친다, 궁궐을 고친다, 성을 세운다, 왕족이 결혼한다 등의 구실로 지역민들을 사사건건 소환하고 가산을 갈취했다. 거기다 흉작까지 여러 해 겹치고 나면 부모가 제 아이를 팔고서도 끝내 연명하지 못하는 일이 많았다.

시대가 바뀌고, 체제 변혁과 산업화에 힘입어 농산물이 지구 상의 모든 인구를 먹여 살리고도 충분히 남는 환경을 구축하고 난 뒤에도, 어떤 사람들은 여전히 굶주린 채 쪽방에서 숨을 거둔다. 길흉과 생사는 지금까지도 기후가 아니라 정치에 달려 있다.

제천시 금성면 양화리 760번지는 마을의 논들 사이에서 살짝 솟은 둔덕을 가리킨다. 주변은 전부 무논으로 평탄하고 일률적인 가운데, 둔덕만은 단단한 바위층이어서 농토로 흡수되지 않았다. 그 야트막한 언덕 위에 올라서면 양화리의 논밭이 한눈에 들어오는데, 바람이 나락을 주렁주렁 단 벼들을 곱게 빗질해 가는 저물녘에는, 물길이 흰 저고리에 목이 긴 새들 시옷 자로 열지어 옮겨 가는 담청의 하늘빛을 탁본하고, 농주 한 사발 걸친 듯 삐딱하게 기운 허수아비 또한 저녁 해에 젖어서 세상은 1,000년 전 풍경을 다시 한 번 재현한다. 잔별이 먼 데서부터 반짝거리다 석양의 고래실논이 산그늘을 끌어다 덮으며 소리도 없이 한순간에 어두워지면 사방은 어느덧 희미한 음영뿐이다. 밤 깊어져 82번 지방 도로의 헤드라이트 불빛까지 뜸해질 때, 어슴푸레한 별빛이 비로소 또렷하게 비치는 둔덕의 지킴이들이 있다. 석상인지 장승인지 부처인지 분간하기 힘든 한 쌍의 수호 신장이.

벚꽃 난분분하여 세상의 길들이 온통 꽃길로 변하는 봄날은 50년 전까지만 해도 '보릿고개'로 불렸다. 맥령麥嶺을 우리말로 옮긴 이 낱말은 소작농들이 가을의 수확물에서 소작료와 세금, 추수 때까지 입에 풀칠하느라 빌린 빚

한 쌍의 미륵

의 원금과 이자를 갚고 난 뒤 남는 식량으로는 봄까지 살아낼 수 없었음을 일러 준다. 초여름에 보리가 팰 때까지 농민들은 각종 나물과 풀뿌리, 나무껍질까지 캐서 죽을 쒀 먹으며 어렵사리 배고픔을 달랬다. 꽃들조차 그저 식량의 한 가지였다. 먹을 수 있는 꽃들은 죄다 뜯겼고, 먹을 수 없는 꽃들은 아쉬움과 원망의 대상이었다.

이 땅에 전파된 이래 불교는, 지배 권력과 화합하거나 혹은 대치하면서 민중이 받아들이기 힘든 현실을 운명으로 혹은 내세를 위한 과정으로 수긍하게끔 만드는 역할을 수행해 왔다(서양에서는 기독교가 그러하였다). 대중 종교가 정치 세계와 어울릴 때 지배 이데올로기의 일환이 되었으며 거꾸로 권력자에게 위협이 될 때 저항 이데올로기의 산실이 되기도 했다. 너그러움(자비慈悲)과 깨달음(각성覺醒)을 근본으로 누구나 부처가 되어 억겁의 윤회에서 벗어날 수 있다는 가르침은 죽을 때까지 신분 차별과 계급 착취의 족쇄에서 탈출할 수 없는 근대 이전의 민중들에게 적잖은 위안이 되었다. 나무아미타불을 외치기만 해도 극락에 갈 수 있다는 종파의 전언은 현세라는 지옥을 끝내 살아갈 도리밖에 없는 숱한 약자들에게 강렬한 위약僞藥, 마지막 도피처였다.

그러나 염불을 외워도, 부처에게 공양을 바쳐도, 살생을 피해도 고통은 줄어들지 않았다. 사찰은 지배 계급과 야합하여 부유한 이들이 현세에 더욱 부유하도록 돕고 위세가 만대에 이어지기를 기원하였으며 절 자체가 또 다른 징세 기관처럼 변모해 서민들의 거죽까지 쥐어짜곤 했다. 불의가 경내에서도 만발하였으며, 번민은 절을 보다 크고 화려하게 고쳐 짓는 가운데 스러지기는커녕 늘어만 갔다. 사람들은 사찰의 부처에게서 구원받지 못했다.

그리하여 백성들은 다른 부처를 찾았다. 지금의 괴로움을 경감해 줄 친구

같은 부처를, 현재라는 지옥을 산산이 깨뜨리고 정의를 고쳐 세울 메시아 같은 부처를. 거창한 절에 금박된 불상이 아니라 집과 논밭 가까운데 언제고 의지할 수 있는 소박한 부처를. 그들은 스스로 깎고 그리며 세우기 시작했다. 그 무수한 바람들이 땅에서 솟아난 것을 사람들은 미륵이라 불렀다.

양화리 논밭 둔덕에 서 있는 한 쌍의 석상을 지역 사람들은 미륵이라 부른다. 형태가 비교적 온전히 남아 있는 한 기基가 여미륵(또는 암미륵), 몸통이 사라진 것처럼 보이는 뭉개진 형태의 나머지 한 기가 남미륵(또는 숫미륵)이다. 비교적 멀쩡한 여미륵을 찬찬히 살펴보면 조성 연대를 확인할 길 없고 얼굴 윤곽마저 거의 닳아버렸으나 가슴 어귀에는 두루마기를 걸치고 허리띠를 두른 듯 돋을새김한 흔적이 남아 있다. 키는 160cm 정도이고, 다른 형태가 흐릿한 가운데 마치 빛이라도 쏘는 듯 두 눈만이 아주 형형하게 파여 있다. 머리만 남은 남미륵과 함께 여미륵은 감을 수 없는 그 동그란 눈동자로 마을을 바라보고 있다. 보기에 따라서는 무덤을 지키는 호법 신상 같기도 하고, 동네 어귀를 지키는 돌 장승(제주도로 치면 돌하르방) 같기도 하며, 가슴 부근에 손을 모은 미륵불상인 듯도 보인다. 거칠고 투박한 솜씨지만 석상이 선 모

여미륵

양이나 눈빛이 아련하여 마음을 끌어당기는 데가 있다.

주민들이 전하는 바에 따르면 할머니의 아버지의 할아버지의 어머니의 다시 할머니적 시절에, 그러니까 1,000년도 더 전인 통일 신라 시대에 그곳에 사찰이 있었다가 폐사되고 난 뒤 남은 것이 이 미륵불 한 쌍이라 한다. 부근의 지명들은 모두 이들 미륵과 깊게 연관되어 있다. 가까운 버스 정류장 이름은 '미륵터'이며, 양화리의 옛 이름은 사리방리沙里防里다. 사리뱅이, 사린뱅이 등으로 불리다가 그 호칭이 상서롭지 못하다 하여 지금의 양화리로 고쳐 부르게 되었는데, 사리沙里란 자갈을 뜻하고 이는 오래전부터 논이 지배적이었던 마을에서 이채로운 명명命名이다. 한 쌍의 미륵은 좁고 긴 평야 한가운데 마치 주변을 관장하듯 솟아난 자그마한 암석 기반의 얕은 언덕을 가리키고 있는 듯 보인다. 주민들은 이 둔덕을 미륵댕이(미륵당)라 불렀다. 동네 사람들은 일하다가도 가끔 그곳을 바라본다고, 말없이 우러른다고 했다. 석상의 머리 부분과 가슴 부분이 특히 검어진 것을 보면 사람들이 그저 이 미륵을 바라보기만 했던 건 아니었던 듯하다. 그것은 분명히 쓰다듬은 흔적이었다. 혹은 감싸 안았거나. 또는 부여잡았거나.

미륵을 두고 아랫마을과 윗마을은 사이가 좋지 않았다. 미륵이 바라보고 있는 마을이 인근 마을에 지배된다는 풍문이 있어서다. 설에 따르면 미륵의 눈이 향하는 마을은 가난해져서, 그 마을 땅이 결국 상대편 마을의 소유가 된다는 것이었다. 이에 아랫마을과 윗마을은 밤마다 숨바꼭질을 일삼았다.

이슥해지면 사람들이 미륵댕이로 나와 제 마을의 반대편 쪽으로 미륵불을 돌려놓는 일이 번갈아 벌어졌던 까닭이다. 미신이겠지만 지금도 이 속설은 힘을 받고 있다. 여미륵이 바라보는 양화리 땅의 상당 부분이 새터 마을 소유라고 한다. 합리적인 설명을 덧붙여 보자면 먼저 개발된 마을, 즉 새로 단장된 마을(새터)의 경제력이 계속 농사에 매달려 온 옛 마을보다 훨씬 커진 데서 비롯했을 것이다. 아무튼 미륵이 여전히 주위에 영향을 미치고 있다는 점은 확실하다. 지근거리에 있는 두 마을의 차별과 예속에 대해 미륵이 나름의 근거로 해석의 방편을 제공하고 있는 것이니까.

그러나 한편 이렇게도 풀이할 수 있는 게 아닐까. 미륵은 세상의 근본이 농사에 있다는 사실을 변함없이 지키고 있는 것이라고. 그리하여 미륵은 이 지역 도시화, 고도화의 상징인 82번 지방 도로를 등지고서 변화무쌍한 날씨와 땀 냄새 배인 사람들의 손에 의지하는 단순하지만 순환적이며 소소하지만 원형적인 논을 한결같이 지지하고 있는 것이라고. 빠르고 독한 변화의 물결 속에서 남미륵조차 끝내 허리 잘려 주저앉은 다음에도 여미륵만은 눈을 부릅뜬 채 전통과 가치를 고수하는 양화리 마을을 지켜 서 있는 것이라고. 상대적으로 가난하고 불편하지만 미륵이 바라보는 마을이야말로 지속 가능한 유일한 세계이며, 다가올 용화 세계龍華世界, 불교적 이상향에 부합하는 곳임을 암시하는 것이라고.

할머니의 아버지의 할아버지의 어머니의 다시 할머니적 시절부터 있던

남미륵

미륵불 한 쌍 가운데, 머리만 남은 채로 그러나 남은 그 반토막으로도 여전히 자리를 떠나지 않는 남미륵을 오랫동안 들여다보았다. 그 일그러진 혹은 녹아내린 듯한 얼굴은 표정이 뚜렷하지 않아 그저 몽롱했는데, 그것은 마치 너무나 많은 표정들이 포개지고 합쳐져 웃을 수도 울 수도 없는 복잡한 심사를 표현하고 있는 것처럼도 느껴졌다.

삶은 곧 고해苦海라고 처음 이야기된 이래, 그 말은 아주 오랫동안 수사학이 아니라 적나라한 현실이었다. 울며 태어난 아이들은 자라면서도 많이 웃지 못했다. 배고픔은 일상이었으며, 자매들은 팔려가고 형제들은 떠넘겨졌다. 제 아비나 어미가 죄 없이 치도곤을 당하거나 강제로 끌려가기도 했고, 운 좋게 성인이 된 후에도 원하는 대로 살지 못했다. 아비의 일을 물려받거나 노비가 되는 일밖에는 고를 수 있는 바가 없었다. 가족이 아파도 약을 쓸 여유가 없었으며 쉬지 않고 일해도 간신히 끼니만 때울 뿐이었다. 좋은 세상은 오래도록 그저 풍문이었으며 대개는 쓸쓸한 환영이었다. 끊이지 않는 괴로움 속에서 사람들은 빌 곳을 찾을 수 없어 물 한 대접 떠 놓고 달에다 빌었다. 그때조차 기원은 평안이었고, 행복은 다만 언감생심이었다. 견딜 수 없이 고통스러울 때면 미륵불을 찾았다. 엎드려 절하고, 때로는 쓰다듬고 감싸 안았으며, 간혹 부여잡고 울었다. 미륵의 몸 가운데 내가 아픈 부위와 같은 곳을 갈아 내 물에 타 마시기도 했다. 그때 미륵은 친구이자 신이었고, 먼저 세상 떠난 부모이자 의사였으며, 진통제이자 각성제였다. 미륵당은 대피소이자 고해소였으며 약국이고 병원이었고 카페인 동시에 별세계였다. 지금 저 작은 둔덕은, 외롭고 고달픈 삶을 1,000년 넘게 감당했던 흔적, 생활 속에서 일군 불당이자 교회이며 성당이고 사원일 것이다.

한낱 미신으로 세상이 그곳들을 저버린 뒤에도, 삶의 본질은 변하지 않아 각자도생各自圖生, 제각기 살길을 도모함은 엄연한 섭리로 이 땅에 다시 창궐해 있다. 그리하여, 반토막 난 남미륵은 지금도 둔덕을 떠나지 못하고 붙박여 가부좌를 틀고 있다. 머리이자 몸뚱이 그대로 돌 언덕에 뿌리박힌 채 긴 세월 마주한 인간의 숱한 심경과 기복을 하나하나 되새김질하고 있는 것도 같다. 너무 많은 감정을 삭여 내느라 혼곤해지고 표정을 잃어버린 그의 얼굴은 친구도 메시아의 그것도 아닌 다만 지금 우리들의 모습이 아닌지. 떠나야 하지만 떠날 수 없는 미륵의 몸은 그가 대신 떠맡은 동시대인의 반가사유가 아닌지. 닳고 뭉그러졌으며 으깨진 흔적은 겉으로까지 드러난 누군가의 내면이 아닌지.

저 멀리서 버스가 오고 있었다. 양화리에서 다시 자본의 아득한 세상으로 떠나야 할 시간이었다. 알알이 익은 이삭들이 가지 말라는 듯 우우우 물결치며 한 줄기로 가로저었다. 만류를 뿌리치고 승합차에 올라 차창 너머로 두고 온 자리를 뒤돌아보는데, 누런 논들 속에서 미륵댕이만이 우뚝한 것이 마치 하나의 섬처럼 보였다. 괴로움의 바다 한가운데 솟아오른 한 조각 외딴 섬처럼. 그 어렴풋한 잔영 속에서 크고 작은 미륵불 한 쌍은 그 섬을 지키는 늙은 부부 같아 보였다. 애잔하게 혹은 속절없이.

위치와 교통

양화리 미륵불은 제천시 금성면 양화리 760번지에 있다. 논들 사이에 자리 잡은 야트막한 언덕에 서 있는데, 논에 물이 차는 5월부터 가을걷이가 끝나는 10월까지는 미륵댕이에 들어갈 수 없으니 참고해야 한다. 제천역 왼편의 남당초등학교 정류장에서 925, 930, 940, 941, 942, 950, 952, 953, 960, 961, 970, 971, 980, 982번 버스가 시간당 1회 꼴로 운행한다. 미륵터 정류장에 하차해 양화5교를 건너서 타고 오던 버스의 진행 방향으로 200m만 걸어가면 보인다.

미륵이 보이는 양화리 풍경

양화리는 제천 시내와 청풍호 사이에 있어 시내나 청풍호 부근에서 식당과 숙소를 고르면 된다. 해당 편을 참고하시라. 가까이는 금성면사무소(제천시 금성면 청풍호로 1045, 금성면 구룡리 66-11, 043-652-2301) 부근에 먹을 만한 곳이 꽤 있다. 금수산 한우마을(제천시 금성면 청풍호로 1012, 금성면 구룡리 466-42, 043-652-5589)이나 청풍호 청정한우(제천시 금성면 청풍호로 1016, 금성면 구룡리 466-44, 043-647-9485)가 비교적 저렴한 값에 한우숯불구이를 먹기 좋은 곳이다. 또, 금성매운탕(제천시 금성면 청풍호로 1035, 금성면 구룡리 80-1, 043-645-7586)의 어죽도 실속 있고 맛있는 메뉴다. 그 밖에 약채락 전문 식당인 산마루식당(제천시 금성면 청풍호로 909, 금성면 구룡리 217-5, 043-644-9119)의 '약채정식'도 솜씨가 좋기로 유명하다.

주변 여행지

양화리에 지적박물관(제천시 금성면 양월로 34, 금성면 양화리 623, 043-651-5115, www.forjijeok.com)이 있다. 보기 드문 토지·측량·지도 전문 박물관으로, 그 분야에 관심있는 이라면 들러 봐도 좋겠다. 청풍문화재단지와 청풍호, 자드락길 1코스 '작은 동산길'과 멀지 않으니 오가며 완상하는 것을 추천한다. 청풍호 편 참조.

• 폐사지 위 한 점의 석탑

9 | 장락동 칠층모전석탑

장락동 칠층모전석탑

최상의 절터

만사가 귀찮아지면 장락동엘 간다. 경적이 울려 대는 도로, 사람들이 쏟아져 나오는 아파트와 시야를 가리는 고층 빌딩에서 한 뼘 떨어진 동네로. 키 큰 돌탑 하나 우람하게 서서, 도회지가 덜 된 개활지와 구릉을 배후에 거느리고는, 빽빽한 시멘트 벽으로 변한 시내와 정면으로 대립하는 1,000년 고찰의 마당으로.

마을 사람들이 경의를 품고 지나며 손을 모으는 이 탑의 정식 명칭은 '칠층모전석탑七層模塼石塔'이다. 모전模塼은 전탑塼塔, 벽돌로 쌓은 탑을 모방했다는 뜻으로, 자연석을 벽돌처럼 다듬어 차곡차곡 포개 올린 석탑이다. 돌은 제천의 진산鎭山, 일종의 수호 산, 용두산에서 가져왔다고 한다. 큰 돌을 두부를 썰 듯이 쪼개서 사용한 게 아니라, 형태가 일정하지 않은 작은 돌들을 크기대로 다듬어 옹기종기 쌓아 만든 탑이다. 가까이서 올려다보면 그 공력이 실감나는 애틋한 건축이다.

촘촘히 돌을 쌓아 올려서일까, 이 칠층탑은 마치 젠가Jenga처럼 보인다. 9.1m에 이르는 높이는 아득하지만, 층마다 비례를 이루며 좁아지는 품새가 위엄 있으면서도 단아하여, 보는 이의 눈길을 차분하게 쓸어 주는 데가 있다. 탑은 또한 세세하고 조화로운데, 1층 부분에 문턱과 문짝을 돌로 만들고 문고리까지 박아 넣은 솜씨에서나, 추녀(탑 날개)에 풍령風鈴, 혹은 風磬을 달 수 있도록 해 둔 고안에서나, 맨 꼭대기(相輪)에 꽃 모양의 청동 기둥(擦柱)을 조각해 둔 재간에서나 호방한 동시에 아기자기하여 나말여초 불교 예술의 특징을 여실히 보여 준다.

그 품새를 구경하느라 탑돌이를 하다 보면, 탑이 서 있는 장소가 굉장히 너른 공터의 한 부분이라는 걸 알게 되는데, 그 공터에는 점점이 초석이 박혀 있어 호기심을 끈다. 볼록하게 구획된 장방형의 흙더미 위로 정연하게 줄 지어 놓인 하얀 돌들은 이곳이 오래된 사찰 장락사長樂寺 혹은 蒼樂寺의 폐사지임을 증명하고 있다. 절이 흥성했던 중세에는 석탑을 중심으로 사방 5리(약 2km)가 모두 장락사였다고 전한다. 지금은 일부만 남아 있으나 그 한정된 유적지만 살펴보더라도 이 절의 찬란했던 시절을 그려 볼 수 있겠다. 현재의 장락사는 원찰이 스러지고 난 후, 최근에 새로 지은 가람이다.

다른 장에서 언급했듯이, 제천이 강원도와 경상도에서 경기도(수도권, 서울)에 이르는 대중교통로였던 까닭에 불교 문화 역시 이 길을 따라 전파되었다. 현대에 이르러 절은 그저 하나의 종교 시설로 여겨지고 있지만, 불교가 국교이던 시기, 사찰은 종교적 기능뿐만 아니라 경제적, 군사적 기능도 함께 수행하였다. 절은 지정학적 요충지에 지어져 주변의 거점을 관리하는 역할을 맡았으며, 이에 따라 고대의 주요 교통로 상에는 탑들의 흔적이 즐비하다. 장락사 터를 발굴한 바 있는 전 충청대 박물관장 장준식 교수에 따르면, 낙동강과 남한강 수계를 따라 석탑과 전탑이 이어지고 있으며, 건축 양식이 돌탑이거나 벽돌탑인 이유는 점점 석탑이 고층화되면서 내구성이 중요해진 까닭이라 한다. 장락사지의 칠층모전석탑 또한 불교가 융성하던 시대, 흙으로 벽돌을 찍어 만든 벽돌탑에서 온전한 석탑으로 넘어가는 양식사樣式史의 실례일 것이다.

석탑만 우뚝한 폐사지에서 세상을 바라보는 일은 일종의 시간 여행이다. 절 앞을 지나는 도로를 경계로 아파트가 길게 늘어서 마치 성벽처럼 보이는데, 그 둘러친 바깥에서 1,000년은 가뭇없어서 절은 옛 영화를 잃고 한 점으로 졸아붙어 있다. 가끔 개 짖는 소리 들리는 이편의 세상은 적막하여서 삶은 외롭고 또 한량없는데, 기계음 먹먹한 저편이 너무 뜨겁거나 아주 차가워서 길들은 그저 절개선 같다. 희원希願이 사라진 자리에 남은 것은 구복口腹뿐인데, 이제 우리는 어디를 향해 절하고 또 합장할 것인지.

세상에서 가장 아름다운 절터란 바로 폐사지일 것이다. 사찰의 전각이 모두 지상에 지어지는 데 반해, 오직 폐사지만은 상상 위에 건설되는 절인 까닭에. 현실의 조건을 모두 지워 내고, 자유롭고 날렵하게 폐사지는 허공 가득 한없이 커지고 웅혼해질 터여서. 그리하여 폐사지란 중력에 구애받지 않는 천상의 절터, 구상 가능한 최상의 절터인 셈.

해 저물며 길게 그림자를 늘어뜨리는 석탑을 뒤로하고 다시 제천 시내로 걸음을 옮겼다. 건너편에서 사바세계가 불빛들을 찬란하게 매달고 개종자改宗者 혹은 배덕자背德者를 기다리고 있었다.

위치와 교통

장락동 칠층모전석탑(보물 제459호)과 장락사지는 제천시 탑안로 8길 24, 제천시 장락동 64번지에 자리 잡고 있다. 제천역에서 690번 버스(일 3회 운행)를 타고 탑안마을 정류장에서 하차해 버스가 지나온 방향으로 되짚어 5분쯤 걸어가면 된다. 멀리서도 탑이 보인다. 제천역에서 4km 거리, 택시를 타면 5,000원 정도 든다. 눈이 내리면 폐사지 주춧돌이 덮여 보이지 않으므로, 처음 방문할 경우에는 겨울이 아닌 계절에 찾아오는 게 좋다.

폐사지에서 바라본 시가지 풍경

제천 시내가 가까워 숙소와 식당은 그쪽에서 해결하는 게 편리하다. 노지 딸기밭 편을 참고하시라. 단, 장락동에서 멀지 않은 곳(약 4km)에 '시골순두부'(제천시 두학동 578, 043-643-9522)라는 솜씨가 이름난 맛집이 있다. 옛집을 개조하여 두부 요리를 선보이고 있는 그곳은 우리 콩으로 직접 두부를 쑤고 반찬 하나하나까지 직접 손으로 무쳐 낸다. 투박하고 수수하지만 정직한 식당이다. 다른 메뉴도 좋지만 특히 두부찌개가 일품이며, 점심시간에는 미리 예약하지 않으면 오랫동안 기다려야 하는 소문난 곳이다.

주변 여행지

제천 시내와 인접하므로, 의림지(충북 제천시 모산동 2, 043-651-7101)나 조금 멀게는 점말동굴(제천시 송학면 포전리 산68-1)을 아울러 둘러보면 좋겠다.

• 입구에서 바라본 점말동굴

10 | 점말동굴

두 장의 그림과 한 장의 사진

1. 두 장의 그림

여기 두 장의 그림이 있다. 하나는 눈 덮인 설산의 풍경을 그린 것으로, 순록과 너구리가 침엽수가 듬성듬성한 개울가에 물을 먹으러 온 것 같은 형상이다. 나머지 하나는 다양한 식물들로 초록이 우거진 밀림에, 사자와 코뿔소, 하이에나가 물가로 피서라도 나온 듯한 모습이다. 그림 두 장을 눈여겨 살펴보면 몇 가지 흥미로운 점을 발견할 수 있다. 첫 번째는 두 그림의 배경이 지형 구조상 동일한 장소로 보인다는 점이고, 두 번째는 그림에도 두 그림이 전혀 상반된 모습을 표현하고 있다는 점이다. 겨울과 여름, 한대 식물과 온대 식물, 털이 많은 동물과 털이 적거나 없는 동물, 주위에서 볼 수 있는 익숙한 짐승과 동물원에나 가야 볼 수 있는 짐승……. 두 장의 그림은 한 장소를 바탕으로 하고 있으면서도 전혀 다른 세계를 그린 것처럼 느껴진다. 그렇다면 이 그림은 한곳의 겨울과 여름을 각각 표현한 것일까? 그런데, 한

점말동굴 상상도

장소의 여름과 겨울이 이렇게나 반전될 수 있을까? 아무리 계절의 변화가 극심하다 해도 한 계절에는 상록수, 얼마 후 다른 계절에는 침엽수만 자랄 수 있을까? 게다가, 코뿔소와 사자가, 순록과 너구리와 같이 공존하는 지역이 있던가? 그림은 비교하면 할수록 의문을 불러일으킨다.

2. 냉탕과 온탕

하염없이 눈이 내렸다. 그칠 줄을 몰랐다. 얼음은 극지를 뒤덮고도 성에 차지 않았는지 북반구를 잠식하기 시작했다. 바다는 냉동실에 넣어 둔 동치미 대접 같아서, 얼음 조각들이 서로 달라붙고 있었다. 가혹한 날들이 계속됐다. 눈은 얼어서 유리창의 파편처럼 날렸다. '밖'은 동사凍死를 의미했다. 살아 있는 것들은 한기에 벌벌 떨다 굶주림에 죽어 갔다. 전에 없던 혹독한 추위였다.

쉼 없이 불어 오는 냉기에 유라시아의 숲이 말라붙었다. 동식물들은 너나없이 따뜻한 곳을 찾아 아래로 아래로 내려갔다. 세계가 얼어붙었다. 적응에 실패한 동물, 이동하지 못한 식물은 절멸했다. 영리한 직립 유인원 여러 종도 몰살을 피하지 못했다. 빙하가 바다를 넘실대고 있었다. 생존이 힘겨웠다.

그러다 갑자기 뜨거워졌다. 추위는 한순간에 사라졌다. 온기가 세상을 감쌌다. 얼음이 두터웠던 들판에서 풀이 피어나고 산에서는 개울이 녹아 흘렀다. 숲이 생기고 번지면서 지상에 초록을 덧칠했다. 그곳에 작은 동물들과 새들이 찾아왔다. 이어 큰 짐승들과 유인원들도 뒤따랐다. 녹은 바다엔 생명이 넘쳐 났다. 못 보던 꽃이 피어나고, 낯선 동물들이 출현했다. 빙하는 작아지고 줄어들어 극지에만 만년설萬年雪로 남았다. 모두가 살 만한 시절이었다.

그러나 날씨는 고착되지 않았다. 세계는 냉탕과 온탕을 규칙적으로 오갔다. 다시 얼어붙었다가 뜨거워졌다가. 빙하가 지구의 날씨를 결정했다. 얼음이 온 바다에 밀어 덮치며 대륙을 추위로 뒤덮는 빙기氷期 또는 氷河期와 얼음이 뒷걸음질치며 후끈해진 땅이 천지간에 초록을 뒤덮는 아열대(혹은 열대) 같은 간빙기가 번갈아 찾아왔다. 극적인 교대는 오래도록 지속됐다. 무려 수천만 년 동안이나.

3. 삶과 죽음

빙기에도 그럭저럭 살만 했던 지역, 아프리카에서 살아남은 직립 유인원들은 마침내 이해하게 된다. 추위는 죽음이고, 더위는 삶이라는 것을. 그들은 또 알게 된다. 추위(죽음)가 다시 올 것이고, 더위(삶)를 찾아야 한다는 것을. 개체 수가 늘어나면서 아프리카가 좁아지자 그들은 고민한다. 삶(더위)은 다른 곳에도 있을까, 죽음(추위)은 언제 올까. 용기를 낸 일부 유인원들이 동아시아로 떠난다. 남은 유인원들은 먹이가 줄어들지 않게 된 것에 안도한다.

약 17만 년 전 지구가 다시 혹독해진 시절에 아프리카 한 곳에서 새로운 유인원이 출현한다. 그들이 인류의 조상이다. 빙기를 견뎌 낸 인류는 간빙기를 맞아 기지개를 펴고 무리를 불렸으나 이윽고 차가워지는 날씨 속에서 좋은 시절이 곧 끝날 것임을 직감한다. 약 8만 5,000년 전, 그들은 마침내 결심한다. 아프리카를 한번 떠나보기로. 조상들은 홍해를 건넜고, 인도와 동남아를 거쳐 지금의 오스트레일리아에 도착했다. 2만 년이 넘게 걸린 길고 긴 여정이었다.

그러나 이주가 삶을 보장해 주는 건 아니었다. 모험은 끝나지 않았다. 더위만이 삶은 아니었고, 추위만이 죽음도 아니었다. 새로 옮겨 온 땅에는 먼저 이주한 또 다른 직립 유인원들이 있었던 것이다. 경쟁을 피할 수 없었다. 삼림과 호수, 들판과 강물을 쟁취하기 위한 싸움이 벌어졌다. 공동체를 이루고 언어를 가진 조상들은 훨씬 더 복잡하고 정교한 의사소통이 가능해 원주민이었던 직립 유인원들을 전투에서 압도할 수 있었다. 승리는 달콤했다. 보다 안전하고, 보다 안락하며, 보다 안온한 지역을 차지해 번성했다. 지구가 차가웠다 더웠다를 반복하는 동안 내성을 키우고, 변덕에 적응했다.

하지만 빙하기는 길었고, 간빙기는 짧았다. 지구의 날씨가 비로소 현재와 같이 온화해진 것은 약 1만 8,000년 전부터였다. 아시아의 해안을 따라 남하한 인류 중 한 무리는 모험의 여정을 계속해 한반도에 이르렀다. 그들은 생존에 유리한 지역에 터전을 잡고, 수렵과 채집으로 생활을 꾸린다. 돌을 떼 도구를 만들고 함께 모여 산다. 이때를 구석기 시대라 부른다.

그 시절 사람이 살았다는 근거, 먹고 싸우고 죽었던 흔적, 살림을 꾸렸던 장소, 당시의 동식물 같은 자연 환경을 적나라하게 보여 주는 곳이 있다. 충청북도 제천시 송학면 포전리 68-1번지. 점말동굴이다. 남한 최초의 구석기 동굴 유적지.

4. 존재와 아우라

동굴은 생각보다 마을과 시내 가까이에 위치해 있다. 제천 시내에서 버스를 타고 20여 분, 포전리 정류장에 내려 이정표를 따라가면 20여 분만에 입구에 이른다. 마을 너머 산자락에 자리하고 있지만 길이 험하지 않고, 경사도 가파르지 않다. 올라가는 길 자체가 조용한 마을길에 호젓한 산길이다. 기분이 저절로 산뜻해진다. 철을 가릴 필요도 없어서, 겨울에는 설산의 풍경을 가늠하며 어렵지 않게 오를 수 있고, 봄에는 꽃들이 지천이다. 여름에는 무성하게 자라난 산딸기와 오디를 따먹으며 가볍게 걸을 수 있고, 가을에는 단풍나무의 인도를 받을 수 있다(동굴로 가는 산길에 단풍나무가 가로수처럼 심어져 있다). 느긋하게 개울을 따라 올라가다 보면 공기가 갑자기 달라지는 곳이 있다. 방문객이 호흡을 가다듬을 즈음이다. 길이 평평해지면서 산이 숨을 탁 멈추고는 난데없는 수직 절벽과 절벽이 품은 너른 마당이 펼쳐진다. 그곳이 점말동굴이다.

동굴은 지금도 사람이 너끈히 살 만한 규모다

동굴은 절벽 아래쪽에, 왼편 가장 낮은 데서부터 오른편 가장 낮은 곳까지 여섯 곳, 부채꼴 모양으로 제멋대로 나 있다. 그중 가장 큰 동굴 세 군데는 쇠창살로 막혀 있다. 사람이 접근하기 편하고, 실제로 가장 많은 유적이 나온 곳들이다.

동굴은 지나온 산길과는 전혀 다른 신비로운 분위기를 자아낸다. 텅 비어 있는데도 완벽한 충일감, 처음 온 이도 낯설다고 느끼지 않게 되는 기시감, 감정이 침착해지는 묘한 안정감을 준다. 전문적인 지식이나 배움이 없었더라도, 이곳이 살 만한 터임을 직감할 수 있다. 그만큼 동굴이 품은 아우라는 굉장하다.

굴은 동남향을 향해 나 있고, 아침이면 빛이 아늑하게 들어온다. 굴 내부로부터는 여름엔 냉기가, 겨울엔 온기가 쏟아져 나와 사철 만족스럽다. 춥지도 않고, 덥지도 않다. 앞마당이 되는 광장 같은 공간을 품고 있어 널찍하고 여유롭다. 이만큼 쾌적한 산막이 또 있었던가 되짚게 될 정도로.

굴은 서로 이어져 있고, 맨 아래에서부터 중간, 제일 높은 데 난 동굴들이 조화롭게 배치되어 큰 저택처럼 보인다. 드넓은 정원을 갖춘 3층집, 그런 인상이다.

꼭 구석기 시대 유적이 발견되지 않았더라도 충분히 찾아볼 만한 가치가 있다. 소풍으로 들르면 참 좋겠다. 주변이 계절색이 또렷한 데다, 동굴이 고요하고 한적해 이야기를 나누기에도 좋다. 시간에 따라 절벽에 떨어지는 빛이 난반사되면서 동굴 마당을 매번 다르게 조명해 한참을 있어도 싫증나지 않는다.

구석기 사람들이 아주 영리했구나 싶다. 이렇게 좋은 곳을 찾아내다니. 주인 떠난 집에 찬사는 부질없는 짓이지만 그 정도로 동굴은 특별하다. 제천을 통틀어 손에 꼽을 만한 곳이다.

5. 전과 후

1973년 연세대학교 박물관 동굴 탐사단은 단양 지역을 탐사하고 돌아오던 와중에 이상한 이야기를 듣는다. 제천 한약방에 처음 보는 동물의 커다란 뼈를 팔러 다니는 사람들이 있다는 것이다. 소문 끝에 탐사단은 풍문이 사실이며, 뼈들은 이미 서울의 제기동 약령시장에 팔려 버렸다는 것까지 알게 된다. 추적 끝에 그들은 제천시 송학면 포전리에 이른다. 그 마을 뒷산에서, 어쩌면 이런 동굴이 지금까지 알려지지 않았나 싶게 노골적인 형태로 떡하니 자리 잡고 있는 걸 목격하고는 경악을 금치 못한다. 동굴엔 최근까지 사람이 살았던 흔적이 생생했다. 보존은커녕 존재조차 몰랐으니 당연히 도굴됐으리라 의심했지만 임시 발굴에서만 무려 4,000점이 넘는 유물을 발견한다. 이내 탐사단은 정부의 정식 허가를 얻어 본격적인 조사를 개진한다.

포전마을은 느닷없이 시끄러워진다. 교수다 선생이다 대학원생이다 하는 얼굴 흰 사람들이 몰려들더니 검은 승용차를 탄 고위 당국자가 경호원을 달고 드나들며, 동굴은 입구부터 출입을 금하고는 매일같이 어제는 이게 나왔다, 오늘은 이게 나온다 알 것도 같고 모를 것도 같은 말들을 쏟아낸다. 한두 달이면 떠나겠거니 싶었던 외지인들은 마을에 방을 빌려 작업을 계속한다. 발굴은 7년간 계속된다.

"뭔가 있나 봐." 지역민들이 차츰 발굴 현장을 기웃거린다. TV에 나온 박사도 보이고, 신문에서만 봤던 정치인도 오간다. 몇 년째 곡괭이질을 하고 흙더미에서 먼지를 털어 대던 학생들은 반半 동네 사람이 되어 부녀회에 새참까지 청해 먹는다. 마을이 활기로 넘친다. 근방의 시집 안 간 아가씨들이 밥 배달을 자처해 하이힐을 신고 산길을 올라와 연분을 만들기도 했다.

길고 긴 조사 끝에, 이 점말동굴은 남한 지역에서 최초로 확인한 구석기 동굴 유적임이 밝혀진다. 구석기 중기에서 후기까지의 유물들이 골고루 발견되고 각종 짐승 뼈 화석과 꽃가루가 층층이 쌓여 있어 그 무렵 한반도의 식생과 자연 환경을 추정하는 데 중요한 근거가 마련된 셈이다. 탐사단은 기자회견을 열어 성과를 알렸으며, 국제적인 공인도 받았다.

그렇게 7년간의 작업이 마무리되었다. 인파로 떠들썩했던 동굴은 굵은 쇠창살을 달고 깨끗이 정비되었다. 한동안 마을을 줄기차게 찾아오던 방송사나 신문사도 발길을 끊었다. 열기가 갑자기 식어 버렸다. 동네는 후유증을 앓는다. 남한 최초의 동굴 유적이라는 레이블에 힘입어, 경기도 연천의 전곡리처럼 관광지로 개발될지 모른다는 기대가 지역을 들썩였다. 말은 무성했으나 개발이 뒤따르지 않았다. 이윽고 동굴 주변은 인적이 뜸해진다. 지자체가 기념물로 지정했을 뿐 찾아오는 이도 많지 않았다. 산길은 무성해져 잡초로 덮이고 사람들도 점말을 잊어 갔다. 동굴은 다시 고요해졌다.

그렇게 잠잠해지고 한적해진 동굴은 발굴 뒤로 몇십 년의 세월을 보냈다. 그간의 소동이 아무 일 아니었다는 듯 전과 같이 무심하고 담담하게.

6. 한 장의 사진

코뿔소 뼈 아래쪽에 그려진 눈과 입의 모양

점말동굴을 가장 유명하게 만든 것은 코뿔소의 앞다리 뼈다. 동굴 바닥엔 유적이 여러 층으로 차곡차곡 쌓여 있었는데, 밑층(중기 구석기, 약 6만 6,000년 전), 가운데 층(후기 구석기, 약 1만 3,000년 전), 맨 위층(신석기, 약 7,000년 전)으로 확실히 구분된다고 한다. 그중 코뿔소 뼈는 점말동굴이, 제천이, 남한이, 한반도가 간빙기 아열대 기후를 겪은 적이 있음을 확실히 증명한다. 그 밖에도 더운 지방에서 사는 동물들의 흔적이 여럿 발견되었다. 물론, 다른 층에서는 추운 지방에서 사는 동물들이 더 많이 나왔다. 긴 빙하기와 짧은 간빙기. 당연한 일이었을 게다.

처음에 언급한 두 장의 그림은 바로 점말의 빙하기와 간빙기를 발굴된 유물에 근거해 복원해 본 상상화다. 그때 세상은 지금과는 많이 달랐을 것 같다. 사자와 코뿔소가 어슬렁거리는 한반도 이남의 모습은 아무래도 실감하기 어렵다. 하지만 사실이 그러했다. 점말동굴은 구석기 시대, 아열대 기후를 보이던 제천 지역의 한때를 명확히 증거한다. 과거란 미래와 마찬가지로 베일에 쌓여 있는 구석이 많다.

단지 코뿔소의 뼈가 나왔다는 점에서, 점말이 유명세를 얻은 건 아니다. 더 중요한 부분이 있다. 탐사단이 국제 학술계에 보고한 이 한 장의 사진을 보라. 뼈에는 무언가가 새겨져 있었다. 자연적으로 만들어진 게 아니라 누군가 일부러 낸 흔적이다.

탐사단은 뼈에 새겨진 모양을 사람의 얼굴이라고 주장했다. 발표장은 난리가 났다. 만약 사실로 증명된다면 이는 예술사를 뒤엎을 만한 사건이었던 까닭이다. 확증될 경우, 인류가 만든 가장 오래된 미술품(약 6만 6,000년 전)이 된다. 이는 아직 공인받지 못했다. 현재까지는 추정에 가깝다.

그러나 뼈에 그려진 얼굴 모습은 굉장히 무뚝뚝해 보인다. 아니 살짝 찡그리고 있는 것도 같다. 마치 어떤 것에도 상관하지 않겠다는 듯, 시쳇말로 시크한, 쿨한 듯한 표정. 조상들은, 궂은 날 동굴에서 지루함을 참다 못해, 먹고 남은 뼈에다 뗀석기로 가족의 얼굴을 새겼을 듯도 하다.

7. 그리고 다시 되짚어

그렇거나 말거나 한반도에 다다른 인류가 아주 오래 살아온 이 마당 깊은 집은 6만 년이라는 세월 속에서도 기적에 가까울 정도로 오롯이 보존되어 동굴 자체가 지금도 살아 있는 것처럼 보인다. 동굴 앞에 서면, 방문자는 저도 모르게 오래된 유전자 한 구석 봉인된 기억을 꺼내 아열대의 한 시절을 떠올리게 될지도 모른다. 시간의 폭격에도 훼손되지 않은 존재의 기운이 몸을 휘감아 돈다.

세상은 숱하게 모양을 바꿔 왔지만 세계는 아주 천천히 변하여서, 몇백만 년 전부터 오늘날까지 뒤집히지 않은 확실한 사실은 하나뿐이다. 지금이 간빙기라는 것. 곧 맹렬한 속도로 빙하가 다시 덮치리라는 것. 역대 가장 뜨겁다는 지구도 곧 식을 거라는 것. 모두 차갑게 얼어붙으리라는 것.

냉혹한 추위가 산안개처럼 빠르게 세계를 감쌀 때, 우리는 다시 이 집으로 돌아가게 되는 게 아닐까.

인류가 한반도를 밟은 이래, 어떤 변화에도 한결같이 지켜온 한곳, 깊고 오래된 마당 깊은 집, 점말동굴, 이 땅 최후의 마을 터.

위치와 교통

충북기념물 제116호로 지정된 점말동굴은 제천시 송학면 포전리 산68-1 번지에 자리잡고 있다. 길이 13m, 높이 6m, 너비 2.5~3m 정도로 이루어져 있으며 서로 뚫려 있어 이동하기 쉬운 데다 입구가 동남향이라 생활하기 쾌적해 구석기 시대 이후 쭉 사람이 살아 왔다. 삼국 시대에는 신라의 화랑들이 무예를 닦았고, 나말여초에는 석굴 사원으로 쓰이기도 했다. 최근까지 사람이 살았던 자취가 역력하여 인간 흔적의 연대기를 보여 주는 귀중한 유적이다.

버스 편으로 제천역 앞에서 330번(일 4회), 335번(일 2회), 340번(일 4회), 350번(일 3회), 360번(일 1회)이 있다. '포전' 정류장까지 한 시간 정도 걸린다. 정류장 옆 '점말동굴' 표지판이 붙은 길을 따라 20분쯤 가면 포전리 마을 끄트머리이고, 거기서 다시 동굴 표지판을 따라 15분가량 산을 오르면 된다. 자가용이나 택시를 타고 왔다 해도, 산길은 차량 출입이 금지되어 있으니 마을 끝에 차를 세우고 걸어가야 한다.

포전리는 작은 마을이고, 식당이나 편의점을 찾기 어렵다. 제천 시내에서 식사하고 숙박하는 게 좋겠다. 제천역 부근에는 청풍게스트하우스(제천시 의림대로6길 5, 화산동 201-22, 070-8621-5886, www.jecheonguesthouse.com)나 터미널 부근의 밀라노모텔(제천시 의림대로 15길 16, 중앙로 2가 24-5, 043-652-9520), 역과 터미널 사이에 있는 제천관광호텔(제천시 의림대로 11길 31, 명동 11-1, 043-643-4111, www.제천관광호텔.kr)이나 서울관광 호텔(제천시 의림대로 13길 10, 명동 5-12, 043-651-8000)이 추천할 만하다. 식당은 제천역 앞의 오래된 화상 중국 요리점 해동반점(제천시 의림대로 3, 영천동 524, 043-647-2576)이나 충청도 전통 음식인 올갱이 해장국을 잘하는 동강올갱이해장국(제천시 의림대로 13, 영천동 512, 043-644-4445), 근처 서강에서 직접 채취한 올갱이로 만드는 또 다른 올갱이국 맛집 소현이네(제천시 의림대로 2길 13, 화산동 238-6, 043-644-1540)가 권할 만하다. 터미널 아래 내토- 중앙시장 부근에서는 역시 올갱이 해장국 전문점인 금왕식당(제천시 의림대로 17길 6-1, 중앙로 2가 21-14, 043-645-5953)이나 직접 두부를 쒀서 만드는 두부 전문점 먹골순두부(제천시 의림대로 16길 7-10, 중앙로2가 86-13, 043-648-1542), 백반 메뉴를 잘하는 제일식당(제천시 독순로 11길 11, 의림동 38-7, 043-647-9036)이 좋다.

주변 여행지

제천 북서쪽 답사지로 점말동굴과 가까운 곳은 관란정(제천시 장곡리 산 14-2, 043-641-5143)이 있다. 생육신 가운데 한 분인 원호 선생이 단종을 기리며 서강 위 절벽에서 예를 올리던 정자로서 예스러움과 정취가 각별하니 더불어 둘러보기를 추천한다. 거리상 가까우나 포전리에서 바로 가는 버스가 없다. 자동차나 택시로 이동하는 게 좋겠다. 제천역에서 움직일 경우에는 530번(일 3회), 531번(일 1회), 540번(일 3회), 541번(일 1회) 버스가 운행하며 1시간 30분가량 걸린다. 장곡 정류장에서 내려 10분 정도만 걸어가면 된다.

• 신풍식당 입구

11 | 수산면 신풍식당

【수산 슬로시티】

단 한 곳

예보에도 없던 눈이 하염없이 내렸다. 제천역에서 기차를 내릴 때부터 비인지 눈인지 가늠하기 힘든 진눈깨비가 플랫폼 지붕을 두드리더니, 렌터카를 몰고 청풍대교를 건널 무렵부터는 싸락눈으로 날리기 시작했다. 원체 구불구불한 데다 살얼음마저 깔리는 호반 도로를 따라가자니 차가 자꾸 비척거렸다. 기온이 점점 더 내려가고 있었다. 날씨가 맑을 거라 했는데, 이러면 일정이 엉망진창이 될 텐데, 이거 스노타이어가 맞는지 모르겠네. 걱정에도 아랑곳없이 눈발은 자꾸만 굵어졌다. 수산면에 들어설 즈음 쌀알 같던 눈은 아예 솜뭉치처럼 부풀었다. 허기라도 메우고 가야겠다. 면사무소를 지나치면서 샛길로 핸들을 꺾었다. 어딘가 밥집이 있겠지. 골목이 끝나도록 이렇다 할 곳이 눈에 띄지 않았다. 이상하네. 계속 가다간 마을로 들어설 터였다. 차를 다시 돌렸다. 집인지 점방인지 모를 단층 건물에서 할머니 한 분이 문을 열고 나오는 게 보였다. 열린 새시 문 유리창에는 '신풍식당'이라는 붉은 글씨가 흐릿하게 붙어 있었다. 식당 맞나 보네. 영업 하는가 보다.

그 집 건너편에 차를 세우고 안으로 들어가려는데, 밖에 나와 계시던 할머니가 물었다. "밥 먹을라구?" 주인인 모양이었다. "네, 뭐 좀 주세요." 그녀는 동네 사람 같지 않아서인지 나를 슬쩍 훑어보고는 안쪽을 가리켰다. "저기 저 안방으로 들어가."

식당은 집을 개조해 쓰고 있는 듯했다. 방마다 4인용 상이 두어 개씩 펼쳐져 있었고, 한 켠으로는 장롱이니 서랍장이니 하는 살림살이가 놓여 있었으며 화분과 세간붙이가 늘어서 있었다. 건넌방에는 초로의 남자들이 떠들썩하게 술추렴을 하고 있다가, 내가 들어서는 것을 보자 순간 소리를 죽이

하염없이 쏟아지는 제천의 눈

고 내 쪽을 쳐다봤다. 어두컴컴한 안방으로 들어가 상 앞에 양반다리를 하고 앉아 있자니 주방에서 할머니가 얼굴도 내비치지 않고는 목소리만 거들었다. “불 켜고 있어.”

형광등을 켜고 보니 그제야 방 안이 또렷이 보였다. 벽에 걸려 있는 메뉴판도. 보자, 밥 메뉴는 하나뿐이네. 혼자 왔으니 전골을 먹긴 그렇고, 칼국수나 해달래야겠다. 마침 그니가 물과 컵을 갖고 들어왔다. “칼국수 한 그릇 주세요.” 쪼그려 물컵을 내려놓은 할머니는 다시 허리를 펴더니만 말했다.

“칼국수? 두부 먹어.”

“네?”

식당의 메뉴판

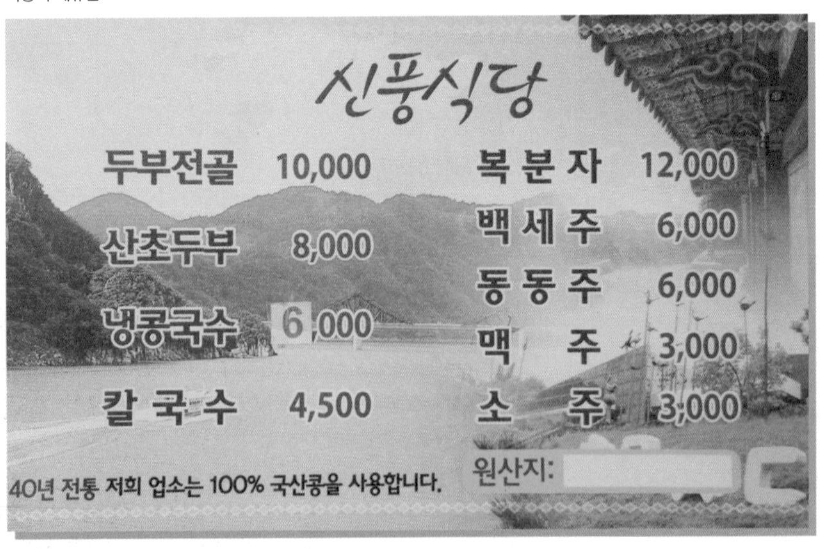

"두부 먹으라고. 허리 아파서 국수 밀기가 좀 그래. 두부 맛있어."
"어, 네. 그럼 두부 주세요."
"좀 앉아 있어. 김치 꺼내 올 테니까."

창밖으로 여전히 굵은 눈이 선득선득 떨어지는 것이 보였고, 그 너머로 할머니의 실루엣이 큰 항아리 속엘 들어갔다 나왔다. 그리고 문 여닫히는 소리가 나더니 할머니가 김치 한 보시기를 안고 들어왔다. 건넌방에서는 남자들의 옅은 웃음소리, 돼지고기 굽는 냄새가 났다. 저쪽방 손님들은 뭘 먹고 있는 것인지, 메뉴에는 없는 것 같은데.

그러곤 다시 할머니가 들어왔다. 그니는 휴대용 가스버너와 프라이팬을 가져와 상에 얹었고, 그다음 양은 쟁반에다 두껍게 썬 두부와 불투명한 기름이 든 식용유병, 간장 종지를 들고 와 내게 건넸다. 그리고 말했다.

"구워."
"네?"
"후라이팬에 기름 끼얹고 두부 얹어서 구우라구. 김치도 같이 지져 먹고."
"아, 네."

잘못 왔구나. 나는 속으로 투덜거렸다. 손님이 직접 해 먹어야 하다니. 눈도 오는데 하필 이런 불친절한 식당엘……. 그러나 이미 음식이 나온 참이었다. 물릴 방법은 없었다. 지글지글 기름이 신기한 냄새를 내면서 끓어 썬 두부를 올려 허투루 뒤집고 있는데 할머니가 다시 들어와 상에 반찬 접시를 깐다. 설핏 보니, 콩 무친 것 말고는 모두 처음 보는 장아찌 종류였다. 그때쯤 두부가 익었는지 고소한 냄새가 퍼졌다.

놀란 것은 그다음이었다.
반찬을 모두 내려놓은 할머니가 내 옆에 털썩, 주저앉았다.
그러고는 손으로 김치를 쭉 찢어 주시더니 내 앞 접시에다 툭 내려놓았다.

"가위로 자르면 맛 없어."

나는 익은 두부를 앞 접시로 건져 와 젓가락으로 대충 쪼개서는 건네 주신 김치로 감싸 먹었다. 그런데, 처음 보는 할머니가 옆에 앉아 계신 게 도무지 불편해서 입에 들어가는 게 두부인지 떡인지 모르겠는 것이다. 이게 대체 무슨 일이람. 나는 그니를 일부러 외면한 채 허겁지겁 음식을 삼켰다. 아는지 모르는지, 할머니는 컥컥거리며 두부를 씹고 있는 나를 지그시 바라보며 자리를 떠날 줄 몰랐다.

개복숭아 장아찌 반찬

이윽고 반찬 종지 하나를 가리키더니 말을 붙였다.

"이것도 먹어 봐."

나는 반사적으로 그걸 젓가락으로 잽싸게 집어서는 입에 넣었다. 아마 돌을 먹으라고 해도 받아 넘겼겠지, 이 어색함을 없앨 수만 있다면. 바둑돌보다 조금 큰 열매는 조금 짰지만 본래 신맛이 있는지 묘하게 입맛을 돋궜다. 이런 상태에서도 맛이 느껴지긴 하는구나. 할머니께 여쭸다. "뭐예요? 매실이에요?"

"개복숭아야. 봄에 덜 익은 것 따다가 말려서 간장에 담근 거. 약이야. 많이 먹어."

내가 먹고 있는 동안, 할머니는 팔을 뻗어 두부를 뒤적거렸다. 푹 익혀야 맛있다면서. 산초 기름은 여기 산에서 따다 담근 것이라 했다. 두부도 국산 콩으로 직접 쑨 거라고. 잘 구운 두부를 가시오가피 장아찌, 개복숭아 장아찌와 번갈아 집어삼키는 나를 한참을 말없이 바라보시더니만, 다시 주방으로 나가 노오란 액체가 찰랑거리는 밥 공기 하나를 들고 오셨다.

"집에서 담근 동동주야. 먹어 봐."

나는 순간 차를 가져온 것도 잊고 스읍, 한 모금을 삼켰다. 달고 시었다.

"또 줄게. 느긋하게 먹어."

그때였을 것이다. 긴장이 탁 풀리고 마음이 싸악 놓였던 것은. 듣도 보도 못 한 시골에, 난생처음 먹어 보는 반찬에, 푹 익은 김장 김치 반 포기, 두툼하게 썰어낸 막두부, 고소한 향내를 내는 산초 기름, '리필'이 가능한 공짜 동

산초 기름에 두부를 굽는 모습

동주……. 바깥에는 양동이로 눈이 퍼붓고 있는데, 마치 나는 난데없이 외할머니집에 온 것만 같았다. 겨울은 깊고 길은 험한데, 외갓집은 따뜻하고 눅눅해서 괜히 정겨운 것이었다. 할머니는 손자에게 자꾸 이것저것을 꺼내 먹이고, 젓가락질하는 손자 옆을 그니는 떠나지 못한다. 그 풍경은 어찌나 살가운 것인지. 노곤했던 몸이 풀리며 마음까지 뜨뜻해졌다.

눈발이 가늘어진다. 두부를 싹 비우고 계산을 마치고 떠나려는데 그니가 문밖까지 따라 나온다.

"동동주 한 되 줄까? 가져가서 먹을래?"

"아뇨, 오늘 서울로 갈 거라서."

"갖다 먹지……. 그럼 조심해서 가."

차를 돌려 골목을 빠져나갈 때, 할머니는 손을 흔드는 것이었다. 다시 떨어지기 시작한 눈송이가 자동차의 후사경에서 그니의 모습을 지울 때까지 그야말로 한참 동안.

그 뒤로 쭉 신풍식당에 들렀다. 월악산 다녀오는 길에, 덕산 온 참에, 괴곡리 들렀다가, 또 일없이, 그냥 때때로. 식당에 손님이 없을 때도 있었고, 방들마다 꽉 차 왁자할 때도 있었다. 한번은 삼대가 식당 안방에 모여 세 테이블 가득 산초두부를 지져 먹는 걸 보기도 했다. 동네분들이 분명했는데 신기한 것은, 그들도 예외 없이 두부를 직접 부쳐 먹었다는 점이다. 백발의 할아버지께서 불평도 없이 손수 두부를 뒤집고 계셨다.

초여름 어느 일요일인가는 불현듯 할머니가 궁금해져서 청량리로 내쳐 제천행 입석 기차에 올라 택시까지 집어타고 식당을 찾은 적도 있다. 기사분께 온 김에 같이 식사하자 청했으나 그는 직전에 점심을 먹었다며 한사코 거절하는 통에 혼자 건넛방에 들어가 앉았다. 산초두부를 주문했는데 난데없이 먼저 콩국수가 나왔다. 이제는 뭐 그러려니 하면서 집어 먹고 있는데, 할머니께서 대접 하나를 들고 문밖으로 나가는 게 보였다. 그러더니 굳이 사양하는 택시 기사분께 콩국수를 안기는 것이었다. 안에 들어오기 싫다면 차에서 드셔도 좋으니 맛이나 보고 그릇만 주시라고. 그 푸근한 실랑이에 심간이 노글노글해져서 그날은 여유롭게 동동주 사발을 비웠다.

후배와 함께 갔을 때, 어김없이 할머니가 후배 곁에 털퍼덕 앉으시곤 자기 밥을 가져오셔서 함께 식사를 하시는 바람에 후배가 기겁했던 적이 있다. 나는 입 꾹 다물고 모른 척했다, 비죽비죽 새어 나오는 웃음을 간신히 참으며. 그날 우리는 국수 2그릇에 산초두부 한 모, 동동주 한 되에 열무비빔밥까지 먹었는데 치른 셈은 1만 9,000원이었다. 아무리 곱씹어 봐도, 계산이 어떻게 되는지는 어림할 수 없었다.

바로 말아져 나오는 콩국수

그렇게 오가면서 식당에 관해 여러 가지를 알게 됐다. 할머니는 원래 동네(수산면)분이셨고, 남편은 충주분이어서 일찍이 충주에서 식당을 운영했다는 것. 남편이 병을 얻어 요양을 겸해 다시 여기로 돌아와 식당을 열었다는 것. 몇 해 전 남편은 세상을 떠나고 지금은 혼자 식당을 꾸려 가고 있다는 것. 신풍식당은 새로운 바람을 일으키는 식당이란 의미가 아니라 남편의 이름자에 '당'자를 붙인 거라는 것. 식재료는 모두 근방에서 나고, 칼국수는 직접 밀며, 콩 국물에는 미숫가루를 넣어 구수한 맛을 더한다는 것…….

얼추 단골이 된 지금도 할머니는 내 얼굴을 기억하지 못한다. 그니는 언제나 나를 새로운 손님처럼 맞고, 자주 옆에 앉아 음식을 권한다. 식당을 나설 때면 술을 가져가라 결 반찬을 덜어 가라 채근하기도 한다. 전에 택시를 타고 왔을 적에는 돈 많이 든다며 "버스 타고 댕기!"라고 야단을 맞은 적도 있다. 셈은 언제나 헐하고, 상은 확실히 푸짐하다. 주문을 어떻게 하든 무엇이 나올지는 알 수 없다. 다만 주시는 걸 먹고 가면 된다. 틀림없이 맛은 좋다.

어느 더운 날 오후, 어여 가라며 식당을 떠나는 일행에게 손을 흔드시던 할머니는 정수리가 가려우셨는지 늘상 쓰고 계시던 요리모를 벗었다. 뒤에서 계산을 기다리던 나는 보았다. 평소에는 감춰져 있던 온통 희끗희끗한 머리칼을.

할머니와 헤어진 후, 차를 몰고 수산면사무소를 돌아나와 시내로 향했다. 당일 기차로 서울로 돌아가야 할 길이었다. 옥순대교를 건너, 호안선湖岸線을 따라, 능강계곡을 지나 계속 액셀을 밟았다. 차도가 넓어지고 있었다. 큰 호텔이 잇따라 보이고, 대형 음식점들도 늘어났다. 고속 도로로 빠지는 인터체인지가 나오고, 시내로 들어가는 교차로에는 차량이 밀리기 시작했다. 저편으로 아파트가 보이고, 고층 건물과 관공서가 줄 서 있었다. 이제 한달음만 더 가면 역전이다. 렌터카를 반납한 후 제천역에서 열차를 타면 서울이 지척일 것이었다. 저녁 어스름이 깔리면서 뒤이은 차량들이 헤드라이트를 켜기 시작했나. 나는 차 안의 룸 밀러를 조정해, 눈이 부시지 않도록 각도를 위로 틀었다. 거울이 비껴지며 스치는 풍경들이 쓱, 바뀌는 것을 볼 수 있었다.

하나의 세계가, 다른 세계로 대체되고 있었다. 한 편의 영화가 끝나고, 또 한 편의 영화가 시작되려는 것 같기도 했다. 익숙하고 느린 가락의 노래가 희미해지고, 복잡하고 빠른 리듬으로 낯선 음악이 울려 퍼지는 느낌이기도 했다. 대기를 알리는 노란 신호등 앞에서 거울이 비추지 못하는 두고 온 장면들을 카세트테이프를 되감듯이 떠올려 봤다.

제일정미소, 한일전기, 대림수석, 중앙식육점……. 천천히 뒤처지는 수산리 마을.

그 너머 줄어들고 작아져 후사경의 소실점으로 남는 집.

작아지는 누군가, 손을 흔드는 풍경.

깜빡이를 켜 차를 갓길로 빼고는 빌딩들 불빛으로 온통 환해진 앞쪽의 도시와, 대조적으로 어둡고 가라앉아 보이는 뒤편의 호수와 산들을 번갈아 바라보면서 잠시 머물러 있었다. 그러곤 생각했다. 세상이 어떻게 바뀌건 그

식당만은 오래오래 남아 있었으면 좋겠다고. 두고두고 친정처럼 외가처럼 시시때때로 찾아올 수 있도록. 할 수만 있다면 그 흰 더께를 할머니의 머리카락에서 전부 털어 내고 싶다고.

차가 몰리는 반대 방향으로 자꾸만 아슴푸레해지는 골목 저편,
세상의 단 한 곳,
거짓말 같은,
신풍식당.

위치와 교통

신풍식당은 제천시 수산면 월악로 22길 86, 원주소로는 제천시 수산면 수산리 887에 자리하고 있다. 전화가 있으나 일부러 번호는 적어 두지 않는다. 할머니가 저어하실까 봐서. 일부러 찾아가지는 말고, 근처에 갈 일 있을 때 한번쯤 들러들 주셨으면 좋겠다.

제천역 왼편의 남당초교 앞 정류장에서 수산면사무소까지 유행하는 953번 버스(하루 4회), 960번(하루 2회), 961번(하루 2회), 970번(하루 2회), 980번(하루 1회), 982번(하루 3회) 버스가 있다. 대략 1~2시간 간격으로 차편이 있는 셈이다. 남당초교에서 수산까지는 버스로 1시간 40분여 걸린다. 수산공동정류장에서 하차해 수산치안센터 로터리에서 수산제일교회 쪽으로 걸어가 제일정미소를 지나면 바로 있다. 로터리에서 도보 2분 거리.

수산면사무소 근처에는 신풍식당 말고도 먹을 곳이 많다. 수산정류장 부근의 제천식당(제천시 수산면 월악로 26길 71, 수산면 수산리 609-20, 043-648-5020)의 짬뽕, 짜장도 이름난 편이며, 조금 떨어진 컨츄리하우스(수산면 수산리 142-1, 043-648-0120)는 직접 담근 된장을 사용한 정식과 백반을 맛깔지게 낸다.

주변 여행지

제천은 유명한 관광지나 시내가 아닌 이상 잘 곳이 많지 않다. 수산면 부근의 추천 숙소로는 이웃에 위치한 꽃단지 마을의 한옥황토펜션(제천시 한수면 탄지리 산19, 043-653-0880, 여기도 모노레일 탑승도 가능, www.gotanji.kr)이 가격도 합리적이고 소박하게 묵기에 좋다. 약간 거리가 있지만 시설이 좋은 해질녘펜션(제천시 수산면 옥순봉로 8길 7-23, 수산면 하천리 179, 043-646-3542, www.sunset210.com)과 마린힐펜션(제천시 수산면 옥순봉로 503, 수산면 상천리 559, 010-8845-1355, www.marinehill.co.kr)을 이용하거나 아예 월악산 쪽, 금수산 쪽, 청풍호 쪽 숙소를 이용하는 것도 괜찮겠다. 연계 여행 일정에 따라 고르시라.

• 인간의 삶과 함께하는 나무, 느티나무

12 | 괴곡리 느티나무

【자드락길 6코스 '괴곡성벽길'】

진경산수眞景山水

살아가면서 가장 귀중하고 필수적인 것이 물인 까닭에 세상의 집들은 제일 먼저 물가에 지어졌다. 물가란 늘상 범람이 두려운 곳이므로 집을 지을 때는 그중에서 가장 안전하고 탄탄한 장소를 골라야 했다. 마을은 그래서 충적지沖積地, 다시 말해 하천이 흙을 옮겨 쌓아 온 평평한 지형에 들어선다. 느티나무가 한반도 이남에서 자신의 영속적인 세거지世居地로 삼은 곳이 바로 충적지다. 마을과 느티나무가 공존해 왔다는 뜻이다. 남한에서는 당산나무, 북한에서는 정자나무라 불리는 느티나무가 마을을 상징하는 나무가 된 것은 그래서 우연이 아니다. '늦는다', '징조가 있다'는 뜻의 '느지', '솟구친다'는 뜻의 '티'가 합해지고 변해 충적지의 아름드리 나무는 이윽고 느티나무로 불린다. 이름처럼 느티나무는 느리게 성장한다. 대기만성大器晩成. 대신에 아주 굵고 튼튼한 나무로 큰다. 늦되나 드넓은 그늘을 제공하는 이 나무를 조상들은 아주 요긴하게 여겼다. 살아서는 마을의 회랑과 여름철 휴식처, 소방을 비는 신목이 되었으며 죽어서는 엔간해서 썩거나 뒤틀리지 않아 세간살이의 재목이 되었다.

산업화 이전 우리의 부모님 세대들은 마을을 떠나거나 돌아올 때 느티나무를 기준점으로 삼았다. 자신의 뜻과 다르게 멀리 시집가야 하는 딸은 느티나무를 등지면서부터 눈물을 흘렸고, 공부를 마치고 도시의 학교에서 귀향하는 아들은 느티나무가 보일 때부터 어머니를 생각했다. 아버지는 느티나무 아래서 동네의 대소사를 다른 어른들과 의논해 결정했고, 어머니는 타지로 떠난 자식들을 걱정하며 느티나무에 대고 절을 올렸다. 화전을 부치는 날이면 할머니는 느티나무 그늘 가장 편안한 자리에 앉아 대접을 받았고, 할아버지는 몸통에 기대 곰방대로 담배를 피우며 계절이 지나가는 것을 지켜보았다. 느티나무는, 마을의 가장 오래된 목격자였고 증인이었으며 고해사告解司였다.

느티나무는 그 자체로 마을의 입구이기도 하다

느티나무는 우리나라 나무인 동시에 아시아의 나무여서, 중국과 일본, 러시아 남부, 터키, 이란에까지 널리 분포하지만 북미와 중부유럽에서는 찾아볼 수 없다. 빙하기에 멸종된 것이다. 추위를 피해 남하한 느티나무는 한반도 개마고원 이남에 완전히 뿌리를 내리고 인간의 마을과 서로 기대 크게 번성한다. 그러나 산업화의 삽날이 충적지를 갉아먹기 시작하는 근대에 들어오면서 위기가 시작된다. 그 위기는 느티나무의 위기만이 아니라 마을의 위기, 인간의 위기이기도 하다. 이제 집들은 물가에 지어지지 않고, 도시에, 사막에, 산을 파헤친 언덕과 바다를 메운 갯벌에도 지어진다. 그러나 느티나무는 그리로 옮겨가지 못한다. 이 늠름하고 의젓한 나무는 맹렬한 속도로 개체수가 감소하는 중이다. 친숙한 정서와 복잡한 감정이 느티나무를 감싸 주고는 있지만 오래가지는 못할 것 같다. 인간보다 훨씬 일찍 한반도에 자리 잡은 이 땅의 실질적 주인은 마을보다 미리, 인간보다 앞서 종말을 고할 수도 있다. 그와 우리가 운명 공동체임을 깨닫지 못한다면 그 시기는 더욱 빨리 올지도 모르고, 느티나무가 우리를 먼저 떠밀지도 모른다.

우리 땅에서 1,000년 넘게 산 노거목老巨木의 대부분이 느티나무들이다. 느티나무를 빌려 동네 이름을 지은 곳이 여럿이다. 개중에서 충북의 괴산이 특히 유명하며, 제천에는 괴곡리를 들 수 있다. 괴실槐室. 느티나무골이라 불렸던 괴곡리는 마을 온 사방이 이름처럼 느티나무로 가득했던 마을이다.

1980년대 중반 충주댐이 마을의 대부분을 수몰하면서 동네의 오랜 자취가 몽땅 물속으로 빨려들어 갔다. 느티나무 역시 수마를 피하지 못했다. 벌말의 수호 나무, 조상거리의 성황당 나무, 안괴실 나무, 연못가 나무……. 사람들은 집과 전답과 학교와 나무가 물길에 잡혀먹는 모습에 진저리 치며 고향을 떠났다. 지금 괴곡리에 남은 이들은 몇십 가구에 지나지 않는다.

그러나 인간의 마을이 여전히 충적지에 자리하고 있는 한, 느티나무도 그 곳을 떠나지 못한다. 괴곡리 안골 초입에는 여직 느티나무 두 그루가 삼백 년이 지나도록 장생하고 있다. 매년 잎을 틔우고 열매를 맺으며 길 너머 물에 잠긴 옛 뜰을 굽어본다. 떠난 이들이 많아 주민들이 더 이상 느티나무 아래에서 동제洞祭, 마을 제사를 지내지는 않으나 가끔씩 경로당에 모여 잔치를 벌일 때 노인들은 옛이야기를 꺼내곤 한다. 곳곳의 느티나무 아래 마을이 시끌벅적하던 시절을, 푸르고 아름다웠던 한때를.

마을도 전과 같지 않아서, 길 따라 밭들은 이제 환금 작물로 가득하다. 황기나 고추 외에도 돼지감자에 복숭아가 한창이다. 그것을 탓할 수만은 없다. 잘 안다. 세상은 그리 바뀌었다. 주민들도, 느티나무도 원한 바 아니었으나.

처음 괴곡리에 멈춘 것은 차를 몰고 월악산 낡은 절간에 다녀오는 길이었다. 조금만 지나면 옥순대교가 나오겠지 싶을 때, 반짝, 무언가가 빛을 쏘았다. 스쳐 갔다가 아무래도 예사롭지 않다 싶어 차를 돌렸다. 마을 초입에, 사람들이 잘 다니지도 않는 허름한 길목에 나무 두 그루가 서 있었다. 우뚝하게, 맹랑하다 싶을 정도로 당당하게. 차를 한 켠에 세우고 홀린 듯 나무 그늘로 걸어 들어갔다.

마침 눈이 쏟아져 내렸다. 설탕처럼 잘게 뿌려지던 눈은 금세 소금처럼 굵어지고 이내 빵 반죽처럼 망울져, 흩날리듯이, 헤엄치듯이 온 천지에 퍼부었다. 검은 도로와 회색빛 산하를 뒤덮은 눈은 한순간, 세계에서 근대의 흔적을 지우고 조선의 수묵화가 그렸을 장면을 불현듯 재현했다. 나는 숨소리조차 내지 못한 채 그 마술 같은 세상에 잠시 붙들려 있었다. 적막 속에 진

경산수眞景山水가 펼쳐져 있었다. 세상은 완벽했다. 개 짖는 울음 하나 끼어 들지 않았다. 무채색이 그토록 화려한 빛깔이며 도드라진 광채라는 걸 나는 그때 처음 알게 됐다.

그 뒤로도 여러 번 괴곡리에 들렀다. 느티나무를 어루만지다 마을로 들어섰고, 주민들을 청해 수몰담을 들었다. 산행을 마친 등산객들과 느티나무 그늘에서 잡담을 나누기도 했다. 꽃잎이 산유을 점묘할 때, 초록이 차올라 우듬지에 물씬할 때, 골짜기에서 내려온 단풍이 나무의 밑동까지 적실 때, 나는 나무 아래 있었다. 돌아오는 겨울에도, 폭설이 예고된 날, 나는 아마 괴곡리에 있겠지. 눈이 내릴 적마다 마을의 느티나무를 떠올릴 것이다. 약속처럼.

그걸 다시 볼 수 있을까.
눈을 감으면 지금도 하염없이 나무 위로 쏟아지는
눈,
눈,

눈.

※ 느티나무에 관해 가장 믿음직하고 풍성한 근거와 유래를 전해 주는 문헌은 김종원 선생의 《한국 식물 생태 보감》(자연과생태, 2013)이다. 선생은 여기서 느티나무 어원에 대해 그간의 전언과는 명확히 선을 가른다. '눌회나무(누런색의 회화나무)'가 변해 '느티나무'로 되었다는 가설을 치밀하게 공박해 선사 시대까지 거슬러 오른다. 이 글에 나온 느티나무에 관한 사실은 다른 이들의 책에도 많이 힘입었지만, 그중에서도 김종원 선생에게 가장 크게 빚지고 있다. 느티나무뿐 아니라 이 땅의 여러 식물들에 대한 그의 지식과 애정과 관심은 각별하고 드높다. 푸나무를 사랑하는 이들에게 일독을 권한다.

위치와 교통

제천시 수산면 괴곡리 괴곡 버스 정류장 건너편으로 300살이 넘은 아름드리 느티나무가 두 그루 서 있다. 꽃들 번지면 그 안에서 우뚝한 대로, 잎들 푸르러지고 나면 초롬한 대로, 노랗고 붉은 사리들 길가에 그득하면 또 진득한 대로, 눈 쌓여 가지가 반쯤 덮이면 흑백 엄연한 대로 깊은 풍취를 선사한다. 마을 문화의 진면목을 드러내는 특별한 정경이며, 겨울날 폭설 내리는 즈음에 찾아보면 더욱 장관이다. 우연히 지나가다 이 나무들 때문에 차를 세우는 이들이 적지 않다. 제천역 왼편의 남당초등학교 앞 정류장에서 하루 4회 953번 버스가 다니며, 편도에 100분 정도 걸린다.

잘 곳과 먹을 곳

괴곡리는 작은 시골 마을이어서 잘 곳이나 먹을 곳이 마땅치 않다.
근처에 산초두부를 잘하는 신풍식당(제천시 수산면 월악로 22길 86, 수산면 수산리 887)이 있고, 마을길을 따라 다불리 쪽으로 후꾸재를 넘으면 산마루에 백봉 산마루 주막(제천시 수산면 지곡로2안길 168-92, 제천시 수산면 다불리 산26, 010-9836-9910)이 있다. 모두부와 부침개, 솔잎 동동주가 메뉴의 전부인데, 값이 저렴하고 맛도 좋은 편이다.
수산면 부근의 추천 숙소로는 시설이 좋은 해질녘펜션(제천시 수산면 옥순봉로 8길 7-23, 수산면 하천리 179, 043-646-3542, www.sunset210.com)과 마린힐펜션(제천시 수산면 옥순봉로 503, 수산면 상천리 559, 010-8845-1355, www.marinehill.co.kr)을 이용하거나, 조금 떨어져 있지만 꽃단지 마을의 한옥황토펜션(제천시 한수면 탄지리 산19, 043-653-0880, 여기는 모노레일 탑승도 가능, www.gotanji.kr)도 값이 좋고 소박해서 묵기에 알맞다. 아예 월악산 쪽, 금수산 쪽, 청풍호 쪽 숙소를 이용하는 것도 괜찮겠다. 연계 여행 일정에 따라 고르시라.

주변 여행지

수산면은 슬로시티로 지정된 곳으로, 마을들이 도시의 때를 덜 타 아기자기하게 보고 느낄 만한 곳이 많다. 2년마다 지내는 마을굿의 전통을 지켜가고 있는 오티리의 오티별신제 전수교육관(제천시 수산면 청풍호로 64안길 4, 수산면 오티리 591-3, 043-647-5977)이 가까이에 있으며, 제천 10경 중 제8경에 해당하는 옥순봉과 청풍호 전망대가 면 내에 있다. 산간 마을의 고즈넉한 풍취를 간직하고 있는 다불리를 괴곡리, 옥순봉, 청풍호 전망대와 더불어 지나는 자드락길 6코스 '괴곡성벽길'이 수산면을 두루 맛보는 데는 안성맞춤이다. 편도 9.9km, 약 4시간이 소요되는 이 괴곡성벽길은 옥순봉에서 출발하며, 괴곡나루와 다불리, 시무산을 거쳐 고수골에 이르는 한참길이지만 그 풍광이 예사롭지 않아 자드락길 코스 가운데서도 가장 각광을 받고 있다. 옥순봉(옥순대교)에서 괴곡나루, 다불리, 괴곡리로 절반만 다녀도 충분히 만족할 만하니 빠뜨리지 말고 도전해 볼 것.

• 과학관으로 들어서는 길

13 | 별새꽃돌 과학관

하드보일드 원더랜드

1. 하드보일드

이미 산을 몇 개나 넘은 것 같은데도 길은 끝날 줄 몰랐다. 도로는 옥전리에 들어서면서부터 좁아지더니 오르막에 접어들면서는 차 한 대만 간신히 통과할 수 있을 정도로 협소해졌다. 내려오는 차를 만나면 두 대가 비켜 나갈 공간이 나올 때까지 무조건 후진해야 했다. 긴장해서 핸들을 꽉 잡고 있는 동안 입에서는 저절로 불평이 터져 나왔다. 이렇게 먼 줄 몰랐는데 게다가 험하기까지. 길 쪽으로 가지를 벌린 나무들을 거의 스치다시피 하며 경사 급한 비포장도로를 거슬러 오를 때 갑자기 오소리인지 너구리인지가 튀어나와 급정거를 하면서 나도 모르게 저주를 퍼붓고 말았다. "이런 젠장, 재미없기만 해 봐라!"

그렇게 한참을 올라가서야 차는 드디어 평지를 만났다. 돔형 지붕이 있는 대형 건물의 주차장이었다. 차를 세우고 어디가 입구인지 한참을 두리번거

cafe 별새꽃돌

리다가 알록달록한 페인트로 '자연탐사과학관'이라 적혀 있는 출입구로 들어섰다. 실내는 컴컴했고, '전시실'이니 '연구실'이니 하는 방들을 연이어 노크했는데도 아무런 기척이 없었다.

이거 겨울이라고 안 하는 거 아냐? 그럼 큰일인데. 허탕을 쳤을까 봐 점점 불안해졌다. 마지막으로 '관장실'이라 팻말이 붙은 방을 두드렸더니, 헛기침과 함께 문이 빼꼼히 열렸다. 어르신 한 분이 얼굴을 내미신 것이다. "어떻게 오셨어요?" "그냥 구경왔는데, 어디로 가야 하는지 몰라서……." "아, 그러셨군요. 지금 다들 회의 중이어서 직원들이 위층에 모여 있습니다. 안내를 하도록 얘기해 드리지요."

그는 '부관장'이라는 명함을 건네 주고는, 위층으로 올라가 직원 한 명을 내려보냈다. "오늘 날도 궂은데 올라오시느라 고생하셨겠어요." 가이드를 맡은 남자는 친절하고 다정했다. "그런데, 저처럼 따로 찾아오는 사람은 별로 없나 봐요." 그는 씩 웃으며 대답했다. "보통은 예약들을 하고 오시고, 또 이렇게 추운 겨울날, 그것도 한 해의 마지막 날에 이 깊은 산속까지 찾아드는 개별 방문객은 드물죠. 하지만 잘 오셨어요. 제가 자세히 안내해 드리겠습니다."

그를 따라 과학관을 1층부터 돌며 구경했다. 매혹은 그렇게 시작되었다.

2. 원더랜드

친숙한 듯 또한 낯선 '별새꽃돌'이라는 이름은 이곳이 주요한 탐구 대상으로 삼은 네 가지 자연물에서 따 왔다. 측량할 수 없는 먼 거리에서 궤도를 따라 질서 있게 운행하는 우주의 '별'과 아름다운 빛깔과 소리로 하늘을 날며 숲의 한 부분이기도 한 공중의 '새', 제 한 몸의 영위를 위해 피어나지만 인간에게 큰 기쁨과 행복이 되기도 하는 땅 위의 '꽃', 묵묵히 지구를 지탱하는 땅 아래의 '돌'. 과학관은 자연의 대표 주자이면서 인간과 밀접한 관계를 지닌 이 네 가지 자연물을 각각의 프로그램으로 학습하고 체험한다. 우주관 4층의 천문대와 슬라이딩 돔에서 별들을 바라보고, 우주관 2층의 광물실과 창조관 2층의 화석 전시실에서 돌의 역사와 거기 담긴 생명의 다채로운 변형을 읽어낸다. 과학관의 마당에는 수많은 야생화밭들이 있어서, 봄부터 가을까지 그곳은 명멸하는 꽃들의 향연장이 된다. 또, 과학관은 구학산 중턱에 있고 건물을 나와 2~3분만 걸으면 아주 밀밀한 숲이어서 새들의 다양한 지저귐이 사계절 내내 울려 퍼진다.

이곳이 여타 생태관이나 자연 학습관과 다른 것은, 무엇보다 자연 그대로의 산에 기대 세상을 이해하고자 한다는 점에 있을

것이다. 국내에서 다섯 손가락 안에 든다는 천문대의 규모나, 최신식 극장을 방불케 하는 플라네타륨, 시조새 화석까지 갖춘 전시실 등은 사실 제대로 된 프로그램과 안내자의 열의 없이는 그저 '시설'에 불과할 뿐인데, 별새꽃돌은 첨단 장비나 수집품에 기대기보다 주로 야외에서 직접 자연을 만나고 계절의 변화를 체험하면서, 이 복잡다단한 세계가 실은 순환하면서 서로 도우며 살아가는 존재들로 이루어져 있음을 관찰 중에 깨닫게 만든다.

두 번째 방문했던 어느 봄날에는 강사님의 인내를 따라 가볍게 산을 돌았다. 그는 산딸기와 개복숭아, 다래, 오디가 주렁주렁 열매를 맺은 생명력 가득한 봄의 산에서, 굴참나무 껍질을 만지게 하고, 이사 간 딱따구리의 빈집 나무 구멍을 보여 주었다. 멧돼지가 지나간 흔적을 따라가 보기도 하고, 모두 숨죽이게 하고는 갑자기 나타난 할미새의 노래를 들려주기도 했고, 저 혼자 피어난 한 송이 작약꽃을 덮어 버린 썩은 나뭇가지를 힘을 합쳐 치워 주기도 했다. 강사님은 자연 탐사 프로그램이란 거창한 게 아니며, 굴참나무 두 그루 사이에 해먹을 걸어 한두 시간 거기에 누워 있어 보면 알게 되는 세계라고 말했다. 숲은 정말 다양한 생물들의 사파리라고.

사람들 지나간 자리에서 갑자기 솟구치는 꿩을 만나거나, 풀숲을 스쳐가는 오소리인지 너구리인지를 넘겨다보는 일은 흥미로웠다. 무언가를 다그치거나 억지로 학습할 필요 없이, 과학관은 구학산의 사철 아름다움을 그저 있는 그대로 내보이면서 우리가 잊고 있는 생명의 신비를 실감하도록 도와주었다. 숲에서 살아 있는 다른 존재들을 보고, 느끼고, 만나고 경험하는 일은 즐거울 뿐 아니라 여러 가지를 생각하게 만들곤 했다. 사회도 일종의 숲이고, 사람도 다른 존재들의 도움 없이는 살아갈 수 없으니까 말이다.

30분여 산을 거닐다 과학관으로 내려오는 길, 천문대 건너편 앞산에는 안개인지 구름인지가 무장무장 피어나고 있었다. 강사님께 나는 저것이 무엇이냐 물었는데, 빙긋 웃더니 그는 대답했다. "우리는 저게 안개로 보이지만 산 밑에서 보면 구름이겠지요."

그날 차를 몰고 과학관을 떠나면서 그의 말을 오랫동안 곱씹어 보게 됐다. 문명이면서 야만인 현대와, 창조자이면서 파괴자인 인간, 이해이면서 오해인 학문과 축복이면서도 형벌인 번영에 관해서도 생각하면서.

3. 하드보일드 원더랜드

내 인생에서는 아무래도 의외인, 과학관 나들이가 그 뒤로도 계속됐다. 여름철에는 과학관 아래 맑은 노목계곡에서 민물고기도 구경하고 물놀이도 즐기면서, 가을철에는 구학산에서 밤도 줍고 다람쥐들 도토리 모으는 일상도 지켜보면서. 겨울철에는 천체 망원경을 통해 오리온 자리를 관측하고, 건물 1층의 통유리창 카페에서 눈이 저 먼 뒤편에서부터 세상을 덮어 가는 것을 감탄하며 구경하기도 했다. 과학관은 늘 그렇게 새로운 즐거움을 안겼다.

그 즐거움은 과학관에서 시작되었으나 거기에만 외따로 존재하는 것은 아니라는 점도 알게 됐다. 태풍이 지나간 뒤 얇고 보드랗게 펴지는 구름, 개천의 바위틈 사이 나뭇잎으로 가려진 웅덩이에 살아 숨쉬는 개구리알, 차량과 사람에 밟힐수록 더 잘 자라나는 길가의 질경이……. 자연은 산 밑에도, 도시에도 가득했다. 다만 관심을 두고 바라보지 않았을 뿐.

아침 바람에 잎사귀를 후두둑 떨어뜨리는 아파트 후원의 느릅나무, 나뭇

노목계곡

등걸에다 발톱을 갈며 꼼꼼히 패디큐어하는 길 고양이, 잔디밭 곳곳에 쑥쑥 솟아오르는 키 작은 버섯들……. 세상은 꼭 구학산이 아니더라도 모두 하드보일드 원더랜드였다.

지난가을, 어느 토요일에 들렀던 별새꽃돌 과학관에서 다시 강사님의 안내를 받으며 산을 걸을 때였다. 나는 어줍잖게 읽은 몇 권의 과학책을 근거로 진화와 계통에 관해 두서없이 질문하여 선생님을 괴롭혔는데, 안내를 마치고 주차장까지 나를 바래다 주면서 그는 뜬금없어 보이는 이야기를 하나 던졌다. 우리는 세상에서 진리를 구하지만, 사실 세상 자체가 이미 진리일 수 있다고.

그 알쏭달쏭한 말은 대형 버스가 주차장에 진입하느라 잠시 차를 대기하고 있는 동안 계속해서 머릿속을 감돌았다. 그 말은 세계가 완벽히 구현되어 있다는 뜻이 아니라, 이 혼돈이 세계의 형상이자 진보의 결과일 수도 있다는 의미로 들렸다.

주차를 마친 버스가 시동을 끄고 조용해지자, 산의 새들은 과학관 마당에 내려앉아 경쟁이라도 하듯이 서로 다른 음높이로 지저귀었는데, 그게 마치 생生은 설명하는 게 아니라 다만 살아갈 뿐이라고 가르치는 듯이 느껴져 한참 동안 새소리를 들으며 시동을 켜야 하는 것도 잊어버린 채 해가 질 때까지 차에 앉아 있었다.

지금도 종종 그 말들을 떠올려 보곤 한다. 하드보일드하고 원더랜드 같은 구학산의 새소리를 생각하면서. 또 다른 의미로 하드보일드하고 또한 원더랜드 같은 메갈로폴리스 서울의 한복판에서.

위치와 교통

별새꽃돌 과학관은 제천시 봉양읍 옥전4길 45, 봉양읍 옥전리 913번지에 자리 잡고 있다. 전화번호는 043-653-6534, 홈페이지 주소는 www.ntam.org. 유치원에서 성인, 교사 연수와 대학 전공 연계 교육까지 다채로운 프로그램을 제공한다. 초대구경 48인치 망원경, 전문 필드스코프, 식물 생태 학습원, 편광 현미경, 형광 광물실 등 다양한 장비와 첨단 교육 시설을 갖추고 있으며, 당일 프로그램에서 2박 3일 프로그램까지 편의에 따라 원하는 생태 체험과 교육을 전수받을 수 있다. 식당과 콘도형 숙박 시설까지 갖추고 있어 가족끼리 여행 오기에도 알맞다. 비용이 꽤 헐한 편인 것을 보면 영리를 목적으로 한 과학관은 아닌 듯하다. 전화하면 예약할 수 있다.

구학산 밑 노목계곡 부근에 식당과 민박 등이 있지만, 여러모로 별새꽃돌 과학관의 시설이나 가격이 보다 합리적이라 판단된다. 배론성지와 멀지 않아 그 부근에서 숙박하거나 식사를 해도 좋겠다. 필요한 분은 배론성지 편을 참고하시라.

주변
여행지

별새꽃돌 과학관 바로 아래 노목계곡은 사실 어디에도 뒤지지 않는 천혜의 여름 휴양지다. 물이 맑고 시원하며 그늘이 짙어 아는 이들 사이에서는 '별세계'로 칭할 정도다. 과학관에 온 김에 잠시 머물러 탁족해 보길 권한다.

또, 제천 10경 중 제9경인 탁사정(제천시 봉양읍 구학리 224-1, 043-641-6731)이 가까우니 오가는 길에 함께 들러 보면 좋겠다. 천주교의 잊을 수 없는 박해지, 배론성지(제천시 봉양읍 배론성지길 296, 봉양읍 구학리 640, 043-651-4527)도 멀지 않다. 제천과 서울을 잇는 관문이었던 박달재(제천시 백운면 평동리 산), 저렴하고 실속 있는 휴양 숙박 시설인 박달재 자연휴양림(제천시 백운면 금봉로 223, 백운면 평동리 산71, 043-652-0910)도 연계해 여행 코스로 삼을 만하다.

14 | 제천국제음악영화제

• 의림지 야외무대에서 펼쳐진 공연 모습

제천국제음악영화제

오블라디 오블라다 Ob-La-Di Ob-La-Da

제천을 두 해 넘게 쏘다녔지만 영화제 개막날, 기차에서 내려 대합실을 막 빠져나왔을 때 보았던 하늘은 처음 보는 빛깔이었다. 가볍고 산뜻한 파스텔 블루를 바탕으로 불순물을 완전히 제거한 하양을 뭉텅이로 찍어 놓은 듯한 구름이 점점이 떠 있어 마치 영화 세트장의 배경 같았던 거다. 세상에나, 새로 뽑아 방금 걸어 놓은 듯한 하늘이라니!

스태프로, 또 초청 게스트로 국내 영화제를 여러 번 다녀 봤다. 부산, 전주, 부천, 광주, 서울, 제주 ……. 제각각 표방하는 색깔이 있었고 차별점을 내세웠는데 사실 규모를 제외하면 영화제는 크게 다르지 않았다. 새로운 영화를 선보이고, 오래된 영화를 재조명하며, 종종 음악 공연이 있고, 그 지역과 연계된 이벤트가 열리고 ……. 영화제의 재미란 그 축제가 열리는 도시가 크냐 작으냐에 달려 있는 것처럼 보였다. 상영 편수나 이벤트의 다양성이 대개 그에 비례했던 것이다.

영화관이란 하나뿐이고, 한 뼘의 시내를 제외하면 온통 산으로 첩첩이 둘러싸인 산촌 도시인 제천에서 영화제가 어떻게 펼쳐질지 별로 기대하지 않았다. 기차역에서 나와 제천국제음악영화제의 주 상영관인 M극장으로 걸어갈 때만 해도 말이다. 영화제야 다 뻔할 뻔자지 뭐. 그저 하늘빛이 남다르다 생각했을 뿐.

제천국제음악영화제의 동선은 다른 영화제와는 달리, 아주 기다랗게 늘어져 있다. 영화는 시내 중심가에 위치한 M극장과 문화회관에서 틀지만, 이 영화제의 특색이자 장점인 음악 공연은 극과 극에서 펼쳐진다. 시내에서 조금 떨어진 의림지와 아예 청풍면까지 차로 한참을 빠져나가야 하는 청풍호반(청풍랜드)에서. 그리고 의림지에서부터 M극장 사이, 내토시장을 비롯한 시내 곳곳에서는 축제 기간 내내 거리 공연이 수시로 열린다.

평소에는 무뚝뚝한 고장, 외곽을 병풍처럼 두른 삐쭉삐쭉한 산들처럼 투박하고 거친 듯한 제천은 영화제가 진행되는 동안 전혀 다른 도시로 변모한다. 도로는 활기로 넘치고, 골목은 젊은이들로 들썩인다. 사람들이 친절해지고, 식당은 영화제 특선 메뉴를 선보인다. 경찰차가 관객들을 실어나르는 축제 전용 셔틀버스를 호위하고, 공무원들은 휴일에도 공연장 주변을 정비한다. 한여름, 축제를 치르는 인구 13만 명의 작은 도시는, 그 '작음'을 속속들이 활용해 한 점 영화제로 결속한다. 영화제를 여러 가지 축제 가운데 하나로 치르는 다른 도시들과는 전혀 다른 관점을 취하는 것이다. 8월 중순의 일주일 동안, 제천은 음악영화축제를 전면적으로 지원하는 전무후무한 이벤트의 요람으로 바뀐다. 이 동네에서 한참 동안 살아 온 반행반거半行半居인 글쓴이가 어리둥절할 만큼 노골적인 축제 전용 도시로. 어쩜, 이다지도!

제천국제음악영화제의 참맛은, 의림지와 청풍호반에서 이루어지는 밤 공연(Summer Night Program)에서 도드라진다. 보통 청풍호반에서는 대형 가수와 일련의 세션이 참여해, 수천 명의 관객 앞에서 벌어지는 초대형 규모의 공연이 이루어지고, 의림지에서는 소규모 밴드나 초청 가수가 참여해 수백 명 관객을 대상으로 하는 중급 규모의 공연을 펼친다. 청풍호반은 유료 공연이고, 의림지 무대는 무료인데, 퍼포먼스의 품질이 티켓의 금액에 따라 차이지는 건 아니다. 제천국제음악영화제는 이름에서도 알 수 있듯, '음악'을 '영화'보다 앞서 내세우고 있어서(제천국제영화'음악'제가 아니다) 일정 이상의 수준을 담보하지 않는 공연을 결코 허락하지 않는 까닭이다.

당신이 음악 팬이라면, 공연 마니아라면 염려할 게 하나 있을 것이다. 의림지나 청풍호반(청풍랜드)이 원래 공연장은 아니기 때문에 음향이나 조명, 시설 등에서 아무래도 모자라지 않겠는가고. 그렇지만 걱정은 청풍호나 의림지 물에 실어 표표히 흘려보내도 좋겠다. 앞서 말했듯, 이 기간 제천은 '축제 전용 도시'로 탈바꿈하므로. 간이 의자를 사용한다는 것만 제외하면 다른 모든 부분에서는 음악 팬의 기대에 차고 넘친다.

제천국제음악영화제의 주요 공연은 대개 주말(금요일~일요일) 밤에 절정을 이루는데, 글쓴이는 2015년에 의림지와 청풍호반 무대를 번갈아 만끽해 볼 수 있었다. 이름만 들으면 알 수 있는 메이저 가수와 빅 밴드의 노래도 들었고, 이제 막 발돋움하는 신인 가수와 인디 밴드의 음악도 감상했다. 무대와 관객석이 가까워 콘서트는 눈앞에서 벌어졌으며, 막간이 있는 다수의 공연으로 이어져 지루하지 않고 다채로웠다. 방송사 실황 중계팀이 따로 올 만

주로 대형 공연이 펼쳐지는 청풍호반 무대

큼 소리에 부족함이 없는 무대가 펼쳐진다. 의림지든 청풍호반이든, 공연은 수면을 울림통 삼아, 산들을 반사판 삼아 세계 유일의 공통 언어인 음악을 울려퍼뜨리며 국적을 가리지 않고 관객을 휘감아돈다.

좋은 영화, 질 높은 공연이라는 조건은, 상당수 국내 영화제들이 이미 구현하고 있는 요소들이다. 다시 말해 괜찮은 영화와 훌륭한 공연이라는 것만으로, 제천국제음악영화제가 대단한 영화제라고 말하기는 어렵다. 나는 공연이 시작되기 직전에, 이 영화제가 이 땅에서, 아니 어쩌면 세계에서 유일한 영화제일지도 모른다고 생각하게 됐다. 그건 다른 도시에서는 도저히 상상해볼 수 없는, 이 영화제를 방문하기 전에는 기대조차 하지 않았던 무엇 때문이었다.

제천국제음악영화제의 백미白眉인 야외 공연은, 그것이 의림지 무대에서 펼쳐지건 청풍호반 무대에서 펼쳐지건간에, 시작되기 전에 반드시 불을 끈다. 소등消燈. Turn it off. 무대에 집중하기 위해 사전에 설치해 둔 조명을 끈다는 이야기가 아니다. 제천은 공연장 주변의 모든 조명 시설의 스위치를 내린다. 지역을 알리는 네온사인, 사방 도로의 간접 조명과 일반 가로등까지 전부. 남김없이. 모조리. 일거에. 오직 공연장만이 빛으로 타오를 뿐, 세상은 단박에 어두워져 오직 음악에만 귀기울인다. 영화제 행사 하나를 위해 주위의 모든 불빛을 꺼버리는 도시가 다른 곳에도 있을까? 나는 그때 제천이 음악의 도시, 향연의 수도首都라고 생각했다.

노래 하나가 끝날 때마다, 그 순식간에 조용해지는 가운데, 의림지 무대에서는 귀뚜라미가 울었고 청풍호반에서는 쓰르라미가 소리를 냈다. 나는 그것 역시 음악이라고, 공연의 일부라고 여겼다. 행복은 다른 데 있지 않

JUN
YUP

았다.

이 세상에서는 겪어 보지 않고는 도저히 알 수 없는 일들이 있다. 오블라디 오블라다. 인생은 흐른다. 스피커 앞에서, 콘서트홀 대기열에서, 음표 위에서, 이어폰 속에서, 거리의 레코드 숍 건너편에서. 그리고 또 흐른다. 제천, 하나뿐인 국제음악영화축제의 터전에서, 세상의 유일한 음악 전용 도시에서, 그렇게,

우리에게로.

※ 제천국제음악영화제는 2005년부터 시작되었으며, 다른 영화제와는 달리 100% 음악 영화로 이루어진 영화 프로그램과 메이저 콘서트에 뒤지지 않는 음악 프로그램을 매년 선보이고 있다. 캐치프레이즈는 "물 만난 영화, 바람난 음악"이다. 매년 8월 중순 무렵에 열린다. 홈페이지 www.jimff.org를 이용하면 상영작이나 공연 프로그램뿐만 아니라 숙박 시설, 맛집, 볼거리, 교통, 레저 가이드까지 매해 갱신된 최신 정보를 알아볼 수 있다. 이에 위치나 교통, 잘 곳과 먹을 곳, 주변 여행지를 여기에 별도로 수록하지 않는다. 그래도 조언이 필요하신 분께서는 의림지 편이나 청풍호 편을 참고하시라.

※※ 영화제 기간 중에 특별 메뉴를 선보이는 식당 가운데 특히 추천하고 싶은 곳은 대추나무집(제천시 의병대로 12길 15, 명동 150-6, 043-644-3489)이다. 평소에는 단일 메뉴로 한우구이 한정식(1인 2만 6,000원)을 내지만, 영화제 기간 중에는 한우구이 대신 찌개를 제공하는 정식(1인 1만 원)을 선보인다. 한옥에서 마당을 내다보며, 정성이 가득하고 맛까지 각별한 풍성한 한 상을 받는 기분이란 이루 말할 수 없다. 장아찌 메뉴를 특히 잘하는 집으로 서울까지 알려져 있는 제천의 전통 맛집이다.

※※※ '오블라디 오블라다(Ob-La-Di Ob-La-Da)'는 나이지리아 부족의 언어로 '인생은 그렇게 흘러간다(Life Goes On)'라는 뜻이다.

• 월악산 조망(사진 제공 : 제천시)

15 | 월악산 1 _월악산, 덕주사, 덕주산성

월악산, 덕주사,
덕주산성

【제천 제3경】

산산산

1. 월악산

국토지리정보원과 한국학중앙연구원에 따르면 월악산月岳山의 월月은 신라 시대에 '산'을 달達이라 한 것에서 유래하며, 악岳이라는 글자 역시 '산'을 의미한다. 그러므로, 월악산은 '산산산'이 된다. 이 산은 전형적인 산, 산의 본질과 특성을 고루 갖춘 대표적인 산인 것이다.

월악산 일몰(사진 제공 : 제천시)

월악은 우리 땅의 근골을 이루는 백두 대간이 태백산에서 소백산을 거쳐 조령산까지 내달릴 때, 소백과 조령 사이에서 다리 역할을 해 주는 산줄기다. '악岳'자가 들어간 산들이 모두 그렇듯 깊고 가파르고 험한데, 그렇기 때문에 골골이 수려한 계곡과 첩첩이 웅장한 풍광을 선보이는 아름다운 산이기도 하다. 영봉을 중심으로 여름에도 눈이 녹지 않는다는 하설산을 비롯해 만수봉, 문수봉, 제비봉 등 걸출한 봉우리들을 여럿 거느리고 있으며, 동쪽으로는 송계계곡, 서쪽으로는 용하구곡 등 한여름에도 춥고 서늘한 골짜기를 굽이굽이 품고 있다. 제일 높은 산마루인 영봉은 신비로운 기운을 자아내 예로부터 신당을 짓고 국태민안國泰民安을 빌던 곳이어서 '국사봉國祀峯'이라 일컫기도 했다.

월악은 아주 큰 산으로, 제천, 충주, 단양, 문경 등 4개 시 · 군에까지 산자락을 드리우고 있으며 북쪽으로는 청풍호, 동쪽으로는 단양 팔경과 소백산국립공원, 남쪽으로는 문경 새재와 속리산국립공원에 맞닿는다. 주봉인 영봉은 고도 1,097m로 너무 높지도, 낮지도 않은 것처럼 느껴지지만, 실제로는 정상에 닿는 길이 강파르고 까다로워 아무나 쉽게 오를 수는 없는 산이기도 하다. 설악산, 치악산과 더불어 등반하기 어려운 3대 악산으로 꼽힌다.

이렇듯 월악은 험준한 산세로 인해 오래전부터 도드라진 산이었다. 《세종실록지리지》에서는 '명산'이라 칭하였으며, 《신증동국여지승람》에서는 '제사를 지냈다' 기록하였고, 《비결잡록》에서는 '전쟁이 나더라도 몸을 지킬 만하다'고 논하고 있다. 높고 험한 산은 보기에 시원하며 평온한 가운데 노닐기 좋지만, 어지러운 시절에는 은거지가 되며 난리 통에는 유격전이나 공성진攻城戰의 보루가 된다.

후백제 견훤은 월악의 지형적 이점을 헤아려 이 산 중턱에 궁궐을 지으려 했다는 이야기가 전해 온다. 설화가 믿을 만한 것은 견훤이 이후에도 궐터를 꾸준히 산성 안에 지어 왔던 까닭이다(《전주낭독》, 북코리아, 2013). 후백제의 수도가 될 뻔했다가 신하들의 반대로 와락 미끄러졌다 하여 월악산은 '와락

상(上) 덕주사, 마애불로 오르는 길

산'으로 불리기도 한다.

지금은 국립공원으로 지정되어 등반인과 행락객을 사철 내내 끌어들이는 산이지만, 예전에는 달랐다. 문경에서 충주를 지나 한양에까지 이르는 옛 시절 도보 교통로인 마골참(한자로는 계립령鷄立嶺)의 한복판이어서 경제적 통상로일 뿐만 아니라 문화의 유통로, 군사 전략상의 요충지이기도 했다. 그 흔적은 덕주사와 덕주산성, 사자빈신사터의 구층석탑, 신륵사 등지에 남아 있다.

이 글은 신라 시절부터 고려, 조선, 한국 전쟁에 이르기까지 월악산이 지키고 감당해 온 역할, 그럼으로써 지울 수 없게 된 흔적들에 관해 초점을 맞추고 있다. 월악산 등산로에 대해 궁금하신 분들은 월악산국립공원 홈페이지를 찾아보시는 편이 좋겠다.

이야기는 신라의 마지막 얼굴, 마애불에서부터 연유한다.

2. 솔향기 풍겨 오는 개울가 마을, 송계리

제천에서 월악산으로 향하는 길은 멀다. 월악산은 행정 구역상 제천에 속해 있으나 충주와 더 가깝다. 그러나 제천 시내에서 청풍호를 거쳐 월악산까지 가 닿는 길은 멀지만 지루하지 않다. 풍경이 시내를 빠져나오면서부터 맑아지고 푸르러져 경로 자체가 마치 고무보트로 협곡 래프팅을 하듯이 산들과 호수 사이로 난 길을 굽이치며 훑어가는 드라이브여서 곳곳에서 새로운 절경과 만나며 유려한 곡선을 그리는 까닭이다. 그러므로 충주에서 시내를 통과해 월악에 닿기보다는, 시간이 좀 더 걸리더라도 제천에서 청풍호를 지나, 계곡을 따라 월악에 이르는 길을 선택하는 편이 상쾌하다.

덕주사는 제천시 한수면 송계리 산3번지에 자리 잡고 있다. 청풍호반을 지나 한수면 송계리에 닿는 길은 미끈하고 화사하다. 청풍호와 이어지는 동달천(송계천)을 끼고 쭉 따라오면 된다. 지나다 보면 월악산국립공원 사무소 못 미쳐 송계1리 버스 정류장 부근에 성문 하나가 떡 하니 서 있는 것을 볼 수 있다. 바로 덕주산성 북문이다.

북문은 성벽이 없고, 홍예문(홍예虹蜺란 무지개란 뜻이다. 즉, 아치arch 모양의 문이다)만 남아 있어 볼 게 많지 않다. 마을과 함께 평지에 있다는 점을 기억해 두길 바란다. 계속해서 차를 타고 한송초등학교 부근 월악산 송계 오토캠핑장을 지나 더 오다 보면 길 옆으로 자연대自然臺가 있다. 자연대는 이름처럼 자연 그대로를 간직하고 있다 해서 붙여진 곳으로, 계곡물 맑게 흐르는 가운데 더위를 식히기 알맞은 장소다. 도로와 이웃하고 있으면서도 숲으로

덕주산성 북문

길에서 가려져 있어 느긋하게 쉬어가기 좋다.

자연대를 지나면 월악산 덕주야영장이 나오고, 그 바로 앞이 덕주사 삼거리다. 덕주휴게소 앞에서 이정표를 따라 왼쪽으로 꺾으면 덕주사가 나오고, 그대로 직진하면 기암절벽이 병풍처럼 서 있는 망폭대望瀑臺와 사자빈신사터가 있는 골뫼골, 팔랑소가 나온다. 팔랑소는 물에 깎여 매끄러운 표면의 드넓은 화강암이 희고 평평하게 깔려 작은 폭포처럼 하류로 물을 흘려보내는 웅덩이로서 한여름 피서지로 특히 각광받는 곳이다. 수심은 깊지 않고 물이 차고 깨끗하다. 하늘나라 공주 8명이 내려와 목욕했다는 설화를 갖고 있지만 지명인 '팔랑'은 '바람'을 한자로 옮기는 과정에서 음차된 것으로서 월악산의 바람이 쓸고 지나는 천혜의 길목이다.

그러나 우리는 먼저 덕주사를 향해야 한다. 그다음에 망폭대로. 그 양쪽 길목에 덕주산성 동문과 남문이 있다.

3. 덕주산성

덕주사 삼거리에서 덕주사로 진입하다 보면, 웅장한 성문과 도로를 내면서 끊어진 성벽이 나타난다. 덕주산성 동문이다.

덕주산성은 월악산의 남서쪽을 거의 둘러치다시피 한 석축 산성이다. 월악의 산줄기가 앞서 말했듯 4개 시·군에 걸쳐 있을 정도로 대단히 드넓다는 점을 감안한다면 성을 쌓을 때 들인 공력과 전략상 긴요함에 대해 짐작할 수 있다. 이 산성은 문경에서 충주에 이르는 길목을 틀어쥔 차단성으로 삼국 시대 이래의 군사적 거점이었다.

덕주산성 동문

1254년(고려 고종 41년) 9월과 1256년(고려 고종 43년) 4월, 몽고군이 충주성을 공격한다. 그러나 군민이 합세해 똘똘 뭉친 충주성은 끄떡하지 않았다. 이에 몽고군은 목표점을 덕주산성으로 바꿔 공략하기로 한다. 군대가 월악산에 들어섰을 때 갑자기 산안개가 자욱해지더니 천둥이 일어나고 번개가 친다. 때아닌 폭풍우가 몰아쳐 몽고군은 계곡에서 물에 휩쓸려 병사와 군량미를 잃는다. 며칠을 기다려도 비바람은 그칠 줄 몰랐다. 결국 몽고군은 퇴각한다. 전쟁이 끝난 후 고종이 직접 치른 제사에서 "월악산신이 도와 물리쳤다."며 감사를 표한 기록이 고려사에 남아 있다.

덕주산성 동문은 계곡 건너편으로 석벽이 이어지는데, 마애불이 있는 산길로 올라가다 보면 산 중턱에서 다시 석벽이 능선을 따라 줄달음치는 것을 발견할 수 있다. 덕주사 못 미쳐 덕주산성 동문의 끊어진 길 건너편의 첫 번째 성벽이 외성外城이며, 마애불 보러 가는 길에 산 깊은 데서 만나는 두 번째 성벽이 내성內城이다.

덕주사를 보고 내려와 망폭대 앞까지 가면 가장 크고 웅장한 성문 옆으로 석벽이 마치 도미노처럼 산기슭을 따라 올록볼록 물결쳐 가는 것을 볼 수 있는데 이곳이 덕주산성 남문이다. 사방을 감시할 수 있는 문루門樓까지 갖춘 남문은 최근에 다시 손보긴 했으나 다행히 옛 모습을 잘 간직하고 있는 편이다. 산꼭대기까지 이어지는 차벽이 우람하면서도 든든하여 자못 위엄스럽다.

덕주산성은 둘레가 15km에 달하고, 무려 4중의 성벽으로 차곡차곡 포개져 있다. 험준한 지형을 이용해 외적의 침략을 막는 요새로서, 조선 시대에도 임진왜란과 정유재란을 맞아 요긴하게 쓰였다. 조선 숙종 시기에는 유사시 조정의 긴급 피난처로 도모되었을 정도다. 지금이야 성벽이 유실되고, 일부밖에 남아 있지 않으나 간단히 북문과 동문, 남문을 답사하는 것만으로도 이 산성의 거대한 윤곽과 역사적 위세를 속속 실감할 수 있다. 오랫동안 산

덕주산성 남문(사진 제공 : 제천시)

은 가장 높은 검문소였고, 강력한 방패였으며, 안온한 보금자리이자 최후의 대피소이기도 했다. 그 복합적인 가치는 한국 현대사의 여러 사건을 관통하면서 매번 다시 입증된다.

4. 덕주사

덕주산성과 덕주사의 이름은 모두 '덕주 공주'로부터 말미암았다. 박혁거세부터 시작된 신라는 삼국을 통일하고 무려 992년간 존속한 한반도의 대국大國이었으나 서기 935년, 골품 제도가 힘을 잃고 호족이 득세하며 해적까지 들끓어 국가가 어지러운 끝에, 경순왕은 고려의 침략으로 나라를 빼앗기기보다는 자발적으로 폐국하는 길을 택한다. 이어 군신 회의를 거쳐 신라의 국호를 버리고 왕건에게 항복 문서를 전하였다. 그러나 신라의 모든 사람들이 전부 그에 승복한 것은 아니었다.

왕의 직계 자손 가운데, 큰딸 덕주 공주德周公主와 형인 김일金鎰 왕자, 막내 김황金皇 왕자는 고려에 빌붙어 구차하게 연명하기보다, 다른 곳에서 신라의 명맥을 이어가길 원했다. 이에 한 줌의 따르는 무리들과 함께 정처 없는 유랑길을 떠난다. 셋은 금강산으로 향하던 중, 막내 김황이 전주의 동고산, 옛 견훤산성 아래에서 깨달음을 얻어 출가하여 법명을 범공梵空, 모든 것을 부처에 바친다는 뜻이라 짓고 동고사를 세운다(《전주낭독》 북코리아, 2013).

나머지 둘은 계속해서 금강산으로 가다가 문경에서 하룻밤을 묵었는데, 그날 밤 꿈에 관세음보살이 현현했다 한다. 보살은 공주에게 "고개 넘어 서쪽에 가면 서천西天에 이르는 큰 터가 있는데, 거기에 절을 짓고 북두칠성이 마주 보이는 자리에 마애불을 세우라."고 명한다.

아침에 깨어 꿈 얘기를 털어놓으니 웬걸, 김일 왕자도 똑같은 꿈을 보았다는 것이었다. 둘은 서쪽의 큰 터를 찾아가 절집을 짓고, 절벽에 마애불을 새기며 그 후 8년을 공양하였다. 그 장소가 바로 마애불이 있는 절벽이다. 상덕주사上 德周寺. 지금 우리가 찾아가 보는 덕주사는 나중에 지은 아래 골 하덕주사下 德周寺에 해당한다.

덕주사 마애불(사진 제공 : 제천시)

이후 덕주 공주는 아예 불교에 귀의해 덕주사가 있는 송계리에서 일생을 마쳤다 한다. 첫째 왕자 김일만이 신라 회복의 꿈을 포기할 수 없어 홀로 금강산으로 떠났다고. 삼베옷을 입고 풀만 먹으며 간절히 재건을 염원하였다고 하여 사람들은 이후 그를 마의麻衣, 삼베옷 태자라고 불렀다. 아무튼 덕주사 마애불의 얼굴은 덕주 공주의 얼굴을 본 딴 것이며, 그 대척점에 자리해 서로 마주 보고 있는 충주시 상모면 미륵리의 석불입상은 동생인 마의 태자 상이라는 전실도 같이 선해 오고 있다. 진위는 알 수 없으나 덕주사 마애불이 신라의 마지막 얼굴 조각임은 분명하겠다.

그러나 덕주사 창건 설화는 마애불에 얽힌 이야기를 다르게 전한다. 덕주사는 김황과 덕주 공주가 자의로 떠돌다 멈춰 불사를 세운 곳이 아니라 왕건이 신라를 병합하면서 경순왕의 복종을 담보할 인질로 덕주 공주를 감금한 곳이라고. 왕건은 옛 세력이 태자와 공주를 중심으로 신라 복위 운동을 펼까 두려워 덕주사 주변에 여러 겹으로 성을 쌓고, 수만 명의 병력으로 감시했다 한다.

또한 왕건은 경순왕의 큰아들 김일(마의 태자) 역시 충주의 미륵사에 감금해 후환을 대비하였다. 이에 눈물로 나날을 보내던 덕주 공주는 동생을 그리며 그가 있는 남쪽을 향해 마애불을 조각했고, 미륵사의 김황은 누나를 그리며 북쪽을 향해 미륵불을 세웠다 전한다. 엄중했던 나말여초의 정세를 감안한다면, 덕주사 창건기가 보다 현실적으로 정황을 설명하고 있다고 말할 수 있지 않을까.

정사正史에 명시된 기록은 이러하다. 덕주사는 587년(신라 진평왕 9년)에 처음 세워졌고 정확한 창건 연대나 창건자는 표기되어 있지 않다. 본래 덕주사는 지금 우리가 가 볼 수 있는 덕주사(하 덕주사) 자리에서 계곡을 따라 1시간쯤 올라가면 되는데, 가는 길이 고고한 산속인 데다 개울이 흘러 분위기가 적요하고 엄숙하다. 산길이 험해졌다 평탄해졌다를 반복하다가 갑자기 확 넓어지는 곳에 높이 13m에 이르는 거대한 마애磨崖, 돌 위에 새겼다는 뜻여래불如來佛이 나타난다. 보물 제406호. 얼굴이 약간 돋을새김되어 있고, 목 아래로는 쓱쓱 선으로만 표현된 불상은 굵고 투박한 것이 조선 시대 이전의 작품임을 방증한다. 손발이 크고, 목이 없으며 약간 통통하고 간략하게 표현된 모양새가 영락없는 고려 거불 중의 하나다. 화강암 절벽을 거칠게 깎아 낸 마애불은 그러나 덤덤하고 묵묵한 표정이어서 설화처럼 망국의 쓸쓸함을 드러내는 듯 보이기도 한다.

석불의 양어깨 위로는 사각형으로 구멍을 뚫은 자리가 남아 있어 원래는 덧붙여진 건물이 있었음을 어림하게 만든다. 마애불 자리에서 길을 따라 왼쪽으로 더 올라가면 축대와 계단 등 상 덕주사 절터가 남아 있는 걸 볼 수 있다. 한국 전쟁 때 국군이 작전상의 이유로 불태운 흔적이다.

현재의 덕주사는 1970년 중건되었으며, 차츰 규모를 갖추고 작지 않은 절로 거듭나고 있다. 눈여겨봐야 할 것은 약사전에 모셔온 약사불상인데, 원래 한수면 역리에 있었던 것을 충주댐 건설로 인해 마을이 수몰되자 1985년에 옮겨온 것이라 한다. 불상은 몸체에 긁힌 흔적으로 가득한데, 이유는 병자들이 약으로 쓰려고 제 아픈 상처와 같은 부위를 긁어 낸 까닭이라 한다. 그 시절 부처들은 단순히 신앙의 대상이 아니라 현실적 치료약이기도 했던 모양이다. 하긴, 그것이 종교의 본질인 것을.

이야기는 이윽고 계곡물에 몸을 담그며, 더 곡진한 현대사로 넘어갈 것이다.

위치와 교통

월악산 국립공원은 충청북도 제천시 한수면 미륵송계로 1647번지에 자리하고 있다. 관리공단 연락처는 043-653-3250, 홈페이지는 worak.knps.or.kr이다. 본문에서 여러 번 밝혔듯 아주 넓고 큰 산이어서 반나절짜리 탐방 코스에서부터 백두 대간과 이어지는 2박 3일 탐방 코스까지 시간별, 난이도별로 다채로운 여행이 가능하다. 자세한 사항은 홈페이지를 보시라. 덕주사는 제천시 한수면 송계리 산3번지에 위치하고 있으며, 마애불은 그로부터 편도 1시간쯤 개울을 따라 걸어 올라가면 된다. 하 덕주사 자체에서도 보는 풍광이 훌륭하다. 마애불까지 가는 산길이 약간 험난한 편이다. 덕주사 바로 밑에 있는 덕주산성 동문은 제천시 한수면 송계리 산1-1번지에 있고, 가장 웅장한 남문은 제천시 한수면 송계리 96번지, 망폭대 바로 건너편에 있다. 북문은 제천시 한수면 송계리 636번지에 민가

덕주사 대웅보전, 덕주산성 남문

월악산의 나무들

와 어깨를 맞대고 있다. 덕주사가 있는 덕주골(덕주휴게소)까지는 제천 시외버스터미널 정류장이나 제천역 왼편의 남당초등학교 앞에서 980번 버스(덕주 휴게소행)가 일 3회 운행하며, 반대 방향으로는 982번 버스(금용아파트행)가 마찬가지로 일 3회 운행된다. 서울 동서울버스터미널에서도 오전 6시 30분부터 30분 간격으로 시외버스가 96회 있다. 제천역에서 시내버스로 2시간 정도, 동서울터미널에서는 시외버스로 3시간 정도 걸린다. 덕주사는 덕주골에서 하차해 이정표를 따라 15분 정도 걸어가면 된다. 덕주산성 북문은 980번 버스로 송계1리 버스 정류장에 하차하면 바로 코앞이고, 덕주산성 남문과 망폭대 역시 덕주골 정류장에서 내려 하차한 버스의 진행 방향으로 7분 정도 직진해 걸으면 된다. 그러나 모두 제천 시내에서 꽤 먼 곳인 데다 버스편이 원활치 않아 가급적 자동차를 이용하는 편을 추천한다.

잘 곳과 먹을 곳

덕주골 휴게소 부근, 덕주사 올라가는 길 양옆으로 상점과 식당들이 즐비하다. 명승지답게 값이 헐하지는 않으나 먹을 만한 식당들은 다음과 같다. 직접 두부를 쒀 만드는 여주박상궁맛집(제천시 한수면 송계리 104, 043-651-1949)의 두부전골이 먹을 만하며, 제천의 특산물이기도 한 민물 송어회를 특히 잘하는 곳으로 월악송어양식장(충주시 수안보면 미륵리 168, 043-848-4791)이 있다. 만수휴게소 부근에 있으며 값도 괜찮고 맛도 좋다. 숙소로는 닷돈재풀옵션캠핑장(제천시 한수면 송계리 67, 043-653-3250, 월악산국립공원 홈페이지에서 예약), 월악산 덕주야영장(제천시 한수면 송계리 136, 043-653-3250, 월악산국립공원 홈페이지에서 예약), 물이 맑고 계곡이 고운 골뫼골의 천사밸리펜션(제천시 한수면 송계리 1004, 010-8664-1554)도 시설 대비 가격이 좋은 편이다. 사실 이 부근은 각종 펜션과 민박, 식당이 널려 있어 차를 가지고 갈 경우 마음에 드는 곳을 골라 선택하기 편하다.

주변 여행지

월악산은 그 자체만으로도 볼 것이 아주 많은 산이다. 덕주사, 덕주산성, 송계계곡과 용하구곡(제천시 덕산면 월악리 876)을 아울러 도는 코스가 알

폭설이 쏟아지는 덕주산성의 겨울(사진 제공 : 제천시)

차며, 아울러 다음에 다룰 사자빈신사터의 구층석탑(제천시 한수면 송계리 1002)과 골뫼골(사자빈신사터부터 쭉 올라가는 송계계곡의 지류)을 같이 여행하면 더욱 좋겠다. 덕주산성 북문이 있는 송계1리 버스 정류장 못 미쳐 조선 영조 2년 때 세운 황강영당(또는 황강서원, 한수재라고도 불린다. 제천시 한수면 송계리 산33)이 있으니 차로 움직일 경우 그것도 같이 답사하시길 추천드린다.

• 제천 오일장의 명물 중 하나인 가마솥 통닭집

16 | 제천 오일장과 광장분식, 빨간 오뎅

제천 오일장과
광장분식, 빨간 오뎅

다 있다

세상에서 가장 힘든 일 가운데 하나는 역 앞에서 괜찮은 식당을 골라내는 것이다. 터미널이나 공항에서도 마찬가지. 어느 도시나 그런 곳들 앞에는 밥집이 종류별로 가득한데, 여기가 거기 같고 거기가 여기 같아서 도무지 먹을 만한 곳을 찾아내기 어렵다. 아, 역전(역전 앞이라고 쓰고 싶어진다)에 제대로 된 식당이 있을 리가. 그러니 아주 신중하게 선택해야 한다. 이렇게나 먹을 데가 많다는 건 분명 괜찮은 곳도 있다는 이야기일 테니. 순댓국집, 국숫집, 해장국집, 중국 음식점, 김밥집, 돈가스집, 비빔밥집, 김치찌개집, 생선구이집, 몽땅식당(대단히 많은 가짓수의 음식을 만들어 파는 가게)……. 가게를 둘러보고 있자면 등에는 식은땀이 나고, 배는 계속해서 꼬르륵댄다. 세심하게 고르면 고를수록 사정은 점점 더 나빠만진다. 무난하게 김치찌개집이나 갈까 했더니 거긴 홀이 텅 비어 있고(오죽하면 식당에 손님이 없을까!), 국숫집이라도 가려 했더만 바깥에서 보이는 주인장의 인상이 험악해 보인다(불편한 식당이 맛이 있을까!). 그냥 김밥집에서 허기나 때울까 싶다가도, 여기까지 와서 김밥이라니(기껏 여행 와서 김밥천국이 웬말이냐!). 그렇게 몇 바퀴를 돌다보면 신경이 날카로워진다. 편의점에서 컵라면이나 먹어? 아니야, 뭔가 있을 거야……. 휴대폰을 꺼내 '○○맛집'을 인터넷으로 검색해 보더라도 딱히 좋은 수는 나지 않는다. 게시판엔 홍보글이 넘쳐나고 정작 중요한 정보는 생략된 자기만족의 알쏭달쏭 게시물이 대다수를 차지하는 까닭에. 그러다 마침내 폭발한다. "몰라, 아무거나 먹어! 어차피 배만 부르면 됐지 뭐!" 비극은 언제나 그렇게 시작된다. 하여간, 어쨌든, 아무튼, 어차피로 출발하는 길에 해피 엔딩 같은 건 없다. 당연하다면 당연하다. 그러니 이 모든 괴로움을 또다시, 터덜터덜 다시 돌며 처음부터 그대로 반복할 수밖에.

그런 점에서 제천은 복된 도시다. 역 앞에도, 이름난 대물림 중국집(중국 음식점이 맞는 표현이겠으나)이 있고, 재료를 직접 잡아 손질해 내놓는 해장국집도 있으며. 근대 문화유산을 고스란히 가게로 사용하는 국밥집도 있으니. 터미널 부근에도 역시 맛집으로 이름난 중국집이 있고, 지역 특산물(약채락!)을 사용하는 지자체 인증 식당이 있으며, 버섯을 닮은 희한한 모양의 건물에서 음미할 수 있는 칼국숫집이 있다. 값도 그럴싸하다.

그러나 당신이 술꾼이라면, 혹은 여행자로서 지금 막 제천에 도착한 게 아니라 차 떠날 시간을 앞두고 30~40분, 길어야 한 시간 정도를 남긴 이방인이라면 가게를 보는 눈은 달라진다. 어디, 간단히 요기하면서 술 한 잔 마실 곳이 없나? 비싸도 안 되고(알잖아?), 너무 번잡해서도 곤란하고(술이 입이 아니라 코로 들어간다), 역에서 멀어서도 안 되고(취해서 뛰다가 나동그라져 본 사람은 안다)……. 그런 식당 혹은 술집 찾기는 제천에서도 정말 어렵다. 하긴, 어디든 쉬운 곳이 있으랴.

그럴 때면 늘상 내가 찾아가는 한 곳이 있다. 망설임(옛날에, 편의점 아이스크림 냉동고에서 '설레임' 슬러시를 못 찾아 점원에게 '망설임'을 달라고 했던 적이 있다) 따위는 역전에 서성대는 비둘기에나 줘 버려도 좋을 집.

제천의 특산물은 약초다. 제천은 한국의 3대 약초 집산지이고, 넓은 터전에 어엿한 약초 시장까지 운영하고 있을 정도다. 산야초, 야생 버섯, 한약재……. 없는 게 없고, 깜짝 놀랄 만큼 저렴한 가격에 판다. 이를 바탕으로 제천은 '한방'을 특화로 하여 휴양과 치유를 겸하는 한방명의촌을 운영하기도 하고 매년 가을, 한방바이오박람회를 열어 축제까지 벌인다.

그런데 제천을 매일같이 돌아다니다 보면, 이 도시의 특산물은 '시장'으로 보인다. 제천 시내에는 시장이 줄지어 있다. 제천역 앞(역전 앞이라고……) 한

오일장 때마다 세상은 잠시 제천으로 모여든다

마음시장에서부터 시작해, 고추시장, 중앙시장, 내토시장, 동문시장이 거의 쉴 틈 없이 이어진다. 게다가 시장에 사람도 많아서 언제나 북적북적하다. 시장과 시장 사이에는 또한 팔 물건을 직접 가지고 나와 좌판을 벌이는 행상도 많다. 날마다 장에서 신선한 찬거리를 사고 흥정을 벌이는 일을 좋아한다면 제천은 시장판 '쇼핑 천국'이라 할 수 있다.

그뿐만이 아니다. 이렇게 상설 시장이 많은데도 제천은 '오일장'까지 열고 있다. 매달 3일과 8일이면 역전(아……)에는 천막이 쫙 깔린다. 별것 별것 다 판다. 도루묵, 가오리, 아귀, 가자미에다 낫, 호미, 도끼, 자귀까지. 메주, 엿기름, 콩비지, 거위알, 메추리, 화초, 교목에다 베보자기, 초석잠, 산수유, 장독, 도토리 송편, 가마솥 통닭까지. 철따라 단단하고 맛있기로 소문난 제천 사과에다 얼음골 딸기도 곁들인다. 새장을 늘어놓고 말하는 앵무새를 선보이는 트럭도 있다. 닷새마다 펼쳐지는 볼 만한 구경거리다.

오일장 한 구석 간이 테이블에서 핫바나 순대, 고로케 같은 주전부리를 씹으며 장날 구경을 하는 것도 소도시를 여행하는 재미다. 그러나 당신이 술꾼이라면, 또는 모든 여행을 마치고 마지막으로 장터에 들러 한방(제천은 한방의 도시다)에 술과 간식을 해치울 요량이라면 역시 약간은 다른 시선으로 자리를 고르게 될 것이다. 역시, 비싸서도 안 되고(될 리가 없잖아?), 장터를 한눈에 바라볼 수 있는 목이어야 하고(풍수지리!), 돌아갈 기차를 타야 하니 역에서도 가까워야 하고(배불렀을 때 뛰다가 목에서 뭔가 넘어와 본 사람은 안다)…….

그럴 때 찾아갈 한 곳이 있다. 같은 집이다. 바라건대, 그 집에 축복 있으라.

역전(더 이상 말하지 않겠다)에서 바라보이는 시장의 입구 오른편에 정육점이 있다. 그 정육점 바로 옆 칸이 이 이야기의 중심, '역전驛前, 이건 그냥 역 앞이란 뜻이라고요의 명수', '축복의 집' 광장분식이다.

광장분식은 흔해 빠진 분식점이다. 떡볶이, 오뎅, 튀김을 팔고, 여름에는 팥빙수도 취급한다. 핫도그도 팔고, 닭다리를 통째로 기름에 튀겨 내는 '다리치킨'도 있다. 평범한 분식집에서 취급하는 메뉴와 별반 다르지 않다.

제천의 분식점들은 다른 지역과는 약간 나른 오뎅을 취급하는데, 그것이 '빨간 오뎅'이다. 서울이나 부산 등지에서 판매하는 '매운 오뎅'과는 판이한 이 빨간 오뎅은 청양 고추로 매콤하게 맛을 낸 양념을 오뎅에 묻히고, 그 위에 파를 잘게 송송 썰어 올린 제천의 또 다른 특산물이다. 매콤한 양념이 절묘해서 잘 물리지 않고 값도 아주 저렴한 편이다. 싼 곳은 1,000원에 네 개, 비싼 곳도 1,000원에 세 개씩 판다. 맛들이면 평범한 오뎅을 먹기 힘들 정도다.

광장분식도 당연히 빨간 오뎅을 취급한다. 일반 오뎅도 있고, 빨간 오뎅도 판다. 맛이 아주 특별나지는 않다. 이곳의 음식 메뉴들이 다 그렇다. 방금 기름에서 건져낸 튀김이야 당연히 별미고, 떡볶이, 오뎅이야 사실 비슷하다. 가격도 다른 분식점과 대동소이하다. 그렇다고 주인장이 유난히 친절한 것도 아니다.

광장분식의 특색이자 장점은, 그 목(모가지 말고)과 다른 분식점에서 보통 취급하지 않는 한 가지 종류를 추가로 주문 가능하다는 데 있다. 역 바로 앞에 자리한 분식점은 또한 오일장의 입구이기도 해서 장날이면 보너스로 오가는 사람들과 장터의 풍경을 구경하기 좋다. 게다가 당일치기 여행자의 경우에도 기차 시간에 쫓기지 않고 여유롭게 시간을 보내다 코앞의 역으로 걸어가 객차를 탈 수도 있다. 버스 정류장도 바로 앞이어서, 제천 시내에서 의림지나 버스터미널, 솔밭공원, 용두산 같은 명소로 이동하기에도 편리하다.

무엇보다 가장 큰 장점은 분식점인데도 술을 곁들여 마실 수 있다는 데 있다. 소주, 맥주, 막걸리 다 판다. 안주거리야 치킨 다리든, 튀김이든, 오뎅이든 떡볶이든 원하는 대로 주문해 좋아하는 주종과 같이 먹으면 된다. 나처럼 가벼운 술꾼이라면 만 원짜리 한 장으로 거스름돈까지 받으며 기분 좋게 알딸딸해질 수 있다. 열차 출발 30분 전에만 역에 도착한다면 아주 간단하고 느긋하게, 기름 솥에서 막 나온 튀김이나 핫도그, 치킨 다리를 안주로 유리컵이 땀을 흘리도록 잘 식힌 병맥주를 꿀꺽꿀꺽 마실 수 있다. 가격은 헐하고 메뉴는 다채롭다. 이 어찌 축복이 아니랴.

제천역은 가끔 붐빈다. 청풍호에 꽃잎이 흩날리는 4월에, 국제음악영화제가 시작하는 8월 중순의 주말에, 또 오일장이 열리는 3일과 8일마다. 관광 열차의 특별편이 사람들을 실어 날라 의림지와 배론성지를 순례하

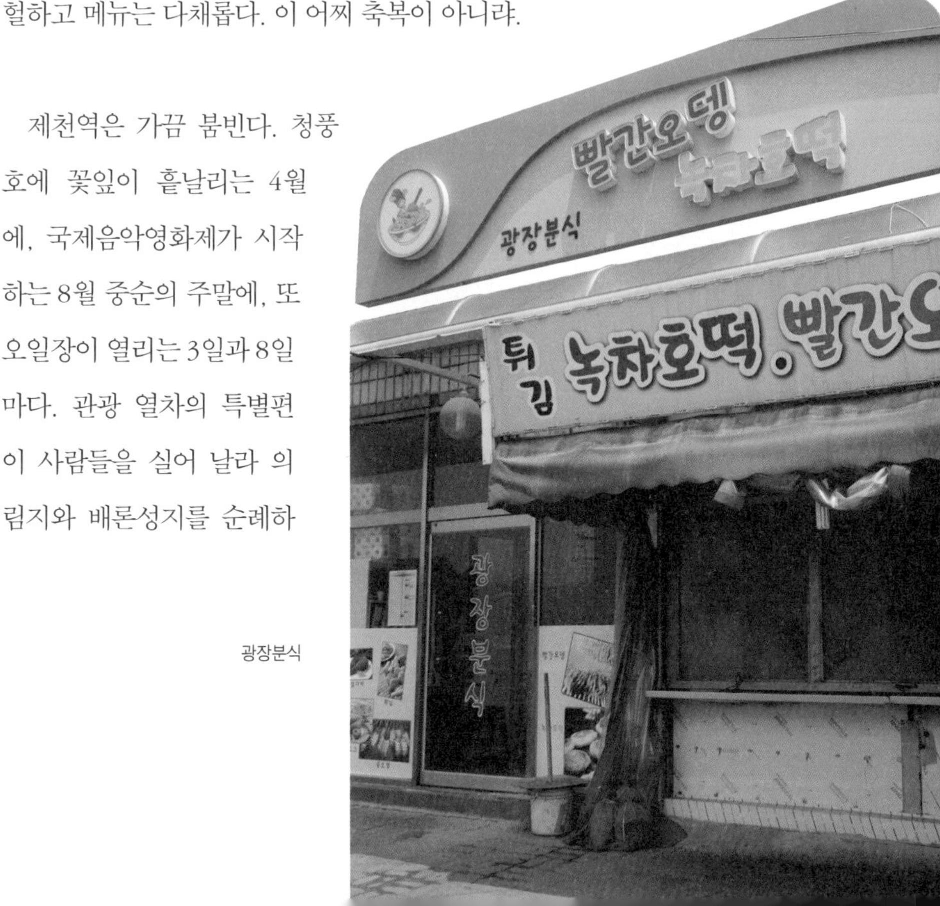

광장분식

제천의 명물이기도 한 빨간 오뎅

는 특정한 날들에. 그러면 역 앞은 자동차와 버스 편으로 넘쳐나고 사람들은 시장과 또 다른 명승지들로 줄을 이루어 흘러 나간다.

그런 날이면 광장분식도 바빠진다. 테이블은 가득 차고, 조리대 앞에서 서서 먹는 손님들도 미어터진다. 주인 아주머니는 가끔 딸인지 며느리인지를 데려와 손을 보탤 때도 있다. 정신없이 튀김을 건지고, 오뎅을 나르며, 떡볶이 한 판을 새로 끓인다. 그 복잡한 가운데, 조리대 뒤편 테이블에 앉아 맥주나 막걸리 한 병을 시켜 놓고 빨간 오뎅 한 접시, 모듬 튀김 한 접시를 받아 입에 넣고 있노라면 마알간 행복감이 솟아오른다. 가끔은 너무들 분주한데, 속없이 좌석만 차지하고 있는 게 아닌가 싶기도 하지만 말이다.

술꾼에게, 또 뜨내기 여행자에게 헐한 값으로 술까지 마실 수 있는 역과 가까운 선술집이 있다는 건 작지 않은 기쁨이다. 푸근하고 소박한 식당, 그러니까 작은 식당을 가진 작은 도시는 그럴 때 빛을 발한다. 긴 겨울을 가진 도시, 걸핏하면 눈보라 쏟아지고 모든 길이 일거에 얼어붙는 이 냉담한 도시도 광장분식에 앉아 있노라면 어느새 살가운 동네가 된다.

마지막으로 뜬금없는 이야기 하나. 봉준호가 감독한 영화 〈괴물〉은 쓸쓸한 이야기다. 가족은 결국 괴물에게 끌려간 아이(현서)를 구하지 못한다. 평론가 김혜리는 그럼에도 이 영화가 관객에게 안도감을 남긴다고 그녀의 책 《영화를 멈추다》(한국영상자료원, 2007)에 적고 있다. 그것은 딸을 잃은 가족이, 새로 밥상을 차려 줄 다른 아이, 현서가 괴물의 식도에서도 필사적으로 끌어안고 있던 한 아이를 받아들이기 때문이라고. 그녀는 그 편의 이야기를 이렇게 갈무리한다.

> 허기를 잊기 위해 현서가 먹고 싶은 걸 물었을 때 세주는 읊었다. "바나나 우유, 소시지, 계란, 핫도그……." 우리에게 필요한 만찬은 한강 둔치 초라한 매점 안에 다 있다.

김혜리가 옳다. 가난한 술꾼에게, 또 곧 제천을 떠나는 떼꾼한 여행자에게 필요한 모든 것은 광장분식 안에 다 있다. 제천은 살 만한 곳이다. 당신들도 곧 알게 될 거다.

위치와 교통

광장분식은 제천역을 나오면 바로 보이는 삼익아파트 상가, 역전한마음 시장 입구 오른편에 있다. 버스 정류장과 면하고 있으며 오일장이 시작되는 입구여서 여러모로 교통이 편리하다. 제천시 화산동 237-19.

3일, 8일마다 열리는 제천 오일장

숙소와 식당은 '노지 딸기밭' 편을 참고하면 되겠다. 단, 본문에서 언급한 식당들만 별도로 밝힌다. 역 앞의 이름난 대물림 중국집은 해동반점(제천시 의림대로 3, 영천동 524, 043-647-2576)이고, 재료를 직접 잡아 손질해 내놓는 해장국집은 서강에서 올갱이를 채취해 올갱이해장국을 끓여내는 소현이네(제천시 의림대로 2길 13, 화산동 238-6, 043-644-1540)이며, 근대 문화유산을 고스란히 가게로 사용하는 국밥집은 제천시락국(제천시 의림대로2길 16, 화산동 238-9, 043-642-0207)이다. 터미널 부근에 맛집으로 이름난 중국집은 유성원(제천시 칠성로 10길 14, 의림동 26-6, 043-644-7486)이며, 지역 특산물을 사용하는 약채락 식당은 우렁각시(제천시 숭문로 20길 11, 의림동 25-34, 043-642-2243)이고, 버섯을 닮은 희한한 건물에서 끓여내는 칼국숫집은 홍굴부추칼국수(제천시 의림대로 24길 4, 중앙로 2가 69-12, 043-646-4122)이다. 모두 괜찮은 곳이다.

제천 시내에 있으니 이 역시 '노지 딸기밭' 편이나 '의림지' 편을 참고하시라.

• 용하구곡(사진 제공 : 제천시)

17 | 월악산 2 _송계계곡과 용하구곡

송계계곡과
용하구곡

【제천 제6경, 7경】

천 개의 고원 만 가지 계곡

1. 천 개의 고원 만 가지 계곡

높낮이를 색깔로 지도에 표시하는 등고선도等高線圖로 제천을 다시 보자면, 평평한 지형을 나타내는 노란색이 넓게 퍼진 부분이 없고 산을 나타내는 연두색이나 초록색으로 둘러싸인 채 점점이 흩어져 있다는 것을 알 수 있다. 제천의 경계 지역은 하나같이 높다란 산들이거나, 아니더라도 호수(청풍호)다. 제천은 평균 해발 고도가 300m에 가까운 가파른 산의 도시, 고원의 도시다. 서울로 치환하자면 제천의 마을들이 모두 서울타워 정도의 높이에 있다고 보면 된다. 시가지는 제천의 북동쪽, 등고선의 노란색이 비교적 드넓게 뭉쳐 있는 지점에 한 뼘으로 존재할 뿐 나머지 마을들은 산자락이 흘러내리는 낮은 구릉에 기대 작은 단위로 흩어져 있다. 제천의 면적은 서울의 150%에 해당하나 인구는 서울의 1% 정도에 지나지 않는다. 그러니까, 제천은 엄청 큰 데 비해, 인적을 거의 볼 수 없는 동네다.

따라서 여행지로서 제천의 강점은 산색이 화려해 곳곳마다 산수화 같은 정경이 펼쳐진다는 점이고, 주거지로서의 제천의 약점은 촌락 간의 거리가 멀어 대중교통 수단인 버스가 산굽이마다 들러야 하므로 이동이 쉽지 않고 또 오래 걸린다는 점이다. 버스 편이 적고 시간을 많이 잡아먹는다는 주거지로서의 단점은 자동차 없이 백팩을 둘러메고 여행할 때의 단점이 되기도 하고, 화사한 산수로 계절색이 뚜렷하다는 여행지로서의 장점은 놀이와 휴식의 터전이 되어 거기서 살아갈 때의 장점이기도 하다.

어찌 됐든 제천 사람들은 산에 의지해 생활을 꾸릴 수밖에 없었다. 고추, 과일, 약초 같은 산밭에서 재배하기 쉬운 것들이 이곳의 특산물이다. 일교차가 크고 일조량이 많은 고원은 거기서 걸러 낸 사과나 복숭아의 당도가 높고, 고추도 매우면서도 달달하다. 벼농사를 지을 만한 평야가 적어 평소에는 쌀밥을 먹을 수는 없었으나 옥수수와 감자, 계절마다 산에서 익어 가는

월악산 영봉 안내석

다래나 머루, 산딸기, 돌복숭아, 나물 같은 부식거리는 여유로운 편이었다.

제천은 그 높은 해발 고도로 인해 보다 북쪽에 있는 서울보다 겨울이 더 춥고 긴 고장이다. 벚꽃은 서울에서 지고도 보름 정도 뒤에나, 목련은 거의 한 달 뒤에나 비로소 피어난다. 봄은 늦지만 그만큼 반갑고 오래 이어진다. 게으른 사람들에게도 제천은 뒤늦게 꽃놀이를 즐길 수 있는 기회를 연장해 준다. 겨울은 반대로 조금 빨리 닥치고, 오래도록 늦장을 피우지만 4월부터 10월까지의 따뜻한 계절은 산하에 뚜렷한 빛깔과 무늬를 드리운다. 노란 꽃들이 봉우리를 터뜨리기 시작할 때부터 나무들이 갈변한 잎사귀를 떨어뜨리며 채도를 높이는 늦가을까지 제천의 산을 바라보는 일은 경탄을 자아낸다. 한 문장으로 축약하자면 이 도시는 기품 있는 산악 마을이다. 그래서 전부터 등산객들 사이에 명성이 자자한 곳이었다.

그러나 꼭 정상을 밟는 등반을 목적으로 하지 않아도, 산은 모두에게 풍성하고 넉넉하게 행복감을 나눠 준다. 즐거움은 꼭 위에만 있지 않고 아래에도 존재한다. 산은 높아지면서 깐깐해지지만 낮아지면서 부드러워진다. 그 모나지 않은 곡선이 물과 만나 이루는 우아하고 매끈한 골짜기가, 한여름 더위의 반대말이기도 한 '계곡'이다.

제천에는 수십 곳 산들이 있고, 그 산들 움푹한 구릉지마다 다시 수십 곳 마을이 박혀 있다. 마을은 대개 물이 흐르는 개울가에 퍼져 있고, 그 개울들은 산세와 만나 상류에서는 좁고 하류에서는 넓게 퍼지면서 골을 이룬다. 골짜기는 꿈틀거리며 폭포로 내리치고 웅덩이를 만들어 넓게 퍼지다 사방으로 뻗어 나간다. 월악산에서처럼 길고 긴 내를 이루며 곧바로 강으로 연결되는 넓은 계곡이 있는가 하면 용두산 점말동굴에서처럼 작고 얕은 시냇물

용하구곡(사진 제공 : 제천시)

로 흐르다 지하수로 스며드는 곳도 있다. 계곡은 그야말로 천차만별하다.

제천에서 가장 큰 산줄기가 월악이고, 가장 큰 계곡 역시 월악이 품은 송계계곡과 용하구곡이다. 옛말처럼 심산深山은 유곡幽谷하여서 높고 험준한 산들은 그만큼 깊고 구불구불한 골짜기들을 거느리고 있다. 송계계곡은 그 길이가 8km에 이르며, 용하구곡은 더욱 길어 16km에 달한다. 물의 곡선이 산세를 따라 휘어지고 고이고 떨어질 때마다 하나의 절경을 펼친다.

2. 기억해야 할 이름, 송계계곡

덕주사 절벽의 마애불이 서 있는 제천시 한수면 송계리에서 그와 서로 마주 보는 석불입상이 자리한 충주시 상모면 미륵리까지의 8km 골짜기가 전

망폭대 설경(사진 제공 : 제천시)

부 송계계곡이다. 그 가운데 월악영봉月岳靈峰, 자연대自然臺, 월광폭포月光瀑布, 수경대水鏡臺, 학소대鶴巢臺, 망폭대望瀑臺, 와룡대臥龍臺, 팔랑소八娘沼 8곳을 꼽아 송계 팔경이라 부른다. 앞서 언급한 영봉이나 자연대, 팔랑소, 망폭대를 빼고서도 다녀볼 곳이 수두룩하다. 용이 승천한다는 5m 넘는 깊이의 와룡대도 놓치지 말아야 할 경관이다.

제천 10경 가운데, 월악산이 제3경, 송계계곡은 제7경에 해당된다. 이어서 다룰 용하구곡이 제6경에 해당하고, 제천에서 차로 이동하면 금수산(제5경)과 옥순봉(제8경)까지 볼 수 있으므로 월악산 자락을 둘러보는 것만으로 제천의 명승지 가운데 절반을 감상하는 셈이다. 명불허전名不虛傳, 이름이 헛되이 전해지는 법은 없다. 송계계곡은 그 차가운 계곡과 시원한 그늘, 평평하고 드넓은 암반층으로 인해 여름철 피서지로 특히 이름난 곳이지만, 굳이 계절을 가릴 필요가 없을 정도로 사철 청명한 기운을 뿜어낸다.

그러나 이 계곡이 다만 보기에 근사한 곳만은 아니다. 송계라는 그릇은 겉모습에서는 상상할 수 없는 선홍빛 주름을 두르고 있다. 산수의 물색 아래 가라앉은 이야기들을 조심스럽게 건져 올려 보기로 하자.

월악산이 고대의 교통 거점으로 마골참이라 불렸다는 얘기를 앞서 했다. 이렇게 왕래가 많은 길목은 소식이 빠르고 물자가 풍부하다는 장점이 있지만 반대로, 검문이 심하고 흐름에 휩쓸리기 쉽다는 단점도 상존한다.

송계계곡에 사람들이 촌락을 형성해 살기 시작한 것은 여말선초 무렵부터였다. 산자락이라 밭 매고 약초 캐고 사냥해 읍내에서 보리쌀과 바꿔 먹는 전형적인 산골 마을이었다. 조선 이후 국가 제도가 정비되면서 청풍강을 따라 남한강으로 연결되는 물길로 세곡을 운반하는 곡물 창고가 월악산 기슭에 여럿 생기면서 거주민들도 늘어났다. 길이 험하고 맹수가 출몰한다는 위험은 있었지만 난리가 나도 숨어 살 산성이 있었고, 세곡의 집결과 운반, 보관과 관련해 품팔이 할 일들이 두루 있어 벌이가 쏠쏠한 촌락이 되었다. 실제로 고려와 조선을 거치는 동안, 여러 전쟁이 있었어도 월악산 내부까지는 외적이 침입하지 못해 확실히 안전이 보장된 지역이었다.

실제로 고종의 비妃인 명성 황후도 이곳 송계마을에 별궁을 지어 대한 제국 말기 혼란했던 시절에 거처를 삼으려 한 바 있다. 지금의 한송초등학교(제천시 한수면 미륵송계로 6길 12, 한수면 송계리 753) 운동장 한 켠에는 별궁의 주춧돌로 사용되었던 거석 10여 개가 남아 있다. 그러나 미처 궁궐이 완성되기도 전에 왜인들에게 참혹하게 시해되면서 별궁은 써 보지도 못하고 건축이 중단된다. 짓다만 궁궐은 '명성 황후 궁터'로 해방 직전까지 남아 있다가 이후 군청과 학교를 건립하는 데 가져다 쓰였다고 전한다. 학교에 남은 주춧돌은 왕족까지 이 지역이 편안하고 안온한 장소라는 사실을 복합적으로 추인했던 증거라고도 할 수 있겠다.

송계마을은 외적에 대해서는 검증된 분명히 안전한 지역이었지만, 적이 바깥에만 있었던 것은 아니다. 1894년(고종 31년) 충주, 송계 지역 동학의 수장이었던 성두환은 척왜양이斥倭攘夷를 부르짖으며 수천여 명의 농민군을 이끌고 월악산 자락에서 전투를 벌였다. 그때 제천은 의병의 중심지로서 가장 치열하게 일본군과 맞붙고 있었는데, 대장 유인석이 본격적인 의병 조직을 제천에 세우고(이를 호좌의진湖左義陣이라 한다. 서울에서 바라볼 때 제천이 의림지의 왼쪽이라 호좌라 불렀다) 철저하게 비타협적으로 항일 투쟁을 전개하고 있었다. 의병 유격대장인 이강년은 이곳 송계마을을 근거지로 삼아 월악산

송계계곡(사진 제공 : 제천시)

자락마다 숨어다니며 충주와 수안보 부근의 일본군을 기습해 혁혁한 성과를 이뤘다. 동학 농민군은 의병과 합세해 충청북도 지역에서 항일의 위세를 떨쳤다. 제천은 그때, 봉기의 고장이었고 월악산 송계마을은 그중에서도 가장 견고한 산악 진지였다.

그러나 모두 알다시피, 의병과 동학군의 반일 투쟁은 절반의 성공, 절반의 실패로 끝난다. 성두환은 전봉준과 함께 서울로 압송되어 참수되었고, 제천의 의병들 역시 탄압을 견디다 못해 나라 밖으로 건너간다. 일본군은 항일과 의병의 본거지였던 제천을 민군을 가리지 않고 도륙해 쑥대밭으로 만든다. 이때 제천은 '지상에 남아 있는 건물이 없을 정도로' 폐허가 되었다고 한다. 현재 제천에 볼 만한 고전 건축물들이 거의 없는 것은 이 때문이다. 살아남은 주민들 또한 해방이 올 때까지 목숨이 붙어 있던 게 용할 정도로 일제에 들들 볶였다 한다.

3. 현대사가 고스란히 담긴 마을

1945년 8월 15일 일본이 항복 선언을 하고 이 땅은 해방을 맞았다. 잠시 기쁨과 자유를 누렸으나 나라가 분단되느냐 마느냐의 문제로 한반도는 남북으로 갈려 서로 대립한다. 각종 청년 단체들이 서로 다른 깃발을 내걸고 정치 투쟁으로 맞붙어 싸울 때 미 군정은 공식적으로 또 은밀하게 좌익 색출에 몰두하고 있었다.

미 군정의 수사망을 피해 '분단 국가 수립'을 반대하던 충북의 급진적인 좌파 단체들이 월악산으로 들어온다. 산에서 은거하며 유격전을 벌이기도 하던 이 '야산대野山隊'들은 공권력과 대치하면서도 기세가 죽지 않았다. 이에 '서북청년단'이 제천으로 들어오게 되는데, 이는 이승만이 군경에 준하는 특권을 준 임의 무장 단체였다. 제멋대로 남의 재산을 몰수하고, 마을 처녀를 겁탈하며 아무나 가두고 매질을 가했던 서북청년단은 사실상 공인된 테러 단체로 한반도 남쪽에서 이미 악명이 자자하던 터였다.

송계마을에서 서북청년단은 '치안대'라는 완장을 차고 경찰권을 위임받아 마구 패악질을 부렸다. 야산대가 있는 곳을 대라며 무고한 사람을 뭇매질하였고, 멀쩡한 가족들이 사는 집을 빨갱이들의 거처로 사용될 수 있다며 불질러 태워 버리기도 했으며, 자신들의 명령에 무조건 복종하지 않는다는 이유로 애먼 친척들까지 잡아다 가두고는 돈을 받고서야 풀어주는 비열한 짓들을 일삼았다. 비슷한 사건들이 갈수록 늘어나면서 이윽고 이데올로기와 무관하게 주민들 전체가 서북청년단과 대치하게 된다. 주민들 중 상당수 젊은이들은 무소불위의 서북청년단이 판치는 세상은 잘못된 세상이라며 월악산에 입산, 야산대들과 합류해 빨치산 활동에 참여하게 된다.

남북 대립이 첨예화되면서, 좌우 세력은 각각 시민들을 자기편으로 끌어들여 세 싸움을 벌였다. 이 같은 과정 속에서 좌우익 정당은 모두 입당 원서를 남발하며 허울뿐일지라도 숫자를 늘리려고 기를 썼다. 1948년 전후에는 국민 전체의 숫자보다 정치 세력의 당원 수가 훨씬 많이 집계될 정도였다. 마을 전체를 파악하고 있는 이장이나 구장, 통장은 이들에게 당원 명부를 손쉽게 채워 줄 수 있는 안성맞춤의 먹잇감이어서 정작 마을 사람들 몰래 주민 명부가 당원 명부로 뒤바뀌는 일이 드물지 않았다.

그러다 보니 군경이나 야산대가 마을을 오가다 이장 집이나 구장 집에서 주민들의 뜻과는 상관없이 작성된 좌우익 정당의 당원 명부를 발견하여, 애먼 사람들을 고문하거나 구금, 심하게는 살해하기도 했다.

1948년 초에는 월악산에 숨어든 빨치산들이 게릴라전을 벌여 한수면사무소를 습격한 사건이 일어났다. 면장을 비롯한 여러 공무원들이 죽고, 경찰지서장까지 크게 다친 심각한 격전이었다. 이에 군경은 월악산 자락의 주민들을 분산시켜 마을을 소개疏開하고 빨치산을 고립시키는 방책을 썼다. 주민들은 집에서 빈손으로 쫓겨났으며, 아무런 대책이나 보상도 주어지지 않았다. 모든 일은 '협조'라는 명목으로 자발적인 것으로 왜곡되었고, 옷가지라도 가지러 집으로 돌아갈라 치면, '빨갱이 앞잡이', '내통 세력'으로 몰려 취조와 매질을 당해야 했다. 산에 갇혀 먹을 것이 모자란 빨치산에게도 송계마을 주민은 식량의 유일한 외부 공급원이어서 동네 사람들은 이래저래 양쪽을 모두 눈치 보고 상황에 따라 복종하지 않을 수 없었다. 5월 10일, 북쪽을 뺀 남한에서만 총선거가 예정되고, 단독 정부가 수립될 움직임이 강해지자 월악산의 빨치산 활동은 더욱 강력해졌다. 선거를 앞두고 한수면 일대의 산봉우리마다 횃불이 올라 일렬로 움직이던 '빨치산들의 밤'을 지금도 공포스럽게 기억하는 노인들이 있을 정도다.

4. 끝나지 않는 참극

남한이 단독 정부를 세우고도, 참극은 끝나지 않았다. 결국 남북은 대립하다 6·25 전쟁으로 전면전을 벌였고, 북한은 초반 우세한 전력을 가동하여 백두 대간을 따라 남하하며 송계마을로 넘어가 경상도의 관문인 조령 새재까지 차지했다. 단박에 서울과 충청 일대까지 북한의 점령 지역이 된 것이다. 그 길목이었던 송계마을은 전에는 남한의 경찰에 시달리다 이제는 북한군에게 근거지를 내주지 않을 수 없었다.

이후 다시 유엔 연합군이 남한 쪽으로 참여하면서 전황이 뒤바뀐다. 인천 상륙 작전을 감행한 연합군이 북한군의 병참선과 배후를 차단하자 남하한 북한군이 고립되었고, 한반도 남쪽 끝으로 내몰렸던 국군도 다시 태세를 정비해 연합군과 함께 북한군을 협공하였다. 북한군은 퇴각할 수밖에 없었으며, 후퇴할 때 역시 들어올 때와 마찬가지로 송계마을을 거쳐 백두 대간을 타고 물러나려 했다. 그 와중에서 적의 근거지이자 교통로가 되었던 송계마을 주민들은 국군이 주변 지역 일대를 회복하면서 공산군과 내통한 불순분자들의 마을이라 하여 치도곤을 당했다. 여전히 빨치산 세력이 월악산에 은거해 잠복하고 있을 때라 송계마을 주민들에 대한 이 같은 악질적인 낙인은 선전용으로 널리 퍼졌다. 일이 있어 촌락 바깥으로 외출하는 마을 주민들에 돌팔매를 던지거나 침을 뱉는 타지 사람들이 많았다고 한다. 자신이 빨갱이가 아님을 증명하기 위해, 타인을 희생양으로 삼을 방법밖에는 없었던 서글픈 시대였다.

월악산 빨치산의 잔여 세력 토벌도 결국 군경이 아니라 송계마을 주민들에게 맡겨졌다. 토벌대는 주민들을 앞세워 그들이 있을 만한 곳들을 하나하나 탐침해 나갔다. 주민들은 총알받이로 빨치산에게 총 맞아 죽기도 했으며, 은신처를 발견하지 못했다고 토벌대에게 맞아 죽기도 했다. 어느 쪽이든 주민들이 살아남을 길은 거의 없었다. 그 시절 사람들의 목숨은 그렇게나 가볍고 만만하며 또 하찮은 것이었다. 두 번의 군사 쿠데타로 독재 정권이 계속되던 1980년대 무렵까지 송계마을 사람들에게 씌워진 '빨갱이'라는 낙인은 여전했다고 한다. 덕주골 부근에서 식당을 운영 중인 한 노인은 그에 대한 질문에 고개를 가로저으며 이렇게 말했다. "그 끔찍한 시절이 정말 끝나긴 끝났는지 몰라……. 지금도 가끔 휴전선에서 충돌이 있었다는 뉴스를 들을 때면 산으로 끌려가 총 맞아 죽었던 친구들이 생각나. 거기 살았던 죄밖에는 없는데, 정말 억울하게 죽었지." 그러고는 질문하던 필자를 쓸쓸한 얼굴로 쳐다보더니 짧게 반문을 던졌다. "젊은이는 그런 날이 와도 살아남을 자신이 있는가?" 나는 무어라고 대답하려 했지만 곧 그만두었다. 노인이 이미 눈으로 말하고 있었던 까닭이었다. 그건 우리가 결정할 수 있는 일이 아니라고. 그때 생사는 다만 우연일 뿐이라고.

비극은 우리가 제 의지로 삶을 결정할 수 없을 때 최고조에 다다른다. 비극은 또한 오래도록 지속된다. 러시안 룰렛에서 살아남은 이들도 끝내 죽어간 이들을 잊어버릴 수 없으니. 참극의 대물림을 끊는 유일한 방법은 생사가 우연으로 결정되는 전쟁이라는 뇌관을 역사에서 결연히 제거하는 것뿐.

5. 송계계곡과 용하구곡

월악산 남쪽 포암산에서 발원하는 달천이 드넓게 흐르면서 제천시 한수면 송계리를 거쳐 충주면 상모면 미륵리까지 8km 넘게 이어지는 골짝이 송계계곡이다. 한반도 남쪽의 산풍경은 언제나 한반도 북쪽의 산 하나에 비견되며 그 명성을 평가받는데, 이곳 역시 마찬가지다. 송계계곡은 충북의 금강산이라 불린다.

송계계곡은 중간중간 기암들이 늘어서 있어 선경처럼 보이며, 두루 맑은 데다 머물러 놀기 좋게 드넓은 암반층이 발달해 충북 전역에서 여름철 행락지로 정평이 난 곳이다. 키 큰 소나무들과 개울이 잘 어우러져 유명한 계곡답지 않은 고아한 멋이 있다. 월악영봉, 자연대, 월광폭포, 수경대, 학소대, 망폭대, 와룡대, 팔랑소와 함께 송계팔경으로 꼽히며 여럿이 더불어 즐기기에 좋다. 특히 덕주골 앞 계곡은 수량이 풍부하고 물이 시원해 별명이 '계곡리 워터파크'일 정도다.

또한 용하구곡은 제천 덕산면과 경북 문경시를 가르는 대미산에서 발원해 월악영봉 남쪽의 만수봉과 문수봉 사이를 가로지르며 협곡을 이룬 곳으로, 만수봉 계류에서 수문동水門洞 폭포, 수곡용담水谷龍潭을 거쳐 관폭대觀瀑臺, 수렴선대水簾仙臺, 청벽대聽碧臺, 선미대仙味臺, 수룡담睡龍潭, 활래담活來潭, 강서대講書臺까지 흘러내린다. 높이 35m, 길이 100m 내외의 높은 폭포가 천연 동굴 위로 내리꽂는 수문동 폭포가 1곡, 맑은 물이 용꼬리 모양을 하며 휘어지는 수곡용담이 2곡, 산맥 아래 시내가 고요히 흘러 신비로운 자태를 선보이는 관폭대가 3곡, 청아한 계곡물이 굽이굽이 웅덩이를 이루는 청벽대가 4곡, 숲속에서 물길이 돌며 흘러 무언가 나올 것만 같은 선미대가 5곡, 물이 거울처럼 맑아 예전에는 처녀들의 전용 목욕탕으로 쓰였다는 수룡담이 6곡, 폭포와 웅덩이가 조화를 이루며 큰 터를 형성한 활래담이 7곡, 가장 높은 지형으로 물 따라 바위가 길게 뻗어가면서 뒤편으로도 둘러싸 예전 선비들이 시 읊고 노래 지었다는 강서대가 8곡이며, 월악산 영봉 아래에서 큰 암반 위로 폭포 쳐 쏟아지는 수렴선대가 9곡이다.

용하구곡은 송계계곡과는 달리 국립공원 지정 구역 안에 있어 비교적 원

용하구곡(사진 제공 : 제천시)

형을 잘 간직하고 있는 편이다. 하설산, 대미산, 문수봉이 계곡을 감싸 안고 있어 자연 그늘이 서늘한 곳으로 여름에 몸을 식히면서 한편 눈을 들어 위엄 있게 솟아오른 산봉들을 감상하기 좋다.

골은 깊고 깊은 골짜기마다 사람들 괴로웠던 흔적은 여실한데, 물길은 이토록 담담하여서 슬픔이나 회한, 괴로움 같은 지극한 감정들도 이 계곡에서만큼은 여울에 실어 두둥실 흘려보낼 수 있을 것만 같다. 그리하여 송계마을 주민들도 끝내 이곳을 등지지 못하고 살아낼 수 있었던 게 아닐지. 굽이굽이 계곡들은 고통과 피눈물을 감내하던 한때와 또 먹먹하게 이를 악물었던 시간, 그리고 과거를 돌이켜 바라보는 현재까지 이곳 사람들과 함께 어우러져 기대고 의지하며 살아낸 공명共鳴의 골짝이 아닐지.

우리는 그냥 넘겨다보는 것이다. 다만 물길 휘돌아 나가는 환하고 곱다란 계곡을. 또 몽고군이든 왜군이든 조선군이든 공산군이든 국군이든 그저 젊은이였을 뿐인 초롱초롱한 목숨들이 수없이 저버리고만 곡절의 기슭을. 아주 감쪽같지만, 결코 잊을 수 없는 겨우 한 세대 전 수난극의 구구절절 처절한 현장을. 그러나,

참하
꿈엔들
잊힐리야.

위치와 교통

송계계곡은 제천 시외버스터미널 정류장이나 제천역 왼편의 남당초등학교 앞에서 하루 3회 있는 980번 버스(덕주 휴게소행)를 타고 2시간쯤 걸려 덕주골 정류장에서 내리면 된다. 거기서 걸어갈 만한 곳에 계곡의 팔경이 펼쳐져 있다. 특히 추천하는 곳은 덕주골 정류장 바로 옆 다리 아래 큰 개울가와 버스로 한 정거장 더 가면 되는 골뫼 정류장에서 시작되는 골뫼골 계곡이다. 사자빈신사터 구층석탑 옆으로 상류로 이어지는 계곡이 깊지 않고 맑으며 순해, 민박이나 펜션에 묵으며 가족 나들이 하기 좋다. 용하구곡은 마찬가지로 980번(덕주 휴게소행) 또는 982번(덕주 휴게소행)을 타고 억수 정류장에서 내려 걸어가야 한다. 덕주골 휴게소 못 미쳐 있다. 그러나 송계계곡, 용하구곡 모두 제천에서 아주 먼 곳인 데다 버스 편이 많지 않아 가급적 자동차를 이용하는 편이 좋겠다.

송계의 가을(사진 제공 : 제천시)

용하의 봄

잘 곳과 먹을 곳

송계계곡은 덕주골 부근의 식당과 숙소를 이용하면 된다. 앞 장 월악산편을 참고하시라. 용하구곡은 국립공원 구역 내에 있어 상대적으로 먹을 곳과 잘 곳이 적은 편이다. 음식을 준비해 들어가거나 덕산면, 수산면 근처(신풍식당 편이나 누리마을 빵카페 편 참조)를 이용해 식사해야 하겠다. 숙소는 용하계곡 캠핑장(충북 제천시 덕산면 월악리 산1-1, 043-653-3250, 월악산국립공원 홈페이지에서 예약)이나 용하계곡 야영장(제천시 덕산면 월악리, 043-653-3250, 월악산국립공원 홈페이지에서 예약)을 이용하거나 용하휴게소(제천시 덕산면 월악리 90, 043-651-6555) 등을 추천한다. 숙박 시설은 송계에 비해서는 적으나 충분히 있는 편이다.

주변 여행지

월악산 자락으로 월악산, 덕주사, 덕주산성, 신륵사(제천시 덕산면 월악리 876)와 사자빈신사터 구층석탑(제천시 한수면 송계리 1002)과 황강영당(제천시 한수면 송계리 산 33)을 두루 돌아보기에 알맞다.

산양이 나온다는 월악산 길

• 산마루 주막의 소박한 풍취

18 | 백봉 산마루 주막

【자드락길 6코스 '괴곡성벽길'】

술꾼의 보람

언제부터였는지는 모르겠는데, 글쓴이는 술꾼이다. 고등학교 신문반 때 선배들을 따라다니면서 운명을 깨달았고, 순순히 그에 따랐다. 원래부터 본성이 어질고 선량했는데, 특히 술 사는 이들 앞에선 더욱 그랬다. 그게 벌써 반 50년을 헤아린다. 인생에서 술을 마시지 않고 산 기간보다 그렇지 않은 기간이 훨씬 많다. 꼽아 보면 주는 술잔을 마다했던 적도 거의 없다. 부지런히 성실하게 마셨다. 한군데서만 쭉 마셨다면 개근상을 탔을 것이다. 실제론 타박만 들었으나. 아무튼 글쓴이는 술꾼이다. 술꾼이었고, 술꾼일 것이다. 틀림없다. 스스로 인정할뿐더러 주변 사람들이 두말없이 보증한다.

술꾼의 세상은 술집으로 가득하다. 낯선 장소로 여행하면, 다른 이들은 맨 먼저 화장실을 찾거나 카페를 찾지만, 술꾼은 당연히 주점을 찾는다. 주점이 없는 경우에는 식당을 찾는다. 식사에다 술 한 병 곁들이면 술상이 되므로. 식당은 주점에 갈음한다. 술꾼은 까다롭지 않다. 없으면 없는 대로, 있으면 있는 대로. 술을 차별하지 않으며, 안주에 구애받지 않는다.

흔히 술꾼은 술이 많아야 행복한 사람이라 여겨지지만, 실은 반대다. 술꾼은 술이 없을 때 불행할 뿐이다. 그는 소박하다. 한 병이면 금세 만족스럽다. 두 병이면 기쁨이 넘쳐나고, 세 병이면 극락을 경험한다. 많이 마신다고 더 흡족해지는 건 아니다. 술도 음식인 만큼 과식은 좋지 않다. 건강을 해치지 않아야 오래 먹을 수 있다. 술꾼이라고 눈앞의 술병만 세는 게 아니다. 미래도 생각한다. 내일 먹을 술, 모레 먹을 술을.

술꾼의 보람은, 여러 가지가 있겠으나 개중 하나는 단골집을 만들었을 때다. 안주가 너무 기름지거나 배부르지 않아서, 술맛을 고스란히 느낄 수 있는, 음복할 때 주위가 시끄럽지 않은, 싸고 조용한 술집. 값이 저렴하고 솜씨가 훌륭한 데다 손님이 적은 술집은 당연히 많지가 않을 뿐 아니라, 그나마 있는 술집도 돌아가며 망하는 터라, 단골 삼을 만한 술집은 흔치 않다. 나이 먹어 한결 성숙해진 지금은 한두 가지 조건을 추가로 요구하게 된다. 이왕이면 자연 재료를 사용할 것, 안주는 최대한 신선하고 싱싱할 것. 그래서 착하고 성실하며 예의 바른 글쓴이는, 가끔 술집 주인들로부터 뜻밖의 호칭을 듣는다. 도둑놈.

각설하고, 제천을 처음 찾게 된 이래, 필자는 당연히 온 신경을 세세한 지역 공부, 다시 말해 동네마다 갈 만한 술집 찾기에 몰두했다. 자연스레 많이 걸었다. 언론 기사나 SNS 정보를 크게 신뢰하지 않는 터라 최대한 많은 곳들을 직접 들러 맛보고 만끽해야 했으므로. 프랜차이즈를 피했고, 지역 먹거리를 사용하며 개인이 직접 운영하는 주점들을 높이 평가했다. 향토색이 뚜렷할수록 좋은 점수를 주었다. 모던하고 세련된 인테리어보다는, 주변과 어울리고 특유의 분위기가 있는 곳에 가점을 매겼다. 잘한다!

오늘 먹고 죽자는 술꾼은 초보 술꾼이다. 좋은 술꾼은 언제나 길게 내다본다. 마셔야 할 술은 많고, 알지 못하는 술집이 부지기수다. 그러므로 술꾼은 겸손해야 한다. 오늘 좋은 술을 마셨다 해서 내일 또 그러리라는 보장이 없다. 따라서 술꾼은 일희일비하지 않아야 한다. 오늘 좋았던 술집이 내일은 문을 닫을 수 있다. 그리하여 술꾼은 겸허해야 한다. 오늘 술값을 낸 친구가 내일 또 그러지 않으리라는 법이 없다. 술꾼은 그래서 낙관적이어야 한다. 얼씨구!

제천에서 내가 꼽은 술집은 많지 않은데, 희한하게도 대개 술집이 아니라 식당들이다. 제천은 근방의 산에서 나는 것들을 원재료 삼아 직접 음식을 만

손두부와 솔잎 동동주

드는 데가 많고, 거기에는 손이 많이 가 주점의 안주로 내놓기에는 급박한 까닭이다. 제대로 키운 콩으로 만든 두부나 장 종류가 잘 발달되어 있고, 근교 강에서 건진 올갱이로 끓인 해장국도 이쪽의 별미인데, 하나같이 밥반찬으로 나오거나 잘해야 해장국으로 쓰인다. 송어회 같은 것도 제천의 별미인데, 확실히 맛은 좋으나 값이 센 편이라 서민이 맘 놓고 이용하긴 어렵다. 제천은 술상을 제대로 보기보다는 밥을 시켜 반주를 곁들이는 게 알맞은 동네다. 그렇게 마음먹는다면, 제천의 술집들은 아주 풍부해진다! 술집보다 식당이 값싼 건 세상의 이치기도 하고.

아무튼, 마음에 드는 주점이 적다는 것이 필자가 제천에 가진 단 하나의 불만이었는데, 그 아쉬움을 술집으로 가득한 시내 유흥가에서가 아니라 산속의 벼랑 앞에서 말끔히 해소할 수 있었다. 세상에 죽으란 법은 없다. 좋은 술꾼은 언제나 박카스 신의 가호 아래 있다.

느티나무 마을, 괴곡리에서 후꾸재를 넘으면 다불리다. 이름만 들어도 새소리가 들릴 것 같은 후꾸재는 실제로 산새들 가득히 저저귀는 숲길이다. 경사가 있지만 험하지 않다. 수산리와 다불암으로 나뉘는 샛길에서 다시 다불암 쪽으로 꺾어 오르면 곧 다불리多佛里다. 다불리란, 마을이 자리한 두무산의 바위들 모양이 마치 불상을 깎아 놓은 듯하다 하여 이름한 것이다. 다불리는 제천에서 가장 높은 곳에 자리한 마을로 현재는 다섯 집만 살고 있다. 쩝. 술집은커녕 평상 앞에 놓인 점방 하나 없는 동네다.

다불리 마을길에서 '사진 찍기 좋은 명소' 이정표를 따라가면 능선길이 나

산마루 주막은 오른편으로 난 산길을 따라 한참을 걸어 들어와야 한다

오는데, 그러면 코앞에 허름한 농가 하나가 보일 것이다. 그곳이 목적지, 바로 백봉 산마루 주막이다.

주막, 이 얼마나 설레는 말인가. 술집도 아니고 주점도 아니다. 벌써 이름에서부터 알싸한 술 향기가 풍긴다. 이곳은 술꾼이 원하는 조건을 고루 갖추고 있어 더욱 방문객을 설레게 만든다.

첫째, 값이 싸다. 메뉴는 부침개, 손두부, 동동주 셋뿐인데, 하나같이 가격은 5,000원이다(2015년 여름 현재). 둘째, 제대로 만들었다. 부침개는 근처에서 기른 산나물로 지져 내고, 손두부는 재배한 콩을 직접 쒀 굳힌다. 동동주 역시 손수 채취한 솔잎을 넣어 소나무 향이 그윽하다. 민속주 경연대회에서 은상을 받기도 했다. 마지막으로 정취가 끝내준다. 쓰러져 가는 농막을 개조해 만든 집이라 낡고 허름하지만, 제천의 깊은 산세가 훤히 들여다보이는 능선에 자리 잡고 있어 눈이 다 시원해진다. 맑은 날이면 멀리 청풍호가 보이고, 가끔씩 불어오는 바람이 산허리를 쓸고 가며 꽃잎을 날린다. 비가 오면 온 사방이 빗소리로 실로폰을 치고, 눈이 내리면 흰 붓질이 천지간에 시작된다. 이 반 개방된 산간 주점은 '천우정天友亭'이라는 별호가 별스럽다 느껴지지 않는다.

전기도 수도도 들어오지 않아, 음식의 전 과정이 주인네들 손을 거치지 않을 수 없는 곳, 거기다 정직한 가격에다 꾸밈없는 조리로 원재료의 풍미가 아주 맛깔나게 살아 오는 곳, 백봉 산마루 주막은 그야말로 술꾼의 보람이다.

주막에서 술꾼이 지켜야 할 덕목은 많지 않다. 첫째, 만취하지 않을 것. 다시 산을 내려가야 하므로. 둘째, 고성방가하지 않을 것. 산은 사람만의 것이 아니고 주막 또한 나만의 공간은 아니니까. 셋째, 두루 알릴 것. 이 좋은 술집이 망해 사라지지 않도록. 술꾼의 즐거움이 커지고 또 늘어나도록.

백봉 산마루 주막은, 이미 이웃들과 등산객, 여행자에 이름나 있어 앞서 적은 덕목이 아주 잘 지켜지고 있었다. 다만 세 번째에 모자람이 있어 책에 적는다. 아직 제천 부근에서만 유명하고 나머지 지역에는 그 이름이 충분히 퍼지지 않은 듯하여.

한겨울 너무 추울 때나 폭설로 길이 막힐 때를 제외하면 거의 매일 연다. 송구하게도 연락처는 개인 휴대폰 번호인 011-9836-9910. 주인네가 근처에 살아, 설령 주막이 비어 있어도 전화하면 금방 온다. 고마웁게도! 미리 예약할 경우, 부뚜막 가마솥에 밥과 찌개를 지어 제대로 된 한 상을 내주기도 한다. 황감하게도!

누군가 그랬다. 인생은 그릇과 같다고. 담아내는 게 전부처럼 보이지만 실은 건네주는 게 숨겨진 효용이라고. 술꾼도 비슷하게 생각한다. 인생은 술병과 같다고. 혼자 비울 수도 있지만 따라 주는 게 본령이라고. 이민하면 술꾼도, 훌륭한 시민 아닐까?

위치와 교통

백봉 산마루 주막은 제천시 수산면 지곡로 2안길 168-92, 수산면 다불리 산26에 자리하고 있다. 전화번호는 본문에 있다. 다불리로 차를 타고 넘어올 수 있으나, 가급적 괴곡리 쪽에서 걸어 올라가는 편이 골짜기와 산세의 아름다움을 두루 느껴 볼 수 있어 더 좋다. 괴곡리 버스 정류장으로는 제천역 왼편의 남당초등학교 앞 정류장에서 하루 4회 953번 버스가 다니며, 편도에 100분 정도 걸린다. 괴곡리에서 주막까지는 걷기에 1시간쯤 소요된다.

잘 곳과 먹을 곳

다불리에는 백봉 산마루 주막 외에 먹을 곳이나 잘 곳이 따로 있지 않다. 수산면의 다른 곳들을 이용해야 한다.
수산면사무소 근처에 산초두부를 잘하는 신풍식당(제천시 수산면 월악로 22길 86, 수산면 수산리 887)이 있으며, 제천식당(제천시 수산면 월악로 26길 71, 수산면 수산리 609-20, 043-648-5020)의 짬뽕, 짜장도 괜찮다. 대형 음식점이지만 컨츄리하우스(수산면 수산리 142-1, 043-648-0120)는 직접 담근 된장을 사용한 정식과 백반을 맛깔지게 낸다.
수산면 부근의 추천 숙소로는 시설이 좋은 해질녘펜션(제천시 수산면 옥순봉로 8길 7-23, 수산면 하천리 179, 043-646-3542, www.sunset210.com)과 마린힐펜션(제천시 수산면 옥순봉로 503, 수산면 상천리 559, 010-8845-1355, www.marinehill.co.kr)을 이용하거나, 조금 떨어져 있지만 꽃단지마을의 한옥황토펜션(제천시 한수면 탄지리 산19, 043-653-0880, 여기도 모노레일 탑승도 가능, www.gotanji.kr)도 값이 좋고 소박해서 묵기에 알맞다. 아예 월악산 쪽, 금수산 쪽, 청풍호 쪽 숙소를 이용하는 것도 괜찮겠다. 연계 여행 일정에 따라 고르시라.

주변 여행지

더불어 갈 만한 곳들은 앞서 괴곡리 편을 참고하시고, 여기서는 제천의 갈 만한 술집(식당)을 소개한다. 제천역 앞 해동반점(제천시 의림대로 3, 영천동 524, 043-647-2576)은 탕수육을 잘하고, 터미널 옆 유성원(제천시 칠성로 10길 14, 의림동 26-6, 043-644-7486)도 탕수육 하면 빠지지 않는다. 청풍 문화재단지 넘어 물태리에 송어회를 잘하기로 유명한 느티나무 횟집(제천시 청풍면 배시론로 4, 청풍면 물태리 133-89, 043-647-0089)은 식사 메뉴로 주문 가능한 송어회덮밥이 특히 일품인데, 최근 시내에 분점(충북 제천시 의림대로 27길 19, 제천시 청전동 947, 043-652-2352)을 내 멀리 가지 않고도 맛볼 수 있다. 제천시는 산천이 좋은 지형적 이점을 살려 '약채락'이라는 브랜드로, 채소가 약이 되는 즐거운 이야기가 있는 지역 먹거리 음식점들을 지정하고 있다. 실제로 이 약채락 지정 식당들은 수준이 높고 맛도 훌륭한 편이다. 그중 터미널과 멀지 않은 홍굴부추칼국수(제천시 의림대로 24길 4, 중앙로 2가 69-12, 043-646-4122)가 특히 저렴한 편인데, '약채락' 마크가 붙어 있는 식당이면 사실 어느 곳을 방문해도 후회하지 않을 것이다.

• 사지빈신사지 사사자 구층석탑

19 | 월악산 3 _사자빈신사지와 사사자구층석탑, 골뫼골

사자빈신사지와
사사자구층석탑,
골뫼골

석탑 하나가 세워지기까지

1. 뜻밖의 삶

삶은 늘 뜻밖이다. 웃으며 떠났던 길 끝에서 통곡하다 돌아오기도 하고 가볍게 챙겨 떠난 배낭에서 나중에 당혹스러운 감정이 솟아나기도 한다. 주저앉았던 곳 바로 곁에서 꽃 한 점 붉은 빛 환하고 내가 바라던 사람의 얼굴은 한순간 차게 식는다. 뜻밖의 생生을 낯설게 만든다. 부여잡고 울 곳들은 적어지다가 마침내 사라진다. 마지막으로 고백할 곳은 거울 속의 자신뿐이다.

기원이 필요해 절에 다녀오고 싶었다. 그러나 번잡하지 않았으면 했다. 가는 동안 마음을 정리할 수 있도록 조금 먼 곳이길 바랐다. 그러다 알았다. 꼭 절이 아니어도 된다는 것을. 아니, 반드시 절이어야 할 이유도 없다는 것을. 지도를 펼쳐 폐사지 몇 군데를 짚어 보다가, 월악산 자락 속 깊은 마을, 골뫼골의 사자빈신사지獅子頻迅寺址에서 동요가 가라앉았다.

서력기원 1022년, 고려 현종 13년에 창건된 사자빈신사는 조선이 건국되기 직전에 폐허가 된다. 전각은 스러지고, 풍경 소리는 가뭇없다. 찾는 이라곤 대개 흩날리는 꽃잎뿐이기 쉽다. 그래도 돌로 만든 것, 돌에 새긴 것들은 애초의 자리를 떠나지 못해 풍화를 견디고 세월 속에서도 묵묵하였다. 그 쓸쓸함을 빌려 내 속의 아우성들을 가라앉히고 싶었다.

찾는 사람 많은 월악산, 그중에서도 가장 번잡한 송계계곡을 쫓아가다, 덕주골 지나 망폭대와 덕주산성 남문을 통과해 와룡대 쪽으로 가다 보면 왼쪽으로 뻗어 들어가는 작은 골목길과 그 앞에 자리한 버스 정류장을 볼 수 있다. 골뫼골, 송계계곡의 샛개울에 의지한 마을이다.

골짜기와 산, 이라는 마을 이름에서도 알 수 있듯이 골뫼골은 산골짜기 깊숙이 스며든 동네다. 초입으로 들어서면 제법 넓은 웅덩이가 나오고, 그로

산촌과 어우러진 작고 깨끗한 골뫼골계곡

부터 개여울은 한참 동안 마을을 거슬러오른다. 포장도로는 개울을 면한 민박 · 펜션촌과 더불어 끝나서 좁고 울퉁불퉁한 옛길이 산그늘 촘촘한 데까지 이어진다. 산의 중허리에는 망개나무 자생지가 있고, 좁다랗지만 세찬 계곡에서는 참종개, 꺽지, 퉁가리 같은 토종 물고기가 노닌다. 월악산을 통틀어 엄지손가락에 꼽히는 조용하고 깨끗한 마을이다.

그 동네 어귀, 웅덩이 옆으로 돌계단 정성껏 놓여진 자리가 있다. 바로 옆에 산장이 있어 그 집으로 에돌아 가는 길인가 생각하기 쉽지만 올라가 보면 뜻밖에 넓은 터가 나오고, 그 한가운데 돌탑 한 기가 서 있다. 그 밖에는 아무것도 없는, 어쩌면 휑뎅그렁해 보이기까지 하는 무너지다 만 돌탑 하나만. 표표하게 혹은 막막하게.

2. 강조의 정변

서기 997년, 고려의 목종이 18세 나이로 왕위에 오른다. 성년이 될 때까지는 그의 어머니 천추 태후가 정사를 맡기로 한다. 전부터 그녀는 외척 김치양과 놀아나 궐 안팎이 시끄러웠는데, 이에 선왕先王이었던 성종은 김치양을 유배 보낸 바 있다. 그러나 아들이 왕이 되고, 자신이 국정의 중심이 되니 그녀는 거리낄 것이 없었다. 김치양을 다시 불러 높은 벼슬을 내렸으며 전과 같이 통정하였다. 김치양은 사실상 국가의 2인자로서 그를 따르는 일파들이 조정에 넘쳐나게 되었다.

그러나 목종은 아무 말도 하지 못했다. 본디 성정이 어리고 효심이 깊은 탓이었는지 다만 우유부단했는지는 알 수 없다. 속을 태우며 그저 태후의 명령을 따라 외는 꼭두각시 역할만 한 끝에, 병을 얻어 자리에 눕는다. 그 와중에 태후는 김치양의 아들을 낳는다. 둘은 목종의 뒤를 저희가 난 자식으로 이을 계책을 꾸민다.

목종은 몰래 중추원 부사를 불러 왕위를 적손인 대량원군이 잇도록 해야 한다고 당부하고 서북면 순검사로 있던 강력한 호족 세력인 강조를 수도 개경으로 불러들여 난리를 대비하라 부탁했다. 목종이 이미 죽었다는 소문이 돌고, 천추 태후와 김치양의 패륜담이 아이들 입에까지 오르내리는 등 민심마저 흉흉할 때였다.

어명을 받아 5,000 군사와 함께 개경으로 온 강조는 그러나 다른 뜻을 품는다. 궁궐을 장악해 나약하기 짝이 없는 왕 목종을 폐위시키고 대량원군을 새 임금(현종)으로 삼았다. 김치양과 그의 아들을 참살하고, 폐위된 목종과 천추 태후를 충주로 귀양 보냈다. 유배길 도중에 목종을 살해하고 태후는 황주로 쫓아 버린다. 도륙한 주검들 위로 강조의 천하가 펼쳐지고 있었다.

당시 동아시아의 정세는 혼란스럽기 그지없었다. 고려와 사대하던 송나라는 눈에 뜨게 쇠잔해졌고, 반면 거란이 세운 요나라는 신흥 대국으로 위세를 떨쳐 갔다. 고려는 송과 계속 친교하면서도, 요의 눈치를 보지 않을 수 없었다. 요는 고려에 송과의 국교를 끊고 저에게만 조공을 바치라 명했다. 고려가 확답을 차일피일 미루자 요는 993년(성종 12년) 결국 소손녕을 필두로 고려를 침략하게 된다. 이에 문신이었던 내사시랑內史侍郎 서희가 담판하여 요의 영토 일부(강동 6주)를 고려에 복속시키는 대신, 송과의 관계를 단절하고 요와 사대를 맺는 조건으로 화친하고 물러가게 된다. 고려사의 잊히지 않는 성공적 외교 회담이겠다.

새로 왕위에 오른 현종은 요나라에 사신을 보내 왕위 교체를 알렸고 변함없이 국교를 이어가자는 뜻을 전했다. 하지만 요의 성종은 이신벌군以臣伐君이라 하여 신하(강조)가 군왕(목종)을 벌하는 불충을 인정할 수 없다는 빌미로 직접 40만 대군을 몰고 홍화진(지금의 의주)을 공격한다. 이것이 거란의 두 번째 고려 침략이었다.

3. 이상한 충의忠義

40만 군사의 포위로도 홍화진이 버텨내자 요는 20만 대군을 빼돌려 이웃한 통주로 쳐들어간다. 당시 강조는 군사를 거느리고 통주성 남쪽에 매복해 있다 급습하여 요와의 첫 싸움을 승리로 이끈다. 그러나 전투는 한 번으로 끝나지 않고, 강조는 끝내 포로로 잡힌다. 이신벌군을 명분으로 전쟁을 벌였던 요의 성종은 기이하게도 강조를 회유해 제 신하로 삼으려 한다. 하지만 강조는 "나는 고려인으로 요의 신하가 될 수 없다."며 충성을 거부하여 끝내 참수되고 만다. 제 손으로 두 명의 임금을 섬기고 세웠으면서도 또 다른 임금은 섬길 수 없다는 묘한 논리였다. 요는 내친김에 개경까지 접수하고, 현종은 계속 떠밀리며 남으로 남으로 하염없이 후퇴한다. 강조의 비호 아래 힘없고 명분 없는 왕이었던 현종은 피난길에서 연이어 푸대접을 당하는데, 수도를 버리고 떠날 때 따르는 신하가 겨우 10여 명에 불과했는가 하면, 그들 역시 남하하는 도중에 속속 현종을 버리고 도망쳐 나주에 이르렀을 때는 보필하는 이가 두셋에 불과하였다. 심지어 피난길에 왕을 급습하는 지방 세력들이 한둘이 아니었다. 동네 아전이 현종에게 반말을 일삼는가 하면, 임신

한 왕후를 내버려두고 우리끼리만 떠나자는 등 그나마 왕을 호위하던 무리들의 대접과 처신도 참담한 지경이었다. 외적의 침입 속에서도 왕은 백성의 동정조차 얻지 못했다.

다행히 명장 양수가 요군의 뒤를 치며 귀주에서 역습해 왔고, 남쪽의 군사들도 세를 불리고 진열을 정비해 대치가 장기화되었다. 고려가 화친을 제안하자, 요의 성종은 '현종이 요나라 궁궐에 입조入朝, 궐에 들어와 직접 명을 받들 것할 것'을 조건으로 화친을 수락하고 퇴각한다.

화친이 성립됐으나 요나라 군대가 한반도를 빠져나가는 일이 쉽지는 않았다. 고려의 거란에 대한 감정이 좋지 않았던 데다, 요의 군졸들이 화친 후에도 고려에 대한 약탈을 계속했기 때문이었다. 돌아가던 요군은 귀주 부근에서 고려군의 매복 공격을 받아 수만 명이 전사했으며 압록강 지역에서 다시 한 번 역습을 받아 남은 병사 중 상당수가 물에 빠져 죽었다. 이름만 화친일 뿐 서로 상처가 적지 않았던 요와 고려는 그 뒤로도 끊임없이 맞붙었다. 현종은 요에 입조하지 않았고, 요는 이를 구실로 국경 지역에서 잦은 침략을 벌였다. 1018년(현종 9년), 요는 다시 고려 정벌에 나섰다. 세 번째 침략이었다. 소배압을 장군으로 삼아 병사 10만 명을 내려보냈는데, 장수 강감찬이 홍화진 삼교천에서 상류의 물을 소가죽으로 막아 요군이 마음 놓고 건너게 했다가 일시에 터뜨려 절반을 수장시키고 남은 군사를 공격하여 대승을 거뒀다. 요군은 패퇴해 귀주로 돌아가던 중에 다시 강감찬의 계략에 빠져 거의 전멸한다. 결국 1019년(현종 10년), 요와 고려는 강화를 맺고 서로 침략하지 않을 것을 확약하기에 이른다.

4. 석탑이 세워지기까지

사자빈신獅子頻迅이란, 사자가 울부짖으며 떨쳐 일어나는 모습으로 화엄경에서 부처가 중생을 구제하기 위해 나타나는 경지를 말한다. 거란의 침략을 물리치고 나라를 지켜낸 고려는 종전 후 4년 만인 서기 1022년(현종 13년)에 호기로운 기세로 사자를 표방한 절을 지었다. 네 마리 사자가 호위하는 구층석탑을 올리고는 국가의 안녕과 종교적 평화를 기원하였다. 그 여흔이 골뫼골 어귀 돌계단 위에 아직 서 있다.

원래 아홉 단의 고층탑이었으나 지금은 4층만 남은 돌탑은 여직 늠름하고 장중하여서 월악에 얽힌 오래된 이야기들을 줄곧 전하고 있다. 위 기단의 몸체를 받치고 있는 네 마리 사자는 으르렁거리고, 그 한복판에는 두건을 쓴 인물상이 지권인智拳印, 왼손 집게손가락을 오른손 주먹 속에 넣는 모습을 하고 앉아 있다. 인물상의 머리 위로는 연꽃이 화려하게 피어났다. 기단에도 운판인지 연꽃인지가 새겨져 있으며, 상층의 갑석에도 대담한 문양이 연속된다. 본래대로

봄날의 석탑 풍경

높은 탑이었다면 그 모양새가 훨씬 더 날씬하고 의젓했겠다. 그러나 지금의 모습도 충분히 우아하고 위엄스럽다. 사사자구층석탑은 이보다 100년 정도 앞선 구례 화엄사의 사사자삼층석탑을 본뜬 것이라 한다. 그렇지만 비례와 품새가 비슷할 뿐 디테일이 전혀 다른 고유한 석조 유물로 1963년 일찌감치 보물 제94호로 지정된 바 있다.

석탑의 맨 아랫단 정면에는 연원을 이렇게 적고 있다.

> "불제자인 고려국의 중주 월악 사자빈신사에서 동량들이 받든다. 대대로 성왕들이 영원히 만세를 누리고, 천하가 태평하며, 법륜法輪, 부처의 가르침이 이 세계에서 항상 전해지기를 바란다. 영원히 우리의 적이 소멸된 후에 우연히 사바세계에 태어나서 이미 화장 세계를 알았으니 곧 정각을 깨우칠 것이다. 삼가 구층석탑 하나를 만들어 영원히 공양할 것이로다. 태평 2년(1022년, 현종 13년) 4월 삼가 쓴다."

빈신사지 조각상의 지권인(智拳印)

그 뒤로 1,000년이 흘렀다. 절간은 온데간데없고, 왕들도 천년만년을 살지 못했다. 법륜은 300여 년 만에 유교 국가 조선이 세워지면서 크게 위축되었고, 누군가가 깨달음을 얻었다는 풍문뿐 종교는 여전히 속세에서 난투극을 벌이고 있다. 호국의 일념으로 세웠던 네 마리 사자가 호위하는 9층 돌탑은 끝내 무너져 지금은 절반만 남았다. 외로운 석탑뿐인 텅 빈 폐사지의 풍경은 해가 저물면서 더욱 쓸쓸해 보인다.

전부 뜻밖의 일이었을 것이다. 목종은 어린 나이에 제가 왕이 될 줄 알지 못했을 것이며, 천추 태후 역시 김치양을 다시 볼 수 있게 될 줄 몰랐을 것이다. 김치양 역시 태후와의 사이에서 아들까지 보게 될 줄 짐작했을까. 현종 역시 그런 식으로 즉위하게 되리라 생각지 않았을 것이며 요의 성종 역시 두 개의 중국 사이에서 잔꾀나 부리던 고려에 전쟁을 벌이기 맞춤한 일이 벌어지리라고는 기대하지 않았을 것이다. 전쟁 역시 어느 한쪽이 마음먹은 대로 흘러가지 않았다. 요는 세 번이나 침략했으나 이룬 바가 미미하였고, 고려는 탁월했던 한 장수의 덕택으로 가까스로 살아남아 절과 탑을 세워 그 승리와 기원을 기록하였다.

하나의 석탑이 세워지기까지, 이렇게나 많은 일들이 있었다. 모두 뜻밖의 일들이었다. 원래 삶은 우연이 연속되는 일이지만, 힘 있는 자가 그런 우연을 핑계로 자리를 탐하거나 사사로이 이득을 취하려고 할 때, 남을 해하면서까지 저만 부유해지고자 할 때, 그때마다 산은 불탔고 젊은이들이 끌려가 죽었으며, 세간에는 곡소리가 가득하였다. 그런 일들은 지금도 벌어지고 있다. 필요도 없는 댐을 짓기 위해 마을을 해체하거나 힘 있는 나라의 눈치를 살피려고 잘못된 전쟁에 참전하거나 이웃 국가를 향해 미사일을 배치하고, 납득하지 못할 이유로 초고층 빌딩을 불안한 모래땅 위에 세워 올리는 행위는 그대로 불교에서 말하는 세 가지 독, 탐진치貪瞋癡, 욕심과 성냄과 어리석음의 현시일 것이다.

이제 우리는 건물이나 조각을 세우면서 예전처럼 연원을 기록하지 않는다. 그러나 전말은 결국 수록된다. 우리가 시간을 돌이켜, 이 사사자구층석탑이 비롯되고, 일어나며, 무너진 일들을 하나하나 헤아렸듯이. 정비라는 명목으로 강을 마구 파헤쳐 직선화할 때, 기업의 이익을 보장하기 위해 원주민과 상인을 몰아내고 결국 살해하는 재개발을 강행할 적에, 인파로 시름하는 산에 케이블로 차량을 오가게 만들어 입산자를 더욱 늘리려 획책할 때, 그것들은 결국 슬픈 기념비, 쓰여지지 않았으나 또렷한 명문銘文으로 공동체의 바벨탑이 될 것이며 악화가 양화를 구축해 지옥을 현세에 구현할 것이다.

석탑 하나가 세워지기까지, 그렇게나 많은 일들이 있었다. 그러나 지금, 우리 곁에서 치솟고 있는 석탑들은 또 얼마인지. 또한 그들은 심지어 세워지기도 전에 이미 무너져 가고 있는 건 아닌지. 절반밖에 남지 않은 석탑을 보고 또 보다 등지고 돌아서는 일은 끝내 소슬하였다. 1,000년 전에 일어난 일들이 다만 지나간 일들은 아니므로. 우리는 다시 또 엉뚱한 이야기만 늘어놓으며 서로를 치댈 뿐이므로. 모든 죗값은 다른 누구도 아닌, 결국 우리가 치르게 될 몫이므로.

저녁이 내린 폐사지는 고요하였으나 곧 벌어질 일들로 마음속이 시끄러웠다. 미래는 의외로 확실했다. 예고된 재앙이 닥칠 것이니까. 그것만은 뜻밖의 일이 아니었다. 행인지 불행인지 판단하기 어려웠다.

※위치와 교통, 잘 곳과 먹을 곳, 주변 여행지 정보는 앞의 송계계곡과 용하구곡 편과 겹친다.

• 한겨울의 자양영당

20 | 자양영당

바보들의 도시

1945년 해방을 맞아 마침내 귀국한 김구 선생은 자신을 기다리는 빽빽한 일정과 행사를 뒤로하고 흰 두루마기와 뿔테 안경 차림 그대로 동지의 무덤을 찾아온다. 초라한 묘 앞에서 그가 직접 바쳤다는 고유문告由文이 지금까지도 전해 온다. "대한민국 28년(이 연도는 임시 정부 수립부터 기원한다) 8월 17일 김구는 삼가 유인석 선생 영령에게 고하나이다. …… 나라를 위해 무엇을 어떻게 해야 할지 가르쳐 주십시오."

해방이 되었으나 혼란은 잦아들지 않았다. 신생 국가 대한민국은 여전히 미소 양강의 손아귀 아래 한 치 앞을 모르는 대리전 양상으로 접어들고 있었다. 어렵게 광복한 나라가 쪼개질 수도 있었다. 민족주의자 김구에게 분단이란 곧 공멸로 가는 지름길이었다. 그가 봉분 앞에서 엎드려 하소연했던 것은 비극적인 운명을 예감했기 때문이었을 것이다. 한 치 앞을 내다보기 힘든 정세 속에서 이 땅의 운명이 우리 손에만 맡겨 있지 않다는 것, 결국 어느 한쪽의 입김 아래 역사적 책임과 정치적 후폭풍까지 모두 자신들이 짊어지게 되리라는 것 말이다. 따라서 그는 찾아온 것이다. 블라디보스토크까지 옮겨 가면서도 조선 13도의 의군을 총 관할하며 독립국의 의지를 꺾지 않았던 친구의 묘소에.

자양영당 뒤편 묘소로 올라가는 길

이야기는 50년을 다시 되감아 간다. 1895년 우리나라 땅에서 청과 전쟁을 벌여 승리한 일본은 명성 황후를 시해하고 내정을 좌우하며 단발령까지 내렸다. 조선은 당연히 들끓었고, 박달재 고개 아래 장담마을(지금의 제천시 봉양읍 공전리)의 선비들도 예외가 아니었다. 성리학을 바로 세우고(위정衛正) 사악한 것을 배척하자(척사斥邪)는 기치 아래 유생들이 주축이 되어 1896년 1월 제천 의병으로 봉기한다. 처음엔 경기도 지평의 포수 부대가 주축이었지만, 유인석柳麟錫이 대장을 맡고 장담마을 선비들이 주축을 이루게 되면서 '호좌의진湖左義陣, 호좌란 호서란 의미와 같이 의림지의 서쪽을 뜻한다'으로 단단히 뭉쳤다. 제천 의병은 혁혁한 전과를 올린다. 충주성을 장악하고 친일 관찰사를 처단하였으며, 충북에서 수많은 마을들을 장악하고 경기도 이남, 충청도 남부, 경상도 남부까지 세력을 넓혔다. 박달재와 월악산의 산악 지형을 바탕으로 매복과 게릴라전을 거듭하며 끈질기게 일본군을 괴롭혔다. 제천 의병은 19세기 전후 한반도 전역 의병 운동의 알파이자 오메가였다.

호좌의진은 최신 무기를 동원한 일본군의 역습으로 고전하게 된 이후에도 기가 꺾이지 않고 다른 지방으로 영향력을 퍼뜨려 갔다. 아관 파천 이후 유약해진 고종이 해산 명령을 내려 일단 흩어졌지만 재봉기하였고, 일본과 관군의 집요한 섬멸 정책으로 의병의 근거지인 제천이 쑥대밭이 된 후에도 황해도와 평안도로 진지를 옮겨 가면서 줄기차게 싸움을 벌였다. 한반도 내 의병이 무력화되자 압록강을 건너 외국으로 넘어가서도 투쟁을 포기하지 않았다. 바다 밖에서도 계속된 무장 항쟁의 중심에는 여전히 유인석이란 이름 세 글자가 있었다.

조선의 정세는 그러나 계속해서 악화되고 있었다. 1905년 외교권이 박탈되고, 강제 합병의 조짐이 확연해지자 주천과 단양에서 원용팔과 정운경을 중심으로 다시 제천 의병이 봉기한다. 1907년 고종이 쫓겨나고 조선 군대가 해산되었을 때도 이강년을 대장으로 제천 의병은 다시금 일어났다. 호좌의진은 국내에서 다시 이강년과 제천 의병으로 이어지며 소백산 지역에서 일본 군경에 승리를 거두었고, 기세를 몰아 경기도 가평 지역까지 진군해 한양을 눈앞에 두기도 했다. 제천 의병에 혼쭐이 난 일본군은 화풀이로 제천 시내를 무차별 파괴하고 무고한 양민들을 도륙하는 만행을 저지른다. 영국《데일리 메일Daily Mail》의 아서 멕켄지Arthur Mckenzie 기자가 그 내용을 '조선의 비극'이라는 제목의 기사로 써 세상에 알려졌다.

"나는 말에서 내려 잿더미 위를 걸어서 거리로 들어갔다. 이렇게까지 (도시가) 완전히 파괴된 것을 이전에 본 일이 없었다. 한 달 전까지만 해도 번화했던 거리였는데, 그것이 지금 시커먼 잿더미와 타다 남은 것들만이 쌓여 있을 따름이었다. 완전한 벽 하나, 기둥 하나, 된장 항아리 하나 남지 않았다. 이제 제천은 지도 위에서 싹 지워져 버리고 말았다."

1910년 한일 합병 이후에도 비록 세는 줄어들었으나 의병항쟁은 계속되었다. 유인석은 1910년 해외 의병 세력과 계몽 운동 세력을 합쳐 13도의군十三道義軍을 결성하고 도총재에 오른다. 유인석은 이상설과 함께 고종의 블라디보스토크 파천까지 구상하여 광복에 이를 때까지 긴 싸움을 이어가려 했다. 결국 제천 의병은, 구한말 의병 항쟁을 이끌었고, 1900년대 초반 해외 무장 투쟁의 총본산이었으며, 1920년대 독립군의 모태가 되었다. 다시 말하자면, 제천의병은 임시 정부와 대한민국 수립을 잇는 적통의 계보를 담고 있다.

한편 유인석의 의병 항쟁에는 평가가 상반되는 부분도 있다. 세상을 변혁하기보다는 그저 원래 있던 왕조를 지키려 했을 뿐이었고, 18세기때부터 이미 아무런 효용을 발휘하지 못했던 성리학을 글자 그대로 떠받드는 수구적 이념을 기반으로 했으며, 양반층이 주도하여 의병 내 계급 차별의 문제도 있었다. 반면에, 희생을 각오한 자발적인 봉기였고, 차츰 내부적인 문제점을 깨달아 임시 정부의 통합적 독립운동과 궤를 같이 하게 되었으며, 불리한 상황 속에서도 끝까지 투쟁을 견지하였다는 의의도 있다.

자양영당紫陽影堂은 원래 유인석의 스승 유중교가 세운 창주정사創州精舍가 있던 자리로 후학을 양성하던 서당이다. 을미사변 이후 유인석이 팔도 유림을 모아 비밀리에 의병을 논의하던 자리다. 홍살문과 서당, 사당 건물에 유인석의 거택, 의병진시관을 더해 조선 말 의병 운동의 중심지, 대한민국의 발원지로 재탄생했다. 성리학을 집대성한 주희의 호를 따 자양이란 이름을 붙였고, 성리학의 주요 인물들과 유인석, 이소응 등 대표적 의병장의 영정을 봉안하고 있다. 충청북도 기념물 제37호.

이곳은 가볍게 놀러올 만한 곳이 아니어서, 권해도 좋을까 아닐까를 오래 고민하게 된다. 한국의 기원에 관심이 있는 이라면, 무장 항일 투쟁의 뿌리가

옆에서 바라본 자양영당

궁금하다면, 아이들과 함께 역사의 현장에 들러 보고 싶다면 찾아오시기를.

맥켄지가 썼던 기사 〈조선의 비극〉에는 당시 의병의 육성이 인용되어 있다. "우리들은 죽을 수밖에 없습니다. 그러나 그것으로도 좋습니다. 일본의 노예로 살기보다는 자유로운 인간으로서 죽는 편이 훨씬 낫습니다."

《바보의 모든 것》(Yu Muraoka 지음, 서울문화사, 2014)이란 책에 보면 '세상은 싸우는 자를 바보라고 부른다.'는 말이 나온다. 제천은 숱한 희생을 맨몸으로 감당한 '바보들의 도시'였다. 다른 곳과는 달리, 제천이 지금까지도 번듯한 옛 건물을 거의 보존하고 있지 못한 이유가 1907년 의병에 분노한 일제의 대규모 살육과 파괴에 있다. 1962년 정부는 유인석에게 대한민국 건국훈장 대통령장을 추서해 그 용기와 희생을 기렸다. 노예로 살기보다는 인간으로서 죽겠다는 그 다짐은, 충분히 풍요로워졌으나 여전히 무언가의 노예로밖에 살 수 없는 2000년대 우리의 삶을 흔들어 깨우는 바가 있다. 지금 우리는 누구를 위하여, 무엇에 대하여 봉기해야 할 것인지.

공전리는 말이 없다. 다만 그때처럼 다시 한 번 바보들을 찾고 있을 뿐.

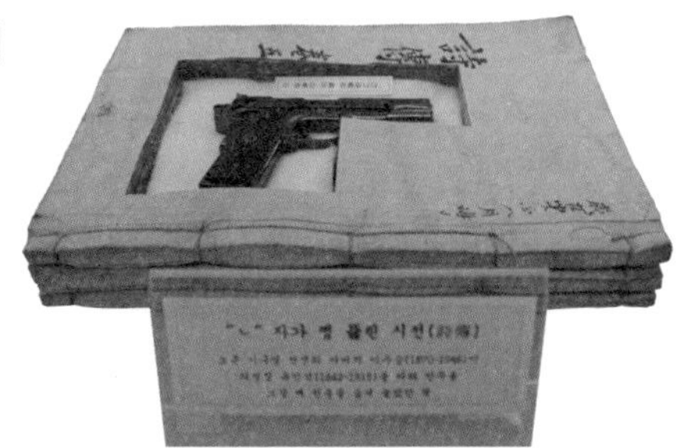

위치와 교통

자양영당은 충북 제천시 봉양읍 의암로 566-7(봉양읍 공전리 475, 043-641-5143)에 있다. 버스로는 제천시외버스터미널 정류장, 우리은행 앞에서 830번 버스를 타고 구곡3리 정류장에 내려서 온 길로 500미터쯤 되돌아가면 되지만 운행 편이 많지 않아 추천하기가 난감하다. 가급적 택시나 자동차를 이용할 것을 권한다.

고색이 창연한 의병 기념탑

잘 곳과 먹을 곳

주변이 작은 마을이라 식사나 숙박이 마땅치 않다. 자연 숙성 효소로 맞춤식사를 제공하는 공전자연학교(제천시 봉양읍 의암로 345, 봉양읍 공전리 265, 043-645-6758)가 멀지 않은 곳에 있다. 단, 들이는 정성만큼 비용이 필요한 곳이므로 쉽게 들르긴 어렵다. 제천 시내의 숙소와 식당을 이용할 것을 추천한다.

주변 여행지

지금은 여객 업무를 취급하지 않는 공전역에 목공 체험과 나무 소품을 전문으로 하는 아트갤러리 카페 우드트레인(제천시 봉양읍 의암로 698, 봉양읍 공전리 428, 070-4418-5120, www.woodtrain.co.kr)이 있고, 앞서 밝힌 공전자연학교에서는 효소 체험이 가능하다. 둘 다 아이들과 들르기 좋은 곳이다. 박달재에서 멀지 않으니, 다른 연계 여행지는 박달재 편을 참고할 것. 또, 제천 시립도서관(제천시 내제로 318, 장락동 672-8, 043-646-2019, '노지 딸기밭' 편 참조) 관내에는 갓 모양을 형상화한 국내 유일의 의병 특화 도서관인 제천의병도서관이 별도로 있다. 1만 5,000점이 넘는 의병 관련 서책과 유품 등을 소장하고 있어 꼭 한 번 들러볼 만하다. 편지, 옥중 메모, 권총을 숨긴 서책 등 귀중한 자료가 풍부하다.

• 상천 산수유마을의 봄

21 | 상천 산수유마을

상천
산수유마을

【자드락길 4코스 '녹색마을길', 5코스 '옥순봉길'】

노란 리본

Tie a yellow ribbon round the old oak tree

모든 것을 정리하고 시골에 집 한 채를 마련했습니다. 차를 없애고, 가구를 버렸으며, 책을 나눠 주고, 쌓아 둔 것들을 무너뜨렸죠. 용달을 불러 가벼워진 짐을 실었습니다. 고속 도로를 지나, 지방도, 국도를 덜컹거리며 산 아래까지 들어왔습니다. 밤이 이슥해지면 고요한 가운데 풀벌레 소리만 들리는 마을입니다. 청년회 도움을 얻어 버려진 집을 손봤습니다. 어긋난 창틀을 끼워 맞추고 도배를 새로 했으며 구들을 앉히고 방문에는 한지를 새로 발랐습니다. 적적할까 싶어 이웃에게 새로 난 강아지를 두 마리 얻어 오고, 옛 축사를 고쳐 소 한 마리까지 받아 왔습니다. 아침이면 그것들 우는 소리에 잠을 깨고, 저녁이면 그놈들 등을 쓰다듬으며 하루를 접습니다. 낮에는 동네 어르신들께 호미와 낫질 하는 법을 배우고 있습니다. 가끔 종아리에 풀독이 오르는 걸 보면 허리 굽혀 밭을 매고 열매와 뿌리와 잎사귀를 거두는 일이 충분히 몸에 익지는 않은 것 같습니다. 그래도 가끔 옆집 할머니들이 마당에 툭 던져 놓고 가시는 냉이나 달래 같은 산야초를 보면서 마음이 환해지곤 합니다. 밭에서 돌아오는 길에 계란 한 줄에 농주라도 한 병 더해서 이웃집 문간에 들여놓아야 할는지요. 잔광이 낡은 툇마루를 빛으로 칠하는 봄날 오후입니다.

한때 내 가장 친한 친구의 오랜 연인이었던 당신. 7년의 연애를 마치고 다시 혼자가 된 당신. 도시의 북향 오피스텔에서 홀로 생生을 곱씹어 보고 있다는 당신의 페이스북을 읽었습니다. 봄이 왔지만, 당신은 아직 겨울에 머무르고 계시단 걸 당신이 올려 둔 말라죽은 화분의 사진을 보며 알 수 있었습니다. 우리는 여러 번 만났지요. 차를 마셨고, 식사를 했으며, 술잔을 부딪쳤고, 함께 산책했습니다. 저녁이면 나는 당신에게 메일을 썼고, 자정 넘어 당신은 내게 문자로 답했지요. 함께 영화를 본 극장 옆 2층의 테라스가 있는 술집에서 우리는 끌어안고 입을 맞추기도 했습니다. 연애가 항상 달콤하고

몽롱하기만 하다면 얼마나 좋을까요. 우리는 쓰고 시큼한 연애의 후반부를 빠르게 적어갔더랬지요. 석연찮은 이유로 오해를 사고, 서로 상처를 주는 침묵을 고수하고, 끝내는 별것 아닌 일로 심하게 다투었습니다. 당신은 늘 쉽게 말하는 나를 이해하지 못했고, 나는 당신 감정의 기복을 있는 그대로 받아들일 수 없었습니다. 그리고 또한 둘 다 두려워했던 것 같기도 해요. 친구들의 수군거림을. 도시에서 만나고 부딪혀야 하는 옛 인연들의 눈흘김을.

그리하여 나는 떠나왔습니다. 한때의 세상 전부를. 또한 마련했습니다. 새롭게 펼쳐 갈 또 다른 세상 한 켠을. 이곳에 자리를 잡은 것은 여러 가지 이유가 있지만 딱 하나 꼬집어 말한다면 나무들 때문입니다. 마을에 온통 자리한 나무들, 그리고 그들이 등롱을 켜듯 한 점 한 점 피워 내는 꽃들 때문에.

당신을 사랑한다는 이유로, 나는 당신에게 아주 많은 자유를 주고 싶었습니다. 그러나 가진 것 없는 제가 당신에게 드릴 수 있는 것은 도시에서처럼 낱낱의 일들을 일일이 선택할 필요 없는 자족한 삶뿐이라는 것을 뒤늦게 알았습니다. 그리하여 정리한 것이었지요. 먼저 그 삶으로 옮겨 오고자, 또 누군가를 옮겨 가고자. 마침내 그들이 다시는 옮길 필요가 없도록 하고자.

필요한 것은 전부 준비되어 있습니다. 길 건너 우리를 먹이기 충분한 논과 사철 다른 채소를 키울 수 있는 뒤란의 텃밭, 창밖으로 계절마다 채색을 달리하는 능선과 빗소리 튕겨 내는 마당, 여기서 재배한 곡식과 감자, 고구마가 층층이 쌓인 곳간, 따뜻하고 넓은 부엌과 남으로 문을 낸 큰방과 동으

어떤 환희, 그것은 산수유꽃 피는 시간

로 문을 낸 작은방까지.

나는 한때 도시에서의 삶을 긍정했습니다. 말쑥하고 세련되고 싶어했으며, 정보에 예민했고, 문화적 취향으로 사람을 차별하는 일에 서슴없었습니다. 날씨와 상관없이 하루 종일 창백한 형광등 불빛 아래 일하는 것을 당연시하였고, 어떻게 자랐는지 어디서 키웠는지 알 수 없는 음식을 화려한 인테리어 속에서 값비싼 식기로 입에 넣는 것을 즐겼습니다. 그리고 역시, 그런 방식으로 누군가를 사랑했습니다. 몸을 거의 쓰지 않는 직종의 여자를 만나고, 자동차에 태워 새로운 장소를 찾아다니고, 신기한 식당의 국적이 불분명한 요리를 주문하면서, 만난 날짜를 세 특정한 숫자마다 필요에 닿지 않는 사치스러운 물품을 선물하면서. 남이 만들어 놓은 것을 품평할 뿐 스스로나 인생에 대해 아무것도 말하지 않아도 되는 연애를. 통장의 숫자 말고는 그 어느 것도 고민하지 않아도 되는 생활을.

하지만 그런 삶은, 어딘가에서 전기를 끌어와 빛을 밝혀야 하는 도시의 밤처럼, 실체가 없었습니다. 순간에 만족할 뿐 이상하게 공허한 시간들이었지요. 매일같이 수많은 사람들 사이에 있었으나 늘 외로웠습니다. 꼭 필요한 것처럼 보이지만 사실은 어떤 내용도 전달하지 않는 뉴스같이, 그저 헛된 일이었습니다. 건물 속에서 살아야 하는 시간은 항상 목이 말랐고, 자주 숨막

혔습니다. 계절이 바뀔 때마다 시든 화분을 내다 버리는 일을 수없이 되풀이 하면서도 이유를 묻지 않았습니다. 그저 마음을 채워 줄 누군가가 없기 때문이려니, 생각했을 뿐입니다.

사랑도 그랬습니다. 구획되고 짜여진 틀을 벗어날 수 없었지요. 점포만 바뀔 따름이지 똑같이 반복되는 데이트의 쳇바퀴 속에서 우리는 지쳐갔지요. 그 이유를 상대에게 떠넘겼을 뿐 우리는 스스로 새로워질 수 없는 존재였습니다. 더 많은 비용을 지불해 더 빨리 소비하는 것 말고는 달리 기댈 만한 방법도 알지 못했어요.

그래서는 안 될 때부터 사랑한 당신을 비로소 만나고서도, 같은 일을 거듭했습니다. 나는 당신과의 연애가 내 삶의 마지막 것이길 바랐습니다. 실패를

금수산 상천리 마을(사진 제공 : 제천시)

명확히 예감했을 때, 비로소 저는 살아가는 일을 바꿔 보기로 결심했습니다. 삶을 지키고 당신을 놓치기보다는, 당신을 지키고 지금의 삶을 버리는 일이 낫다고 믿었습니다. 살아가는 일을 변화시키는 것이 사랑하는 일을 변화시키는 작업의 가장 중요한 계기를 이룬다고 판단했습니다. 아무도 우리를 구원하지 않으니 우리가 스스로를 구원해야 한다고.

나는 여기로 왔습니다. 산그늘 아래, 작은 개울 에돌아 가는 물가에, 나락들 춤추는 논에, 어린 짐승들 풀어놓은 마당에. 해가 뜨면 사방이 밝아지고, 저물면 더불어 어두워지는 곳에. 돌아가면서 꽃이 피고, 때가 되면 작은 짐승들 찾아오고, 손으로 키운 것들을 먹으며, 요만한 것이라도 나누지 않고는 낯이 뜨거워지는 곳에. 1,000년도 더 옛적부터 마을이었던 곳에. 담으로 등 맞댄 죄짓고 살 수 없는 작은 동네에.

나는 여기에 있습니다. 나는 기다리고 있습니다. 여전히 당신을. 당신만을. 당신이 누구의 연인도 아니었을 때부터 짧지 않은 세월을 지나 지금도 역시.

나를 찾아와 주세요. 역전에서도 버스를 타고 한참이나 들어와야 하는 이곳에. 호숫가를 따라 숲 비늘 촘촘한 산자락 끄트머리에.

나는 여기에 있습니다. 봄이면 주소가 필요 없는 동네에. 당신이 탄 버스의 차창으로 마을의 모든 나무들이 노란 리본을 매달고 행여 놓칠세라 하늘

하늘 손짓하는 곳에.

나는 있겠습니다. 노랗게 물결치는 산수유꽃들은 당신에게 품은 나의 마음이 변함없음을 알리는 명징한 신호. 당신이 찾아올 때까지, 알아주실 때까지, 나는 여기, 산수유마을에 있겠습니다.

먹고, 치우며, 이야기하고, 다투며, 싸우고, 토라지며, 성내고 또 용서하면서 한 자리에서 같이 늙으며. 짐짓 겸연쩍어 하면서도 매년 4월, 다시 한 번 노란 마음들 온 천지에 화알짝 펼쳐 보이며.

산수유나무에 걸린 노란 리본을 보신다면, 나를 기억해 주세요. 나를 찾아와 주세요. 나는 여기에 있습니다. 당신을 기다리고 있습니다. 바람에 가지를 흔들며, 강아지 두 마리와 소 한 마리를 키우며, 온 사방에 노란 꽃을 퍼뜨리며.

애초부터, 그 후로도, 가뭇없이, 또 기어이.
오직 당신.

위치와 교통

상천 산수유마을은 충북 제천시 수산면 상천리 마을의 다른 이름이다. 금수산 아래 상천휴게소에서 상천리 마을회관을 거쳐 보문정사에 이르는 길 전체에 산수유나무로 가득한 동네다. 매년 4월 초순이면 산 아래 세상이 온통 노랗게 물들어 최근 들어 조금씩 명성을 높이고 있다. 상천리는 자드락길 4코스 '녹색마을길'과 5코스 '옥순봉길'의 분기점이기도 해서 걸어서 산책하기 아주 좋은 경로이기도 하다. 봄이면 마을에는 산수유꽃이 흐드러지고, 산에는 매화꽃이 피어 눈이 부시도록 사방이 화사해진다.
제천역 왼편의 남당초등학교 정류장과 시외버스터미널 정류장에서 953번 버스가 상천휴게소까지 다니는데, 배차 간격이 넓어 이용하기가 쉽지 않다. 가급적 택시나 승용차를 타는 게 편리하다.

상천리는 작은 시골 마을이지만, 금수산 탐방로와 자드락길이 있어 상대적으로 식당과 숙박 업소가 많은 편이다. 상천휴게소(제천시 수산면 상천길 85, 수산면 상천리 722-1, 043-651-3735)에 매점과 식당이 있고 또, 휴게소 주인네의 음식 솜씨가 괜찮은 편이다. 그 밖에도 곤드레밥과 닭백숙 등을 하는 식당이 휴게소 부근에 두루 있다.
숙소로는 상천리 마을에 금수산산장펜션(제천시 수산면 상천리 289, 043-653-1034, www.금수산산장펜션.kr)이 비교적 시설이 잘 갖춰진 곳이며, 그 밖에도 산장과 민박들이 적지 않다. 청풍문화재단지와 가까우니, 이동

하면서 그쪽 숙소와 식당을 이용해도 좋겠다.

주변 여행지

일단, 상천리는 금수산과 직렬로 연결된 마을이라 할 수 있다. 충북과 제천을 통틀어서는 월악산이 가장 유명하지만, 금수산도 결코 그에 뒤떨어지지 않는 아름다운 산이다. 유명세를 타기 전부터 산악회들의 발길이 꾸준히 이어져 왔으며 지금도 계절을 가리지 않고 등반객이 찾아오는 곳이다. 산수유꽃 피는 봄뿐 아니라 단풍 화려한 가을날, 곱게 눈 내린 겨울날에도 가벼운 산행으로 찾아올 만하다. 자드락길 4코스와 5코스가 모두 상천리 마을에 걸쳐 있으니, 1박 2일 여정으로 이 아름다운 산길들을 걸어보길 추천하고 싶다. 짧게는 상천리에서 보문정사, 용담폭포까지만 올라도 충분히 만족할 것이다. 5코스 자드락길을 따라가면 옥순봉까지 걸어서 볼 수 있다. 멀잖은 곳에 능강계곡, 정방사가 있으며 청풍호와 청풍문화재단지도 차를 이용하면 가깝다. 그럴 경우, 덕산 누리마을 빵카페와도 그리 멀지 않은 거리다.

• 제천 거리 풍경

22 | 에필로그

제천 표해록漂海錄

2009년에 제주에 관한 책을 쓰기 위한 공부의 하나로서, 최부의《표해록漂海錄》을 읽게 됐다. 많은 분들이 아시다시피, 그 책은 제주도에서 전라도로 건너가려다 풍랑을 만나 엉뚱하게 중국을 떠돌게 되는 이야기다. 일찍이 과거에 급제하며 승승장구하던 최부는 제주도에 파견 나왔다 부친상을 전해 듣고 급히 집으로 돌아가려 한다. 하지만 태풍은 그가 탄 배를 엉뚱한 곳으로 밀어내고, 그는 배 위에서 생사의 갈림길을 맞고 만다. 어렵사리 중국 남해안에 표착한 뒤에도 사정은 별반 나아지지 않아 고초에 역경이 거듭된다. 다행히 신분을 증명하고 명나라 황제까지 진현한 뒤 중국의 보호를 받으며 귀향하게 되는데,《표해록》의 진면목이 물론 '금의환향'에 있지는 않다. 이 책이 중국 3대 기행문에 꼽히는 이유는 아주 간단하다. 그가 낯선 세계에서 생

고생을 겪으며 삶이란 무엇인가를 당대 현실의 자장 밖에서 새롭게 질문하고 있기 때문이다. 세세한 관찰과 다채로운 비교, 폭넓은 교양이 그 책의 표나는 장점이긴 하지만《표해록》은 표류하기 전에는 결코 알 수 없었을 생의 신비로움에 대해 말한다. 최부는 결국 두 번 산 셈이다. 특정한 지역이라기보다, 태풍이 아니면 겪어보지 못했을 또 다른 생애를 증언한 기록은 당연히 매력적인 여행기일 수밖에.

제주와 전주에 이어 이번에는 제천에 대해 쓰게 됐다. 돌아다니다 보니 앞서 다른 지역들과는 전혀 다른 인상을 받았다. 인구 규모, 세대 구성도 달랐고, 마을 분포에서도 차이가 컸으며, 지리적 조건과 생활 양태가 판이해서 이전의 작업으로부터 얻은 경험과 교훈들을 거의 적용할 수 없었다. 마을을 찾아다니느라 산자락을 헤매야 했고, 무뚝뚝한 데다 귀가 어두운 노인들을 찾아 대화를 나눠야 했으며, 도시적인 편의란 거의 누리기 어려웠다. 어디를 둘러봐도 가파른 산들뿐이라 체력적으로도 힘겨웠고, 겨울이 길고 봄가을이 짧은 곳이어서 날씨에 철저히 휘둘렸다. 저녁에 숙소로 돌아오면 거의 탈진하다시피 해 그대로 잠든 일이 적지 않았다. 내가 어쩌다 이렇게 험난한 산골에 있게 됐나. 2014년 겨울 전후에는 그렇게 자책 아닌 자책을 하며 서울로 돌아가고만 싶은 날들이 하루 이틀이 아니었다.

괴로움은 봄이 시작되면서 조금씩 엷어졌다. 얼음 낀 도로에, 눈보라 몰아치는 산마루에, 빙판이 된 경사로에……. 심장을 졸이고, 호흡을 가쁘게 하고, 신경 쇠약에 빠지게 만들었던 그 모든 난관들이 날이 따뜻해지고 꽃이 피면서 스르륵 녹아 없어졌다. 꽁꽁 얼었던 청풍호가 벚꽃들 흐드러지면서 거짓말처럼 화사해졌고, 구학산, 금수산, 월악산의 등반로는 꽃 터널처럼 변했다. 산수유 무리진 상천리와 둥글레꽃 피어난 다불리 마을은 갖가지 새들의 합주로 마치 야외 음악당 같았다. 화화밀밀 꽃초롱 펼친 나무들 아래 서 있는 일이 나는 좋았다. 며칠이 지나도록 질릴 줄 몰랐다. 겨우 한두 달 전에 진저리나게 춥고 험악한 산이라고 욕했던 나는 봄날에 종일토록 배시시 웃고 다녔다. 내가 그렇게나 간사한 인간이라는 걸 지인들은 모두 알고 있었나 모르겠다.

기존에 잡혀 있던 출간 계획을 모두 미루면서까지, 2014년 별안간 제천에 관해 책을 쓰겠다 결심한 것은, 청풍호와 거기 수몰된 마을들의 내력에 사로잡혔기 때문이다. 대공사에 떠밀려 고향을 떠날 수밖에 없던 사람들, 마을을 집어삼키고 산중턱까지 차오른 초대형 인공 호수에 대하여 무언가 말하고 싶었다. 청풍호는 무척 커다랗고 드넓어서 이쪽에서는 흔히 '내륙해'라 불렀는데, 정말 이곳에 늘 면해 있는 바다처럼 제천 사람들의 삶에 아주 깊이 관여했다. 그 내륙해가 청풍강이었던 시절부터 자료를 모으고 이야기를 청해 들으며 제천을 과거로부터 탐침해 가는 과정이 무모했지만 한편 즐거웠다. 깊이 파기 위해 넓게 파는 공부 속에서 다른 마을과 소소한 지역사, 하나의 장소가 거기 살아가는 사람들과 엮이면서 그려 내는 각별한 삽화들을 목격할 수 있었다. 그러면서 내 안의 제천은 천천히 넓어져 갔다. 의림지와 청풍호뿐인 도시에서, 점말동굴과 관란정의 고장으로, 덕산이라는 수평적 동네와 수산이라는 속 깊은 산촌으로 커지고 연결되면서 자연스레 깊어져 갔다. 충분히 잘 표현되었는지는 모르겠지만, 이번 책에서 나는 처음에는 그저 무관했으나 이윽고 사랑하고 만 것들에 관해 적었다. 이 책은 그렇게 몇 년간 내가 제천을 표류한 기록이면서 동시에, 열렬히 빠져든 연애의 서역書役이다.

원고를 마치고 난 후에, 교정을 보기에 앞서 곰곰 생각해 봤다. 이 '도시 연애록'은 무엇을 위한 것일까고. 다시 말해, 사적인 이유를 제외하고 읽는 이들을 위해 이 책은 어떤 의미를 남길 수 있을까고. 한 도시 스물두 곳 특정한 지역의 이야기가 낱낱의 읽을거리가 아니라 한 권의 책으로서 존재하는 의의가 무엇이겠는가고. 개별적인 이야기가 중요하지 않다는 뜻이 아니라 그 이상, 전체로서는 무엇을 위해 기능해야 옳겠는가고.

여행책으로도 팔리고, 도시 에세이로서도 읽히겠으나 결국 이 책은, 제천에서 살아간 존재들의 이야기다. 아프리카에서 점말동굴까지 찾아온 구석기인들, 서강을 바라보던 언덕의 정자를 불태워 버리는 원호, 물에 잠긴 마을을 떠났다 다시 찾아오는 황혼의 노인 부부, 남편의 이름으로 식당을 내고는 떠나지 못하는 안주인, 농촌 마을이 단지 도시의 식민지이도록 놓아둘 수 없어 공동체를 복원하는 빵집 사람들, 내전의 비극 속에서 손가락질을 참아가며 끝내 살아남은 산촌의 주민들……. 나는 각각 이야기의 주인공들이 떠나거나, 돌아오거나, 남게 되는 삶의 곡절을 내재적 관점에서 최대한 이해하고자 노력했다. 그리하여, 한 지역에서 붙박여 살아간다는 것이 무엇인지 질문하고 싶었다. 승자의 성취로서의 역사나, 하나의 목표점을 두고 그로부터 삶을 거슬러 해석하는 소구적 관념이 아니라 개별적 존재와 최소의 마을 공동체로서 다시 말해 '생존의 성립 단위'가 그 숱한 고통을 무릅쓰고 끝내 살아가고자 했던 시간을 오리고 확대해 보여 주고 싶었다. '모바일'과 '지구촌 여행', '거대 도시'와 '허브'의 시대에 뿌리를 내리며 산다는 게 얼마나 아름다운 일인지 말해 보고 싶었다. 거의가 실패로 끝나거나 유민이 되거나 결국 죽음을 맞게 되었더라도, 그 실패가 단지 패배만은 아니었고, 그래서 후대인인 우리가 여태껏 기억하고 있다고, 또 기억하는 일은 또한 다짐하는 일이며 약속하는 일이기도 하다고 슬그머니 덧붙일 수 있었으면 했다.

도시에서 사는 일은, 집적이 주는 편의와 촘촘하게 구획된 쾌락에도 불구하고 자연의 DNA를 뿌리 깊게 간직하고 있는 인류 모두에게 결락이고 상실이다. 사람들은 이유 없이 통증에 시달린다. 원인 모를 두통과 난데없는 열병, 갑작스런 무기력증 같은 것들이 해일처럼 일상을 덮친다. 결국 우리는 잃어버린 것들을 찾아갈 수밖에 없다. 툭 터진 공간이 목마르게 그리워지고, 파랑과 초록이 심중에 물결친다. 참다 참다 더 이상은 참지 못할 때 우리는 어느새 비행기나 기차, 자동차의 좌석에 앉아 있고 마는 것이다. 여행은, 몸이 다시 자연을 회복하는 방식이다. 도시에서 사는 인간은 밀물과 썰물처럼 같은 과정을 반복한다. 도시에 순응했다가, 다시 버리고 떠났다가……. 책의 제목을 아스피린이라 적은 것은 그 때문이다. 우리는 도시에서 살아가는 삶의 불가피한 고통을 여행 없이는 도저히 치유할 수 없다고. 대도시 서울에서 멀지 않으면서도 본연의 생태와 계절의 조화를 고스란히 간수하고 있는 제천은 아주 커다란 아스피린 역할을 해준다고. 소음에 둘러싸인 기계 상자를 타고 첨탑과 첨탑 사이를 이동하는 게 전부인 인공의 삶을 천연이라는 칼날로 내부에서부터 타격하는 각성의 장소라고.

끝으로 감사를 전합니다. 제천시청 김기숙 선생님, 이상천 선생님, 변태수 선생님, 윤이순 선생님, 조영근 선생님. 여러분들 없이 이 책은 나올 수 없었습니다. 그중에서도 항상 세심하게 챙겨 주시고 속 깊이 배려해 주신 조영근 선생님께 특별한 감사를 표합니다. 고맙습니다. 그리고 Vingle의 호창성, 문지원 공동대표님과 구경현 님, 안소연 님께도 물심양면 도와주신 데 대해 고마운 마음을 밝힙니다. 큰 은혜를 입었습니다. 작업실로 선뜻 집을 내준 반디앤루니스 정재연 과장님께도 인사를 올립니다. 폐를 엄청 끼쳤습니다. 송구합니다. 또한, 수고로움을 아끼지 않으시고 출간을 맡아 주신 해토의 고찬규 형님께도 진심으로 감사의 말씀을 드립니다. 덕분에 마음 편히 원고만 쓸 수 있었습니다. 고맙습니다.

제주, 전주를 돌아 제천에 이르렀습니다. 저는 조금씩 북상하고 있습니다. 계속 서울 쪽으로 향해갈지 다시 남하할지 또는 횡행할지 아직은 알 수 없습니다. 그러나 이야기가 아직 제 이름을 부르고 있으니 언젠가는 저만의 '소동여지도'가 완성되겠지요.

압니다. 다른 삶은 없습니다.
이것이 한 도시의 표해록, 그리고 2015년 가을까지
제가 본 한 세상의 전부입니다.

부록

1. 계절별 여행 코스

봄(2박 3일 코스)

1일차 배론성지 → 청풍호 벚꽃 구경 → 물태리에서 점심 식사 → 청풍문화재단지 → 청풍호 관광 모노레일(사전 예약 필요) → 자드락길 1코스 작은 동산길 → 저녁 식사 후 청풍호 부근에서 숙박(레이크호텔 추천)

2일차 능강계곡 → 정방사 → 상천 산수유마을 부근에서 점심 식사 후 금수산 용담폭포까지 가벼운 산행 → 누리마을 빵카페 → 양화리 미륵불 → 제천 시내 중앙시장과 내토시장 구경 → 저녁 식사 → 제천버스터미널 뒤편에서 숙박

3일차 장락동 칠층모전석탑 → 원호 유허비와 관란정 → 점말동굴 → 의림지 부근에서 점심 식사 후 의림지 산책 → 솔방죽 습지생태공원 → 독송정 → 시립도서관과 노지 딸기밭 → 귀가

여름(2박 3일 코스, 제천국제음악영화제 포함)

1일차 탁사정 → 배론성지 → 청풍호 관광 모노레일(사전 예약 필요) → 청풍문화재단지 부근에서 점심 식사 → 청풍호 유람선 → 덕주산성 북문 → 송계계곡에서 물놀이 → 덕주산성 남문 → 사자빈신사지 사사자 구층석탑 → 골뫼골 숙소에서 저녁 식사 → 골뫼골 계곡 탐방 → 숙박

2일차 덕주사 → 마애불 → 덕산에서 식사 후 누리마을 빵카페 → 용하구곡에서 물놀이 → 청풍호반에서 저녁 식사 후 제천국제음악영화제 공연 관람(사전 예약 필요) → 제천 시내로 돌아가 숙박

3일차 원호 유허비와 관란정 → 점말동굴 → 제천 시내에서 식사 → 제천국제음악영화제 상영작 관람(예약 필요) → 저녁 식사 후 제천국제음악영화제 의림지 공연 관람 → 귀가

가을(2박 3일 코스)

1일차 별새꽃돌 자연과학탐사관 → 배론성지 → 점심 식사 → 박달재 → 청풍문화재단지 → 정방사 → 능강계곡 → 자드락길 3코스 얼음골 생태길 1시간 산책 → 청풍호 부근에서 저녁 식사 후 숙박(레이크호텔 추천)

2일차 덕주사 → 마애불 → 덕주사 부근에서 점심 식사 → 사자빈신사지 구층석탑 → 옥순대교(옥순봉) → 능강솟대문화공간 → 금수산 용담폭포 → 제천 시내에서 저녁 식사 → 의림지 산책 → 숙박

3일차 원호 유허비와 관란정 → 점말동굴 → 의림지 부근에서 점심 식사

→ 솔밭공원 산책 → 장락동 칠층모전석탑 → 제천 시내 중앙시장과 내토시장 구경 → 귀가

겨울(1박 2일)

1일차 원서문학관 → 자양영당 → 배론성지 앞 사또가든에서 점심 식사 → 배론성지 → 별새꽃돌 자연과학탐사관 → 금월봉 → 청풍호 → 양화리 미륵불 → 제천 시내로 돌아가 저녁 식사 후 숙박

2일차 원호 유허비와 관란정 → 의림지 산책 → 점심 식사 → 장락동 칠층모전석탑 → 제천 시내 중앙시장과 내토시장 구경 → 귀가

2. 자드락길

자드락길은 '산기슭 비탈진 땅에 난 좋은 길'이란 뜻으로 제천에 특화된 걷기 전용 산책길이다. 1코스 작은 동산길, 2코스, 정방사길, 3코스, 얼음골 생태길, 4코스 녹색마을길, 5코스 옥순봉길, 6코스 괴곡성벽길, 7코스 약초길로 이루어져 있으며 각 코스별로 시간과 난이도가 다르니 취향에 따라 선택해 걸으면 된다. 한 코스를 꼭 다 가 볼 필요도 없고, 나에게 안 맞는다 싶으면 다시 돌아오면 된다. 무리하지 말고, 주요 여행 지점과 더불어 제천 특유의 호방한 맛을 느껴 본다 생각하며 쉬엄쉬엄 걸어 보길 권한다. 제천역과 월악산, 의림지 등 주요 관광지 안내소마다 안내 팸플릿이 있으니 챙겨 가면 좋겠다.

19.7 Km
작은 동산길
1
GyoriMaeul
교리마을
레이크호텔
Lake Hotel
외솔봉
청풍랜드
Meeting Square
만남의 광장
Moraegogae
모래고개
작은동산
JageunDongsan
Junggogae
중고개
SanghakhyeonMaeul
상학현마을
학생야영장
도깨비도로
학현아름마을
HakhyeonAreumMaeul
음석
학현교
Hakhyeongyo
청풍대교
1.9Km
정방사길
2
Jeongbangsa
정방사
Chwijeokdae
취적대
Dohwagyo
도화교
5.4Km
얼음골생태길
3
취적대
Chwijeokdae
얼음골
(한양지)
Eoleumgol
(Hanyangji)
돌탑
Doltap
만당암
Mandangam
능강교 Neungganggyo
청풍호
양봉장 Yangbongjang
능강야생화단지 Neunggang yasaenghwadanji
쉼터1
Swimteo1
능강솟대문화공간 Neunggangsotdae munhwagonggan
쉼터2
Swimteo2
Yijeongpyo
이정표
Sanyachomaeul
산야초마을
7.4Km
녹색마을길
4
Yongdampokpo
용담폭포
상천리마을회관
상천민속
쉼터1
Swimteo1
쉼터2 Swimteo2
쉼터3 Swimteo3
5
옥순봉길
5.2Km
쉼터4 Swimteo4
옥순봉쉼터 Oksunbongswin
옥순대교
청풍호
전망대
Cheongpungho
Observatory
사진찍기
좋은명소
Good Picture Spots
쉼터
Yulji-ri Horse Farm
율지리말목장
(씨앤씨홀스팜)
육판재
(호미실)
Yukpanjae
(Homisil)
전망대
Jeonmangdae
안부
Anbu
7
청풍김씨
시조묘단
Cheongpunggimssi
sijomyodan
약 초 길
8.9Km
고수골
Gosugol
임도 Imdo
9.9Km
괴곡성벽길
403봉
403bong
6
두무산
Bamusan
화필봉전망대

지드락길

3. 제천 교통 안내

서울 기준으로 기차와 고속버스, 시외버스가 2시간 정도면 제천까지 닿는다.

(1) 기차(korail.com, 1544-7788, 스마트폰 코레일 앱으로 한 달 전부터 예약 가능)

구간	운행 횟수	첫차	막차	소요 시간
청량리 → 제천	20회	06:40	23:25	1시간 50분
서울 → 제천	2회	07:45	18:05	3시간
안동 → 제천	8회	02:20	19:20	1시간 30분
대구(환승) → 제천	8회	05:37	18:29	
동대구(환승) → 제천	14회	04:00	19:29	
부산(환승) → 제천	13회	05:30	18:25	
대전 → 제천	11회	06:05	20:40	2시간 10분
정동진 → 제천	6회	05:00	16:40	3시간 40분

(2) 고속버스와 시외버스(www.dongbuexpress.com / www.jecheonterminal.com)

구간	운행 횟수	첫차	막차	소요 시간
서울경부(고속) → 제천	21회	06:00	21:00	2시간
동서울 → 제천	31회	06:30	21:00	2시간
청주 → 제천	10회	07:00	20:00	2시간 10분
원주 → 제천	56회	07:20	21:20	40분
영월 → 제천	31회	06:45	20:35	50분
단양 → 제천	24회	07:30	19:20	50분
충주 → 제천	37회	00:20	20:35	1시간
태백 → 제천	9회	06:25	17:15	1시간 50분

(3) 제천 시내 교통

❶ 시내버스

제천역과 제천버스터미널, 의림지 사이의 시내 중심가는 31번 버스가 약 10분 간격으로 자주 다니는 편이다. 그러나, 시내를 벗어나는 다른 노선들(청풍호나 월악산, 배론성지 방면 등)은 하루 운행 횟수가 많지 않다. 스마트폰 이용자라면 제천 버스 어플리케이션을 다운받을 것. 시내 중심가의 정류장에는 버스 도착 시간 안내 시스템이 구축되어 있다. 단, 제천국제음악영화제가 열리는 동안은 영화제 측에서 제천 시내와 의림지, 청풍호를 왕복하는 무료 셔틀버스를 운영하니 참고할 것.

❷ 택시

제천에는 2개의 택시 회사가 있고, 그 밖에 대형 택시도 운행한다. 지역이 넓은 데 비해 택시 자체가 많은 것은 아니니 전화를 이용해 부르면 편리하다.

- ▶ 청풍호콜택시 043-645-1004
- ▶ 의림지콜택시 043-648-2525
- ▶ 제천대형택시(9인승) 043-652-6528

개인적으로는 청풍호 콜택시 중 김수한 기사님(010-3462-5833)의 택시를 개인 승용차처럼 애용했다. 미리 전화해 예약하면 된다. 기사님이 말이 없으시고 조용한 편이지만, 친절하고 싹싹하셔서 이용하는 동안 전혀 불편이 없었다. 멀리 가는 것도 OK.

❸ 렌터카

제천역과 터미널 부근, 또 시내에 렌터카 회사가 있다. 개인적으로는 코레일에서 운영하는 카셰어링 서비스 유카(www.youcar.co.kr)를 주로 이용했다. 유카는 30분 단위로 이용이 가능하며, 스마트폰 앱으로 한 달 전부터 실시간 예약 및 취소가 가능하다.

- ▶ 신형렌트카 043-645-5300
- ▶ 아이비렌트카 043-651-3655

▶ 3G렌트카 043-648-1006

▶ 서인렌트카 043-653-8255

▶ 한국렌트카 043-644-6407

▶ KT금호렌트카 043-646-6275

4. 가족들과 함께 추가로 찾아갈 만한 곳

(1) 제천 기적의도서관

(제천시 용두천로 38길 30, 고암동 1134, 043-644-1215, www.kidslib.org)

제천의 어린이 전용 도서관이지만, 누구나 방문해 책을 읽을 수 있다. 고요하고 엄숙한 일반 도서관과는 달리 아기자기한 시설과 다채로운 프로그램을 갖추고 기분좋게 책과 놀고 즐길 수 있는 흥미로운 도서관이다.

제천 기적의도서관

(2) 산야초마을

(제천시 수산면 옥순봉로 6길 3, 수산면 하천리 15, 043-651-1357, sanyacho.go2vil.org)

금수산에 자리한 전통 체험 마을로 산야초 체험, 천연 화장품 만들기 등이 가능하다.

(3) 약초생활건강

(제천시 수산면 옥순봉로 815, 수산면 하천리 150, 043-651-3336 www.yakcho-life.com)

천연 염색, 약초 체험 등이 가능하다.

(4) 제천 한방엑스포공원

(제천시 한방엑스포로 19, 왕암동 660, 043-653-9550, www.expopark.kr)

한방생명과학관, 국제발효박물관, 약초허브전시판매장 등을 갖추고 다채로운 볼거리와 체험 행사 프로그램을 운영한다. 매주 월요일 휴관.

(5) 한방명의촌

(제천시 봉양읍 명암로 574, 봉양읍 명암리 210, 043-653-7730, www.kfmv.kr)

전문 한의사가 상주해 한방 진료, 미용 관리, 한방 체험 프로그램 등을 제공하며, 숙박하면서 치료를 받을 수도 있다.

(6) 한방티테라피 HMAX

(제천시 바이오밸리 1로 56, 왕암동 992, 043-642-7891)

100여 종의 다양한 한약재를 사용해 노인, 학생, 직장인, 어린이 등을 위한 맞춤형 한방 티 테라피 체험이 가능한 힐링 카페다.

(7) 제천 산악체험장

(제천시 금성면 청풍호로 39길 100, 금성면 성내리 산 46-1, 043-652-4151)

서바이벌, 에코 트랙 등 각종 산악 체험 시설을 완벽하게 갖추고 있다.

(8) 2017 제천 국제 한방 바이오산업 엑스포(2017. 9. 22~ 10.10/19일간)

내륙 산간 분지라는 지형적 이점을 바탕으로 조선 후기 때부터 3대 약령시로 명성을 날렸던 제천은 2005년 약초웰빙특구로 선정된 바 있고,

2010년 국내 최초로 한방 분야 엑스포를 열기도 했다. 이에 한 걸음 더 나아가 2017년에 '제천 국제 한방 바이오산업 엑스포'가 개최될 예정으로 있다.

'한방의 재창조 – 한방 바이오산업으로 진화하다'라는 주제로 개최되는 이번 엑스포는 전 세계 30개국의 250개 기업이 참여하고, 80만 명의 관람객이 예상되는 한방 분야 초대형 행사다.

기존의 한방과 바이오의 융합 섹터인 한방 바이오 분야와 첨단 과학, 화장품·뷰티, 스포츠 등 다양한 분야로의 영역 확장을 통해 한방 산업의 가치를 높이고 국제적으로 교류, 소통하는 세계적 이벤트다. 건강과 의료에 관심 있는 방문객이라면 눈여겨보는 게 좋겠다.

한방생명과학관(사진 제공 : 제천시)

• 발행처 Publisher : 제천시관광정보센터 (043)641-6731~4 www.okjc.net

A B C D

제천 관광지도

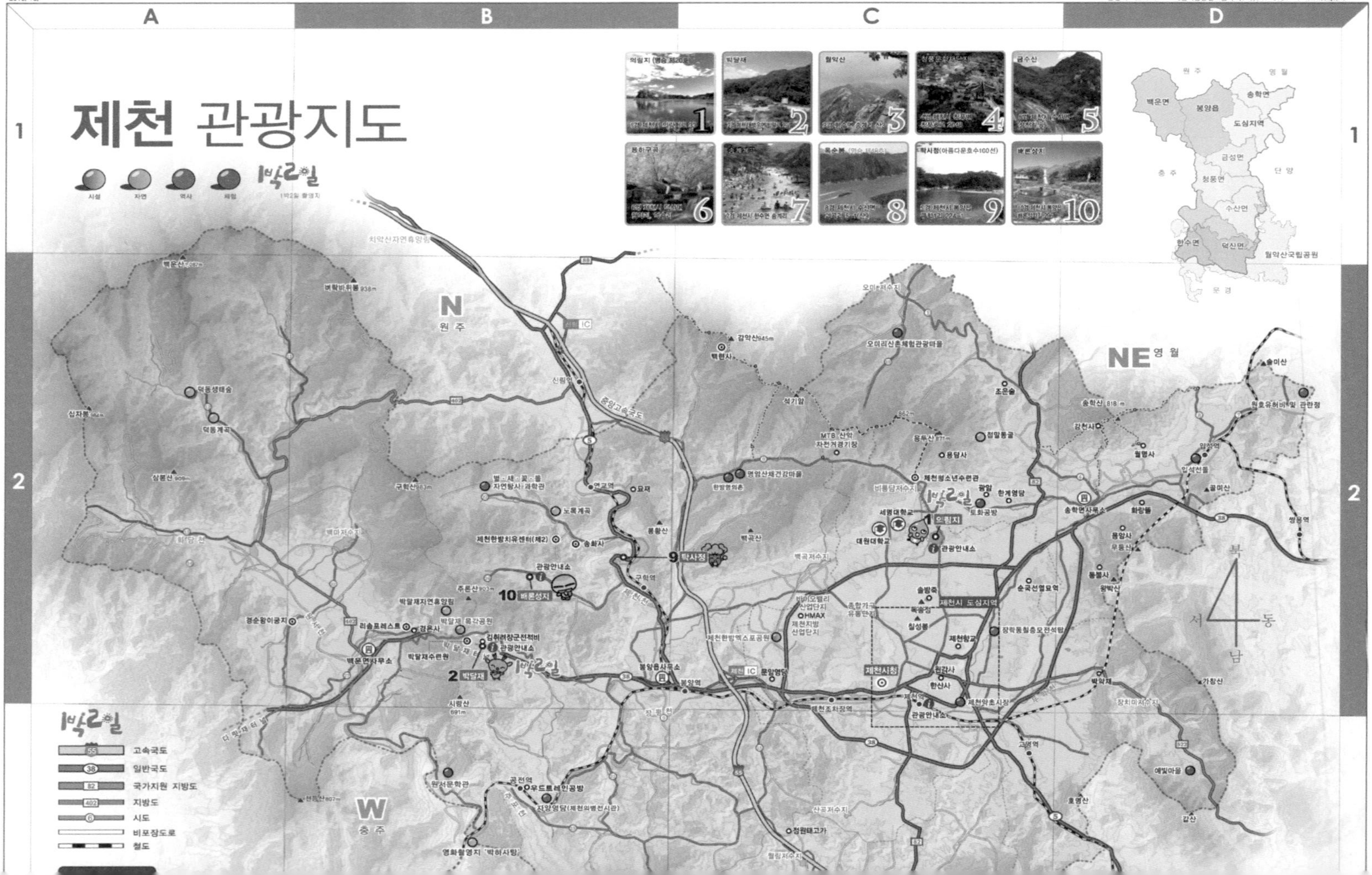

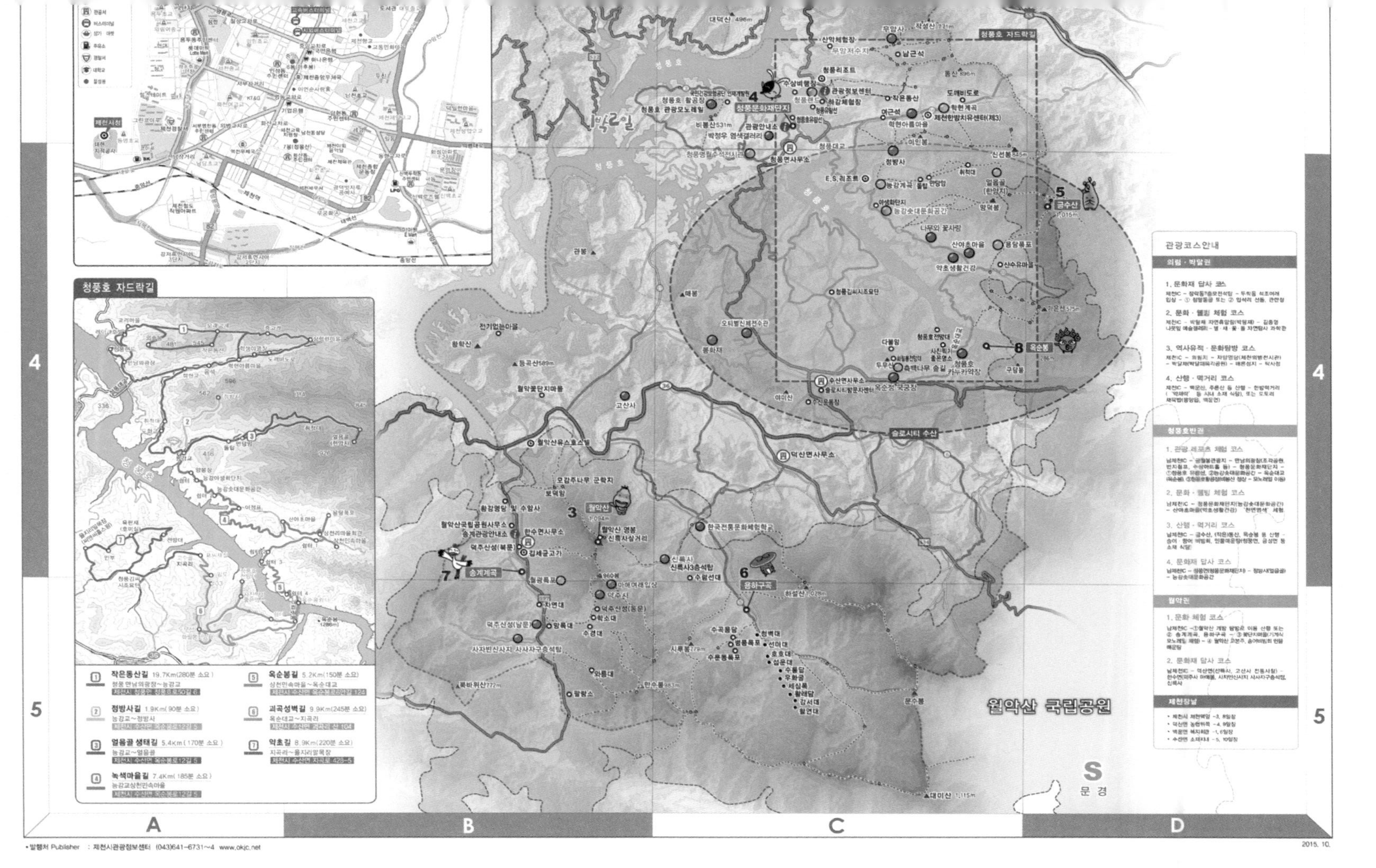

• 발행처 Publisher : 제천시관광정보센터 (043)641-6731~4 www.okjc.net

2015. 10.